내 영혼의 알료샤
- 천명(天命) 박요한의 문학세계 -

천명(天命) 박요한 지음

열린서원

차례

제 I 부 시(詩)

제 Ⅱ 부 수필(단상)

제 Ⅲ 부 도스토예프스키 문학과 러시아 이야기

한 편의 시 같은 인생

1.

내 평생의 학문적 완성인 요한학 시리즈 3부작 영문판 번역(*The Gospel of John, Revelation, AJAB Theology and John Renaissance*)을 8월 말에 마치고, 이 책이 9월 초에 출간되었다. 바로 이때를 기점으로 나의 한 해의 시작인 가을 9월을 맞이하면서 새로운 인생을 시작하기로 작정했다. 그 새로운 시작이란 앞으로는 '한 편의 시 같은 인생'을 살기로 한 것이다. 그래서 신경림 시인의 〈신경림의 시인을 찾아서〉(1권 1998년, 2권 2002년 출간)를 다시 읽기 시작했다.

이 책 1권에는 22명, 2권에는 23명, 총 45명의 시인이 수록되어 있다. 난 제1권을 2002년 4월 26일(종로서적)에 샀고, 제2권을 2002년 10월 22일(대전신대 구내서점 주문)에 샀다. 그리고는 내가 좋아하는 몇 시인 (가령, 정지용, 윤동주, 한용운, 유치환, 김수영 등)을 읽고는 그동안 이 책을 책꽂이에 꽂아 두었다. 그러다가 이번 가을이 시작되는 9월과 더불어 매일 한두 시인씩 읽어 45명의 시인 전부를 다 읽었다.

2.

일본 근현대 정신의 뿌리인 요시다 쇼인(吉田松陰, 1830-1859)은 우리 역사와도 깊은 관련이 있는 인물이다. 그는 〈정한론(征韓論)〉을 주장한 사람으로, 우리 민족에게는 큰 아픔을 선사한 인물이다. 우리 역사에서 거의 다루지 않는 이 사람은 일본 근대화의 상징적 사건인 메이지유신(明治維新)에 가장 큰 영향을 미친 사람이다(조슈번의 이토 히로부미가 그의 제자 가운데 한 사람이다).

그에 관한 책이 무려 1,500권이나 될 정도로 그는 일본에서 영웅으로 취급되는 인물이다. 그는 29세라는 너무나도 짧은 생을 혁명가적 정신으로 살다 갔다. 그런 그의 생애를 한 마디로 〈한 편의 시 같은 인생〉이라고 말한다. 마치 27세의 짧은 생애를 살다 간 시인 윤동주(1918-1945)와 비견되는 인물이다.

쇼인 선생의 제자 가운데 '가쓰라 고고로'(桂小五郎)라는 제자가 있다. 메이지유신 후 '기도 다카요시'(木戶孝允, 1833~1877)로 이름을 바꾸었다. 이 사람은 사쓰마번의 '사이고 다카모리'(西鄉隆盛)와 '오쿠보 도시미치'(大久保利通)와 함께 메이지유신 주역(3걸)의 한 사람이다. 그는 어려서부터 시를 좋아하고 잘 지어서 열네 살 때는 번에서 상을 받기도 했다. 쇼인은 그의 일생을 결정짓는 중요한 말을 했다.

"학문도 중요하지만, 알고 있는 것을 실행하는 것이야말로 사나이의 길이다. 물론 시도 좋지만, 서재에서 시만 쓰고 있는 건 부질없는 일이다. 자신의 일생을 한 편의 시로 만드는 것이 더 중요하다. '구스노키 마사시게'(楠木正成, 일본의 전설적인 사무라이)는 한 줄의 시도 쓰지 않았지만, 그의 인생이야말로 어디에도 비길 바 없는 서사시가 아니었느냐."

"사나이는 일생 그 자체가 한 편의 시가 되어야 한다"는 그의 말처럼 쇼인의 29년의 짧은 생애는 한 편의 시였다. 번제단의 양처럼 '민족의 제단에 희생제물로 바쳐진 한 편의 시 같은 인생'이었다.

3.

작가 서영은 씨는 '산티아고 순례기'(Camino de Santiago)인 『노란 화살표 방향으로 걸었다』에서 이런 말을 했다. "좋은 작품을 쓰는 작가가 반드시 완성된 인격은 아니에요. 세상에는 그 두 가지를 동시에 이룬 것으로 보이는 작가들이 있지만 그 두 가지는 양립이 되지 않는, 가치 선택에서 하나가 하나를 내려놓을 때만 얻어지는 것이에요. 재능을 극대화시켜, 신기(神技)의 정점에 도달하고픈 것은 모든 예술가의 꿈입니다. 그러나 인격 완성을 생애의 목표로 삼는다면 재능은 걸림돌이 될 수 있어요. 예술은 나를 남기는 것에, 종교는 나를 버리는 것에 헌신하는 것이에요. 남기는 것에는 그것의 수단이 무엇이든 내가 있지만, 버리는 것에는 목숨을 버릴지라도 내가 남지 않아요. 예술가의 재능이 신을 위해 쓰임 받는 경우라 해도, 그것은 그의 예술이지 신에 귀의했다고 볼 수는 없어요. 나는 이제 신을 더 깊이 알기 위해 문학이 걸림돌이 된다면 문학을 내려놓으려고 해요. 내 안에서 문학은 자기표현의 욕구이고, 밖에서는 세상 사람들의 인정, 명예를 얻는 것이었다면 그 두 가지 다 내게는 차선의 가치에 지나지 않아요. 이제 절대적 가치를 위해 삶을 던져야 할 때라는 생각이 들어요."

4.

청마(青馬) 유치환은 서간집 『사랑했으므로 幸福하였네라』에서 이런 말을 했다. "나는 시인(詩人)이 아니어도 좋습니다. 내 글이 문학(文學)이 아니어도 좋습니다. 오직 내 글이 인생이 희구하는 바 그 진실이 무엇인가를 찾아 그것을 증거함으로써 족할 따름이요, 그 증거를 위하여 만이 내 글은 값쳐 질 것입니다."

나는 그동안 시인이 되기 위한 시 쓰기, 작가가 되기 위해 문학을 하려고 시도하지 않았다. 다만 내 인생의 열일곱 살 첫사랑인 내 영혼의 알료샤 예수 그리스도를 표현해 보고 싶은 강렬한 충동에 이끌려 문학에 심취하고, 가끔 시와 수필을 써보고, 문학 평론도 써보았다. 그러면서 나는 시인도 아니고 작가도 아니지만 내가 쓴 많은 글들 가운데 문학과 관련된 것들만 뽑아 지나온 내 삶을 돌아보는 것도 의미있는 일이라는 생각을 했다.

그러면서 청마(青馬)의 말대로 인생이 희구하는 바 그 진실이 무엇이며, 그 진실을 증언하고 싶었다. 그것으로 족할 뿐이다. 그래서 용기를 내어 이 책을 내게 되었다. 이 책 〈내 영혼의 알료샤 - 天命 박요한의 문학세계〉는 내 인생의 열일곱 살 첫사랑인 예수 그리스도에 대한 신앙고백이자 사랑고백이다. 청마(青馬)의 말대로 그것으로만 내 글은 값쳐 질 것이다.

5.

구약 시편은 모세오경처럼 다섯 권의 책으로 구성되어 있다. 이 책도 구약 시편처럼 다섯 부분으로 구성하였다. 장르별로 나누어 5부로 구성했지만 각 장은 글을 쓴 연대순으로 기술하였다. 그리고 각 장 앞에는 사진과 더불어 내가 좋아하는 짧은 시(단가, 하이쿠)를 넣었다.

끝으로, 감사 인사를 해야 할 분들이 있다. 먼저, 추천사를 써주신 최성대 목사님과 양태철 목사님께 감사드립니다. 그동안 내 글을 열심히 읽어주고 격려를 해 주신 독자분들에게 감사드립니다. 이 책의 편집 출판을 위해 수고해 주신 열린서원의 이명권 사장님과 송경자 선생님께도 감사드립니다. 그리고 나의 가장 가까운 가족들, 특히 갓 태어난 손자 시안(施安)과 이 기쁨을 함께 나누고 싶습니다.

Coram Deo(하나님 앞에서)!!

2024.10.9. 한글날에
관악산을 바라보며
박요한 (John Park) 쓰다

추천사 1

시인 송하(松霞) 양태철(梁泰哲) 목사

　천명(天命) 박요한 목사님의 문학세계가 42년간의 준비 끝에, 세상에
나오게 됨을 진심으로 축하드립니다.
　올해 6월, 헝가리 부다페스트에서 있었던, "유럽 영적 대각성 컨퍼
런스"(신은규 선교사 부부 준비)의 강사(세계선교 현황과 전략)로 참여했을
때, 주강사였던 박요한 목사님과의 만남은 운명적이었다고 말할 수 있
습니다. 구약학자로서 신구약성경을 통전적으로 해석하고, 수많은 신
학적 저서를 집필하면서 선교적 삶(중국 선교사 출신, 유라시아 선교회 대
표, 아자바스 선교회 대표)과 문학인의 삶을 사는 그의 모습에, 큰 감명과
도전을 받게 되었습니다.
　오랫동안 품어왔던 문학인의 기운이 이제 "천명의 문학세계"란 이름
으로, 세상에 나오게 되어, 한국 문학계에 신선한 향기를 전해주리라
생각합니다.

5부(시, 수필, 도스토예프스키 문학과 러시아 이야기, 문학평론, 예수사랑의 연가)로 구성된 내용들의 구구절절한 시적 표현들과 깊은 내용들을 보면서 이미 준비된, 기독 문학인임을 깊이 느끼게 되었습니다.

이 귀하고, 감동적인 박요한 목사님의 첫 문학 작품인 "천명의 문학세계"를 통하여, 시인과 수필가와 문학평론가로의 등단을 기대하며, 이 책을 읽는 많은 분들에게 큰 감동과 도전이 되길 기대합니다.

부족하지만, 지난 2016년 한국 상록수 문인협회에서 신인문학상(시인)으로 등단할 때, "하나님의 영광을 위한 시인"이 되겠다고 말씀드렸던 저의 고백이 천명 박요한 목사님의 동일한 고백이 되길 기도합니다.

다시 한번, 진심으로 천명(天命) 박요한 목사님의 첫 문학집의 발간을 축하드리오며, 주님께 영광을 올려드립니다.

양태철: 한국 상록수문인협회 등단 시인 &
미주기독문인협회 등단 수필가, 칼럼니스트
(목사, 선교사, 목회선교학 박사)

시인 은유(恩U) 최성대(崔成大) 목사

이 책은 사상(신학)은 있지만 문학(인문학)이 없고, 문학은 있지만 사상이 부재한 비인격 AI의 시대에 이원의 일원성을 지닌 『사상과 문학』, 즉 양(兩) 날개의 균형을 이룬 기독교 문학 작가를 보여준다.

구약 신학자 천명(天命) 박요한 교수는 삼위일체적 지성소(알료샤)의 영(헬, '프뉴마'의 시[詩]), 성소(이반)의 혼(헬, '프시케'의 수필[隨筆])과 마당 뜰(드미뜨리)의 육(헬, '삭스'의 소설[小說])이라는 통전적 관점에서 위대한 하늘 사랑의 우주-생태-입체-통전적인(Cosmic Eco Cubic Holistic) 문장을 전개한다.

1982년 첫 시(주님의 ♥)와 2024년 마무리 시(날마다), 수필(5편), 소설 (도스토예프스키 문학), 문학 평론(생텍쥐페리, 괴테-실러, 윤동주), 그리고 예수 사랑의 연가(바울의 예수 사랑, 내 영혼의 알료샤, 요한의 사모곡)는 천명이 지금까지 걸어온 문학의 순례길 42년의 곡선의 여정을 엿보게 한다.

책의 첫 글말은 러시아의 문호 도스토예프스키의 영원한 여인 〈내 영혼의 알료샤〉이고, 글말의 끝은 〈마라나타! 할렐루야! 아멘!〉(요한의 '왕의 복음')이다. 존재는 말이다. 말의 시작과 끝은 필자의 세계관(世界觀, World View, Weltanschuung)의 정체성을 생생하게 보여준다.

천명(天命)은 추상적 관념에 머무는 프랑스의 자연주의(낭만의 심미적 감각), 독일의 이상주의(음악적 환상)와 영국의 경험주의를 넘어 러시아의 사실주의를 소개한다. 모든 문학은 시냇가에 심은 나무(히, '에츠' Tree 시편 1:3), 즉 헤브라이즘의 실재적 현재인 실천적 묵상 체험의 감동을 듣고 보게 한다. 또한 바람에 흩어지는 겨(히, '모츠' chaff 시편 1:4), 즉 수피층(樹皮層) 같은 표피성과 구별된 상징적 실재를 자유자재로 넘나드는 '소리 그림'(Voice Gram)을 경청하고 보게 한다.

지구촌은 과거(후회), 현재(고통-권태)와 미래(두려움)로 몸살을 앓고 있을 때, 중용적 미디어(Media)의 무거운 가벼운(heavy light) 말씀을 던지므로 오락 가락의 파문(波紋) 처럼 평온한 갈릴리 호수(Lake)의 작은(小) 물고기(옵사리온, 요 6:9,11; 21:9,10,13)와 큰(大) 물고기(익투스, 요 21:6,8,11)가 사는 생명의 바다로 반전시킨다(시 107:25-30; 요 6:16-21). 이것이 시가(詩歌) 문학의 기승전(轉)결(turning point 변곡점)이 주는 큰 위로와 새 힘이다.

천명(天命)은 시작과 종말의 중간 시점(時點)의 문학적 용례로 성문서의 대표자로 부름을 받은 시편(150편)의 정중앙에 있는 지혜시(시 37편)와 같은 73편(아삽시)을 소개("내 영혼의 알료샤" 설교 본문[시 73:25-28])한 것은 큰 감동이다.

시 73:25 "하늘에서는 주(主) 외에 누가 내게 있으리요 땅에서는 주

(主) 밖에 내가 사모할 이 없나이다." 28절 "하나님께 가까이 함이 내게 복이라 내가 주(主) 여호와를 나의 피난처로 삼아 주(主)의 모든 행적을 전파하리이다."

천명(天命)은 천지인(天地人)을 하나로 선(대상범위 אֵת〈히, '에트'〉 히브리어 자음 22개 시작ㄲ과 끝א) 그리스도(히, 메시아) 그 예수의 위대한 부활 생명(요 11:25)의 사랑 「내 영혼의 알료샤」와 지구촌의 유일한 기준인 「왕의 복음」(사도 요한, 아멘 할렐루야!)으로 능히 표현한다.

그가 가장 좋아하는 계절인 이 가을에 새로운 인생을 시작하면서 '한 편의 시 같은 인생'을 살고자 천명(天命)의 문학세계인 「내 영혼의 알료샤」를 출간하게 된 데 대해 축하와 더불어 박수를 보냅니다.

최성대: 하나로 선 「사상과 문학」으로 등단, 작가회 부회장.
겟세마네신학교 시편(詩篇) 교수.
California United University(Honorary Ph.D).
기독교학술원 목회(설교) 클리닉 수사(修士).
아자브 AJAB〈시 22:1〉 초록 시샘 시편 묵상집과 시편 묵상노트.

제 I 부 시(詩)

- 몽골의 바이칼 호수라 불리는 〈흡스굴〉에서 -

첫마음(初心)으로 예수를 위해
불꽃처럼 살다가
부르심(召命)을 다 이루고
바람처럼 가리라

- 몽골의 드넓은 초원을 달리며 (2002.8)

1. 주의 십자가

이제, 형제와 자매의 사랑의 침묵은
말없이 십자가를 지고 가신 어린 양이어라
그대와 나의 변함없는 사랑의 신비는
죽음을 기뻐하고 부활로 춤추는 십자가이어라

저주받은 나무에 달린 나사렛 예수여
유대인과 이방인의 담을 허시고
영광의 빛으로 출애굽을 하셨나니
두 기둥에는 진리의 길, 생명의 길 있도다

아벨의 피보다 짙은 피의 축제여
가나의 혼인잔치보다 기쁜 물의 기적이여
창에 찔려 상처 난 옆구리에선
세상 죄를 씻는 물과 피가 쏟아졌도다

비너스의 여신(女神)도, 아테네의 여신(女神)도
디오니소스의 도취도, 로스차일드의 부호도
가이사의 권력도, 나폴레옹의 영웅도
십자가 앞에서는 그 빛을 잃도다

천군이 천사와 찬미하며 화답하도다
"이는 내 사랑하는 아들, 내 마음에 드는 자로다"
천상을 품에 안은 숭고한 두 팔 – 우주와의 화해여 –
대지와 굳게 맺은 거룩한 입맞춤 – 낙원의 환희여 –

빈들에서 외치는 꿈꾸는 예언자여
나귀 타고 오신 이는 흰말 타고 오시리니
갈보리에서 이루어진 사실을 알리라
그날까지 어둠을 밝히는 파수꾼이 되어라

시온을 그리며 흐느끼는 처녀 예루살렘아
네 신랑이 죽었다가 다시 사셨나니
다시는 눈물 없는 그리스도의 왕국이 섰고
그를 믿어 영원한 청년이 되었도다

내 생명의 뿌리이신 소중한 어머니
하얀 꽃으로 언덕을 이룬 그곳으로
다정히 손에 손을 맞잡고 가서
비둘기를 기르며 주와 함께 쉬어요

그리스도의 향기로 더욱 예뻐진
예수의 흔적이 새겨진 눈동자의 소녀야
빠알간 사랑의 십자가를 목에 걸고
즐거운 고난을 받으러 힘차게 가자

그때, 형제와 자매의 아름다운 영혼의 속삭임은
수난 가운데 고요히 흐르는 새벽종이어라
영원토록 그대와 나의 은밀한 영혼의 고백은
하나님의 나라로 들어가는 구원의 새벽문이어라

(1982.3. 동숭교회 청년부 회지 〈십자가〉 창간 서시)

2. 감격(感激)

멈추게 하고 싶은 거다
흐르는 시간(時間)을
멈추게 하고 싶은 거다

모으고 싶은 거다
온 세계(世界)를 한 점에
모으고 싶은 거다

찾고 싶은 거다
땅끝까지라도 그 순수(純粹)와 진실(眞實)을
찾고 싶은 거다

그리고 싶은 거다
하늘이 열리던 그 순간(瞬間)을 목마르게
그리고 싶은 거다

보고 싶은 거다
눈물이 나도록 아름다운 그 거룩한 영혼(靈魂)을
보고 싶은 거다

알고 싶은 거다
영원(永遠)에 잇대어진 그 비밀(祕密)을 피 토하며
알고 싶은 거다

사랑하고 싶은 거다
가슴 깊은 곳에서 병(病)이 나도록 그 빛을
사랑하고 싶은 거다

노래하고 싶은 거다
죽는 날까지 내 심장(心臟)에 불을 당겨 그 첫사랑을
노래하고 싶은 거다

(1983.11. 가을밤 동숭동 대학로 길을 걷다가)

3. 사계절: 보이지 않는 아름다움

봄의 교정이 아름다운 것은
부드러운 바람이
조용한 미소로 다가오기 때문이며,
하얀 목련화가 예쁜 것은
거룩한 대지 속에
순결한 생명의 뿌리를 숨기고 있기 때문이며,
치욕의 십자가가 은혜로운 것은
버림받은 수난 속에
영광스런 부활의 신비를 감추고 있기 때문이다.

여름 밤하늘의 별이 아름답게 빛나는 것은
내 갈 길을 인도할 아기 예수가
고이 잠들어 있기 때문이며,
눈물에 젖은 긴 밤이 소망스러운 것은
찬란한 새벽을 잉태할 고운 꿈을
길게 간직하고 있기 때문이며,
세리의 기도가 감동적인 것은
진한 아픔을 지닌 은밀한 기도 때문이다.

가을 하늘이 평화로운 것은
지극히 높은 곳에
내 쉴 고향이 있기 때문이며,
주름진 어머니의 얼굴이 인자한 것은
가슴 깊이 피어나는 사랑의 향기 때문이며,

신실한 믿음의 소녀가 사랑스러운 것은
비둘기같이 온유한 눈동자 속에
예수의 흔적을 새기고 있기 때문이다.

파도치는 겨울 바다가 숭고한 것은
바다 저 깊은 어딘가에
값진 진주를 만들기 위해
고통스레 앓고 있는 진주조개가 있기 때문이며,
하얗게 내린 첫눈이 우리를 기쁘게 하는 것은
때 묻지 않은 순수와 진실을 안고 오기 때문이며,
경건한 그리스도인이 아름다운 것은
저 뵈지 않는 나라를 보는 듯 믿고
나그네처럼 살아가는 거룩한 영혼 때문이리라

(1984.1.)

4. 호세아의 기도: 너와 나는 약혼한 사이

야웨여,
귀 있는 자는 듣게 하소서
이스라엘은 많은 귀신이 들렸고
에브라임은 죽을 병에 걸려 미쳐가나이다

죄악의 도성 사마리아는 마지막을 향해
연일 향락과 유희의 귀신이 미쳐 날뛰고
세겜은 바알 귀신에게 제물을 바치고
길갈은 아세라 귀신과 음란을 행하고
벧엘은 금송아지 귀신에게 경배하나이다

지금 므나헴의 시대는 깊은 밤이옵니다
밤, 밤, 밤…캄캄한 그리고 또 밤
밤을 지켜야 할 파수꾼은 간 곳 없고
모두들 어디로 가는지도 모른 채
눈물을 흘리면서, 밤을 걷고 있나이다

어두움 속에서
서로 부딪치고 깨지는 소리
몽둥이를 휘두르는 소리
군홧발로 짓밟는 소리
아우성치는 소리
피에 굶주린 늑대 소리
도둑놈들이 점점 살쪄가는 소리

한(恨)이 무르익어 열매가 되어가는 소리
힘없는 자의 탄식소리, 신음소리,
소리 소리, 소리…소리로 가득 찬 하늘
힘으로 폭력과 착취를 일삼는 자 - 저주 있으라

왠지 모르는 공포 분위기, 입다뭄
그럴듯하게 만들어진 강자를 위한 법
자기를 예외로 하는 법률 속에 살면서
거짓 희망을 지껄이는 귀신들의 소리

나와 상관없다는 안일한 생각, 돼지 떼들
찢기고 찢긴 의식의 분열상
차갑게 굳어져 가는 양심
방황하는 허무주의의 거센 물결

불의와 불평등의 사회, 만연한 불신
갈피를 못 잡는 혼돈의 세계, 목표 없음
잘되어 간다는 거짓된 선전, 썩은 냄새
겉만 화려하게 몸단장한 모래성, 껍데기
허구, 허상, 허위…허허허허

얼빠진 천박한 문화
서서히 붕괴되어 가는 소리
바람, 바람…앗수르의 겨울바람
잃어버린 하나의 진실 - 하나님

내 사랑 야웨여,
언제까지 하나의 진실을 지켜야 합니까?
당신과 굳게 맺었던 단 하나뿐인
하얀 빛깔의 순결인 첫사랑의 진실
그것은 무참히 깨지고 말았습니다

하나의 진실 대신 많은 잡신을 섬긴
이 철없는 백성을 위해 언제까지
사랑의 몸짓으로 노래해야 하고
소망의 가슴으로 기도해야 하고
신앙의 눈으로 회개하고 돌아오기를
혼인날을 기다리듯 기다려야 합니까?

하나를 향한 진실 때문에
타는 목마름으로 헉헉거리며
하나에 모든 것을 걸고
하나 때문에 모든 것을 포기한
신음하면서 추구하는 진실인 것을

고통이 춤추고
고난이 기다리고
고뇌가 파도치는 진실인 것을

하나에 진실하매 의미가 있고
하나를 사랑하매 감격이 있다면
죽음이 올 때까지 목숨처럼 붙잡고

좁은 외길을 울면서 가야 할 진실인 것을

야웨여,
부드럽게 속삭여 주겠다던 사랑의 꿈
꼭 지켜야 할 혼인의 약속
그날이 아무리 멀다 할지라도
정녕 그 꿈은 계속되어야 하고
그 약속은 반드시 이루어져야 합니다

모든 것이 새로 시작되는 그날
당신을 만나러 광야로 나가겠습니다
그곳에서 당신 앞에 겸손히 무릎 꿇고
사랑, 신앙, 소망을 배우겠습니다.

사랑은 하나뿐인 진실(眞實)과 연애(戀愛)하는 것
신앙은 하나뿐인 신(神)과 약혼(約婚)하는 것
소망은 하나뿐인 영원(永遠)과 결혼(結婚)하는 것

하나의 믿음을 주시옵소서
하나의 사랑을 주시옵소서
하나의 소망을 주시옵소서

그리고 하나의 진실을 품은
약혼한 가슴으로 당신께 묻겠습니다.
야웨와 이스라엘은 어떠한 사이냐고?
그때 내 사랑 야웨여,

진실의 언어로 말씀해 주옵소서
너와 나는 약혼한 사이라고

(1984.12)

5. 싸움판에 나가는 하나님의 용사에게

이제 때는 왔다
이제는 물러설 수 없다
삶과 죽음의 길목에 서서
자신과 싸워 이기지 않으면 안 된다

투쟁을 선언하고 승리를 쟁취해야 할
마지막 기회는 눈앞에 왔다
죽기로 작정하고 내 생명을 노리는
악의 세력과 싸워야 한다

나로 하여금 용기를 잃게 하는
저 악한 세력인 불안과 공포와 더불어
생사(生死)를 건 필사적인 전쟁을, 한판승부를
치르지 않으면 안 될 때가 왔다

판은 준비되었다
싸움판에 나서는 나의 태도는 어떠한가
승리에 찬 자신 있는 태도인가
패배가 두려워 떨고 있는 태도인가
마음이 참새처럼 떨고 있다면
요동하는 바다 물결과도 같다면
승리의 여신은 자기의 면류관을

나로부터 빼앗아 가리라

무엇이 두려운가
무엇이 문제가 되는가
하나님, 만군의 하나님의 이름으로 나아가라
구원자, 예수 그리스도의 이름으로 돌진하라

사탄과 싸워야 한다
나를 삼키려 드는 죽음의 세력과 싸워야 한다
믿음의 방패로 막아야 한다
말씀의 칼로 쳐부숴야 한다

무능하다는 말로 영혼을 매만지고
허약하다는 말로 정신을 잠재우는
내 안에 거주하는 가장 무서운 적과
끝없는 싸움을 벌여야 한다

돈이 없다는 이유로 기가 죽게 하고
편한 길을 가라고 부드럽게 속삭이는
그럴듯하게 들리는 인간적인 유혹에
결코 속아서는 안 된다

이만하면 됐지 않느냐
이제 그만 포기하라
게으름의 탈을 쓰고 나타나는

정신의 노예근성을 잘라 버려야 한다

이상을 포기하는 것은 죄악이다
신념을 잃는 것은 수치이다
불퇴전(不退轉)의 가슴으로
용맹 있게 앞으로 나아가야 한다

그리고 최후의 일각까지 싸워야 한다
영광의 그날이 올 때까지
승리의 면류관을 쟁취할 때까지
일사각오로 싸움에 임해야 한다

투쟁을 피할 수는 없다
다른 어떤 선택의 길도 없다
하나님 앞에 홀로 서서
상처투성이의 치열한 싸움을 싸워야 한다

그 길은 죽음으로 가는 십자가의 길인지도 모른다
그 누구도 가기를 원치 않는 외로운 길인지도 모른다
그러나 생명의 길이기에, 진리의 길이기에
고독하게 십자가를 지고 가야 하는 길이다

싸우지 않으면 승리는 없다
강물처럼 흐르는 감격은 없다
불처럼 솟구치는 희열은 없다

꽃처럼 피어나는 기쁨은 없다

내 안에 있는 적에게 도전장을 내야 한다
나를 둘러싼 악한 조건과 대항해야 한다
죄악을 품고서는 이길 수가 없다
용기를 잃고서는 정복할 수 없다

나의 힘만으로는 감당할 수 없다
하나님의 지혜가 필요하다
예수의 용기가 필요하다
성령의 능력이 함께 해야 한다

가정을 떠나지 못하는 나약함
교회라는 온실에서 자란 나약함
학교로부터 독립하지 못하는 나약함
남을 의지하지 말고 네 발로 서라

(1986.8. 군산 앞바다 장자도에서)

6. 사랑은 바보입니다

사랑은 바보입니다
남모르는 아픔을 가슴에 감추고
혼자만이 외로이 하늘을 바라보는
사랑은 고독한 바보입니다

더 편하고 보기에 좋은 것이 있다 하여도
그것밖에 모르는 양
좌우를 살펴 피할 길과 돌아갈 길이 있다 하여도
그 길밖에 없는 양
꼭 그렇게 살 필요가 없다 하여도
단 하나뿐인 진실을 미련하게 고집하는
사랑은 하나밖에 모르는 바보입니다

움켜쥔 손 펴 자기 것 내어주고도
선물 받은 아이처럼 마냥 좋아하는 기쁨
가시에 찔려 피 흘리면서도
끝까지 이 악물고 참아내는 인내
넘어지면 다시 일어나 신음하며 나아가는 용기
자기가 선택한 길 돌아서서 후회 않는
사랑은 철모르는 바보입니다

사랑은 바보입니다

홀로 온 밤을 지새우며
자기와 싸워 토해내는 고백의 언어
사랑은 참으로 고독한 바보입니다

(1989.10.18)

7. 〈갈릴리〉여, 너의 꾼 꿈이 무엇이냐

〈갈릴리〉여,
너의 시작의 말은 이러하여라
"꿈을 꾸며 그 꿈을 이루기 위해
온갖 어려움을 무릅쓰는 자는 행복하느니라"

〈갈릴리〉여,
너의 꾼 꿈이 무엇이냐
너의 꾼 꿈은 하나님의 뜻을, 하나님의 사랑을,
하나님의 나라와 그의 의를 이루는 꿈이어라
아름다운 땅을 주시겠다는 하나님의 약속을 믿으면서
새 세상이 올 것을 고대하는 메시아의 꿈이어라
사랑하므로 병이 난 사람처럼
님에 대한 지순(至純)한 사랑에 고뇌하면서
한결같이 변함없는 지성(至誠)의 꿈이어라

그러나
그렇게 이룰 수 없을 만큼 크고 놀랍고
원대한 꿈이 아니라도 좋다
작고 소박한 꿈이면 어떤가
사랑할 수 없는 자를
주님의 마음으로 사랑하는 꿈이라도 꾸어 보자
아니면 우리 함께 손 잡고

한바탕 신나게 노는 꿈이라도 꾸어 보자

〈갈릴리〉여, 너는 다만 꿈꾸어라
요셉의 꿈을 꾸라
달을 보고 꿈꾸고 별을 보고 꿈꾸라
낮의 해와 함께 온종일 꿈을 꾸라
세상모르는 철부지 바보 소리를 들어도 꿈꾸라
억울한 일 당해도 잠잠히 꿈을 꾸고
죽어 구덩이에 들어가더라도 거기서도 부활을 꿈꾸라
참고 기다리며 너는 다만 꿈꾸어라

〈갈릴리〉여, 파수꾼이여!
〈갈릴리〉여, 목자여!
너는 잠든 새벽을 깨우기 전에
꿈꾸는 밤을 지키라
어둠의 밤이 길다 하여도
새벽종을 칠 고운 꿈을 잉태할 밤을 지키라

너는 꿈 없는 세대에 새 꿈을 주고
길 잃은 시대에 바른 길(道)을 제시하는 스승의 꿈이어라
언제나 드높은 이상(理想)에 살고자
뜻은 높고 생각은 참된 선구자의 꿈을 키워라

〈갈릴리〉여,
너의 꾼 꿈은 기도(祈禱)이어라

자기 운명과 피투성이의 싸움을 벌여
브니엘의 아침을 쟁취해 내고야마는 야곱의 기도이어라
불행 속에서도 환희를
절망 속에서도 희망을
고난 속에서도 영광을 꿈꾸는 기도이어라

얼어붙었던 땅에 진달래꽃 피는 새봄이 오고
철조망으로 막혔던 길에 대로가 열리는
자유, 해방의 꿈을 품은 기도이어라
헤어진 동포가 다시 만나 얼싸안고 기뻐하는
통일 그날의 감격을 노래할 기도이어라

〈갈릴리〉여,
세상에 나가거든 세상으로 말하게 하라
"야! 꿈쟁이가 온다"고
그 꿈쟁이가 그리스도의 편지를 갖고
그리스도의 향기를 전하러 온다고

그 꿈쟁이는 갈릴리의 잃어버린 양에게로
네 형제 중에 지극히 작은 자에게로 먼저 간다고
그가 가면서 외치기를
"너희는 주의 길을 예비하라
그의 첩경을 평탄케 하라"

〈갈릴리〉여,
너의 꾼 꿈이 어찌 되는지 두고 보자
주님이 함께 하시리라
주님이 지켜 주시리라
주님이 이루어 주시리라
끝내 주님이 이기시리라 아멘

(1990.3.1. 장신대 신대원 〈갈릴리〉 창간호 서시)

8. 우리 함께 하자

우리 함께하자
하나님도 우리와 함께하고
우리도 하나님과 함께하고
우리 모두 함께하자

더 이상 혼자 다하겠다는
늘 우리를 슬프게 하는 그런 짓 말고
또다시 혼자 싸우게 내버려 두는
이제는 그런 가슴 아픈 일 없게
우리 있잖아 같이 아파하자
우리 있잖아 좀 손해를 보자

기도한다는 이름으로 비겁하지 말고
지금은 행동할 때라며 기도 없이 말고
정의로 기도하고 사랑으로 행동하자
이 일에 한 사람도 예외가 없자

엉킨 실타래 마냥 비비꼬이고
바른 길보다는 편한 길 골라서
좌우를 살필 겨를도 없이 내달려
자기 몫 챙기기 무섭게
담을 쌓고 벽을 만들고 문 걸어 잠그는
우리 제발 그러지 말자

한 치의 빈틈도 없는 빡빡함보다는
마음을 나누는 넉넉함이 흐뭇하지 않은가
너는 나에게 샘물이 되어 주고
나는 너에게 날개를 달아 주고
서로가 서로에게 촛불이 되어 주자

홀로 지친 외로움에 우는 일 없이
나약함에 서러워 않기 위해서라도
너와 나 하나 되어 함께하는 삶이
힘 있고 진실되고 아름답기에
흩어진 몸과 혼을 하나로 모으자
함께 손을 잡고 두 손을 모으자

진정 마음을 하나로 하는 날마다
그런 날은 영원이 시간 속으로 들어오고
땅이 하늘과 만나는 환희 있으리
땅엔 승리가, 하늘엔 영광이 있으리
우리 모두에겐 축복이 있으리

지금도 앞으로도 우리 함께하자
하나님도 우리와 함께하고
우리도 하나님과 함께하고
언제나 변함없이 우리 함께하자

(1990.3. 신대원 동문회지 〈삶의 자리〉 축시)

9. 태초에 목마름이 있었다

태초에 목마름이 있었습니다
사람들은 목마름을 해결하고자
뛰기도 하고 몸부림을 치기도 했습니다

그러나 뛰면 뛸수록, 몸부림을 치면 칠수록
목마름은 더욱 심해져 갔습니다

끝내는 타는 목마름 속에
저마다 쓰러져 죽어 갔습니다

이것이 우리네 삶이요 인생이자
피할 수 없는 인간의 운명입니다

(1994.5.18.)

10. 한겨울에 오신 주님

하나님 나라를 가슴에 품고
종의 모습으로 오신 아기 예수여

당신은 한겨울에 오신 하늘의 기쁨이셨습니다
마굿간 말구유에 눈 내리듯 그렇게 고요히 오신
당신은 한겨울에 오신 기쁜 소식이셨습니다

당신은 한겨울에 오신 빛이셨습니다
추위와 어둠, 절망 속에 갇힌 자를 따스하게 비춰주는
당신은 한겨울에 오신 한줄기 밝은 소망의 빛이셨습니다

당신은 한겨울에 오신 떡이셨습니다
굶주림으로부터 해방을 기다리는 배고픈 이들에게
당신은 한겨울에 오신 굶주린 이들의 생명의 떡이셨습니다

당신은 한겨울에 오신 생명이셨습니다
죽음의 그늘에 앉은 이들에게 생기를 불어넣으신
당신은 한겨울에 오신 참생명이셨습니다

당신은 한겨울에 오신 친구이셨습니다
버림받고 소외된 이들에게 친히 먼저 찾아와 주신
당신은 한겨울에 오신 진실한 친구이셨습니다

당신은 한겨울에 오신 사랑이셨습니다
고통당하는 이들과 함께 아파하고자 몸소 십자가를 지신
당신은 한겨울에 오신 거룩한 사랑이셨습니다

당신은 한겨울에 오신 평화의 왕이셨습니다
깊은 밤
목자들이 양떼를 지키는 거친 들판으로
어린 새끼 나귀를 타고 오시는
나의 왕
나의 메시아여
내 영혼이 당신의 오심을 기뻐하나이다 아멘

(1994.12.18. 성탄 절기에)

11. 신앙고백: 예수 사랑(Amore Jesusi)

사랑하는 그대가 이같이 질문하면
난 이렇게 대답하겠습니다

당신의 전공은 무엇입니까?
내 전공은 구약학도, 신약학도 아닌
'예수학'(Jesustics)입니다

당신에게 예수는 어떤 존재입니까?
나에게 예수는 이 세상 그 무엇보다 소중한
'열일곱 살 첫사랑'입니다

당신은 무엇을 할 때 가장 행복합니까?
예수사랑을 말하는 '요한복음을 서로 나눌 때'
난 가장 행복합니다

이 세상이 승부의 세계라면 당신은 무엇에 승부를 걸겠습니까?
'예수 그리스도를 사랑'하는 데
내 인생 전부를 걸겠습니다

당신은 죽어서 어떤 사람으로 기억되기를 원하십니까?
난 바보처럼 '오직 예수만을 사랑하다 간 사람'으로
기억되고 싶습니다

(2012.10)

12 '예수교 전사'(예사빠전)의 노래

그대, 예사빠전이여
예수와 사랑에 빠진 전사여
예수의 사상에 빠진 전사여
우리 함께 하나의 노래를 부르자
예수교 전사의 노래를

그대, 투르크 전사를 아는가
이슬람의 '무자헤딘'을 보았는가
한 손엔 꾸란을 들고
또 한 손엔 칼을 든
이슬람 전사의 칼에 맞아 죽어간
땅을 치는 통곡소리를 들어 보았는가

그대, 중세 십자군을 아는가
기독교의 '무자비한'을 보았는가
한 손엔 성경을 들고
또 한 손엔 총을 든
기독교 전사의 총에 맞아 죽어간
하늘을 찌르는 통곡소리를 들어 보았는가

그대, 예수 사랑에 포로가 되고
그대, 예수 사상에 포로가 되어

한 손엔 성경을 들고
또 한 손엔 성령에 붙잡인
예수 사랑, 예수 사상 때문에 죽어간
우리 함께 하나의 노래를 부르자
예수교 전사의 노래를

(2015.1)

13. 윤동주를 떠올리며

내 삶의 전부가
시가 되고
노래가 되고
기도가 된다면
나의 고난도 헛되지 않으리

내 삶의 전부가
꿈이 되고
빛이 되고
길이 된다면
나의 방황도 헛되지 않으리

내 삶의 전부가
사랑이 되고
정의가 되고
평화가 된다면
나의 죽음도 헛되지 않으리

(2016.4.16. '윤동주 생가' 방문 후)

14. 한 번밖에 없는 인생

한 번밖에 없는 인생
당당하게
정글의 왕
사자처럼 그렇게

한 번밖에 없는 인생
넉넉하게
모든 것을 품은
바다처럼 그렇게

한 번밖에 없는 인생
빛나게
깊은 밤
하늘의 별처럼 그렇게

한 번밖에 없는 인생
당당하게
넉넉하게
그리고 빛나게
부활의 주 예수처럼 그렇게

(2023.4.2. 종려주일)

15. 세 개의 한(韓)

아, 한반도(韓半島)!
보석 같은 땅
서쪽의 가나안 땅을 대신할
동쪽의 가나안 땅이어라

아, 한민족(韓民族)!
보배로운 백성
선민 이스라엘을 대신할
이방의 빛으로서의
새 언약 백성이어라

아, 한국교회(韓國敎會)!
보화 같은 교회
선조들의 피와 땀과
눈물의 기도로 세워진
거룩한 성전이어라

한반도, 한민족, 한국교회여!
이제 일어나 빛을 발하라
네 영광이 네 위에 임하였도다

(2024.5.9. 제1회 한국신학포럼 논찬에서)

16. 나는 설렁탕 집에 간다 - 설렁탕 신학

인생이 슬프고
마음이 괴로울 때
나는 설렁탕 집에 간다
설렁탕 한 그릇을 시켜놓고
눈을 감고 머리를 숙인다

그러고는 펑펑 눈물을 쏟는다
설렁탕 한 그릇을 사 먹을 수 있다는 사실에
하나님께 감사해서 펑펑 눈물을 쏟고
겨우 설렁탕 한 그릇밖에
사 먹을 돈이 없다는 사실에
또 펑펑 눈물을 쏟는다
그러고는 눈물로 범벅이 된 설렁탕을
떠서 먹는다 살아야 하기에

세월이 흘러
인생이 슬프고
마음이 괴로울 때
난 오늘도 그 설렁탕 집에 간다

(2024.9.12. 40년 전 폐병 앓던 시절을 회상하며)

17. 날마다

날마다
부활의 감격 속에 살게 하소서 – 나에게

날마다
그 누군가의 감동이게 하소서 – 남에게

날마다
눈부시게 빛나는 새날이게 하소서 – 주님께

(2024.09.20. 68년째 생일날에)

제 II 부 수필(단상)

– 자작나무처럼 높고, 곧고, 단단한 신앙과 인생이기를 –
〈톨스토이 영지 야스나야 폴랴나에서〉

내 인생에 처음과 마지막에 쓰는 이름 - 예수 그리스도
내 인생에 처음과 마지막에 부를 노래 - 그리스도 예수

- 처음과 마지막 (2022. 2)

1. 가을의 역사(歷史) – 목요일의 아이

Y양! 그날따라 바람이 유난히도 거센 가을날이었소. 그러고 보니 1년 만에 다시 만난 것 같구려. 그날 오고간 대화는 정겨운 것이었소. 하지만 그날 나의 표정은 밝지 못했을 것이오. 실은 그때 마음이 우울했소. 내 주위가 베데스다 연못가의 병자들의 군상처럼 깊이 병든 모습으로 느껴졌던 것이오.

민주니, 정의니 하며 외쳐대는 구호들이 형식적인 눈가림에 불과했고 도처에서 폭력이 난무하고 은밀히 도적질(?)이 횡행하는 어두운 사회현실에 구토를 느꼈던 것이오. 알 수 없는 위기의식이 고무풍선처럼 커져 갔고, "이게 아닌데, 이래서는 안 되는데" 하는 영혼의 몸부림이 나를 지배했던 것이오. 그날 마음만 밝았다면 들려주고 싶었던 가을 이야기가 있었소.

Y양! 가을에 태어나서 가을을 사랑하다 가을에 떠난 가을의 아이가 있었소. 그 아이는 아버지 목성 주피터와 어머니 사과나무 사이에서 태

어난 '목요일의 아이'였소. 그 아이가 사는 나라는 일곱 명의 아이가 살고 있었소.

정열적인 '일요일의 소년'은 귀엽고 명랑한 '월요일의 소녀'와 봄을 만들었소. 그곳은 라일락 향기 흩날리고 나이팅게일이 지저귀는 눈부신 초원의 나라였소. 해가 솟아오르면 푸른 초원에서 뛰고 뒹굴다 꽃향기에 취해 잠이 들고, 저물면 달빛으로 물든 꽃동산을 바라보며 행복의 열차를 타고 어디엔가 있을 빛의 낙원으로 떠났던 것이오.

또한 쾌활한 '화요일의 소년'은 조용하고 맑은 '수요일의 소녀'와 여름을 만들었소. 태양이 이글거리는 한낮에는 은빛 강물에서 헤엄과 낚시질로 소일하고, 어둠이 깔리면 호숫가에 모닥불을 피워놓고 타오르는 불꽃을 응시하면서, 소녀는 축제의 춤을 추고 소년은 별을 노래하면서 현재를 넘어 영원에로의 탈출을 꿈꾸며 독수리 날개 달고 자유의 왕국으로 날아갔던 것이오.

그리고 거룩하고 사랑스러운 '금요일의 소녀'는 성실하고 정직한 '토요일의 소년'과 겨울을 만들었소. 흰눈에 쌓인 겨울은 신비를 자아내는 전설의 나라를 이루었소. 그들은 끝없이 펼쳐진 대설원을 세 마리의 백마가 이끄는 운명의 삼두마차를 타고 영혼의 밀어를 속삭이며 사랑의 천국으로 달려갔던 것이오.

그러나 '목요일의 아이'는 친구가 없었소. 그는 고독만이 남은 가을이 되었소. 낮에는 사과나무 곁에서 놀았고 밤에는 가을 하늘의 별을 바라보며 사색에 잠겼던 것이오. 그 아이는 사과나무가 들려주는 이야기를 늘 되새기곤 하였소.

"얘야, 저 황금 들판을 바라보아라. 저 들판은 심은대로 거둔다는 말을 하고 있는 거야. 이 말을 굳게 믿는다면 우리는 참고 기다리고 용서하며 살아갈 수 있지. 저 하늘을 쳐다보아라. 왜 저리도 파란지 아니? 그것은 말이야, 너무나도 하얀 것은 파랗게 보이기 때문이란다. 그러나 이 땅은 사람의 마음이 악해서 검고, 피를 많이 흘려서 붉게 보이는 거란다. 네 아버지 주피터는 하얀 겨울에 오셨다가 붉은 봄에 떠났고 파란 가을에 다시 오신다고 하였어.

애야, 저 하늘에 열 개의 별이 보이지. 그 중에서 주피터는 가장 큰 별이란다. 그러니까 네 아버지는 별나라의 임금님이고 너는 별나라의 왕자님으로 태어난 거지. 그리고 또 잊지 말아야 할 것이 있어. "시간은 신(神)이란다. 시간의 줄임말이 신이기 때문이지. 시간이라는 신은 수많은 눈동자를 가진 신이지. 만질 수도, 들을 수도, 보이지도 않으면서 항상 네 곁에서 네가 하고 있는 모든 것을 지켜보고 있지. 시간은 무서우리만치 정직해서 선택하고 행동한 대로 갚아주지. 그러니까 언제 어디서나 바르게 살아가야 하는 거야."

Y양! 목요일의 아이는 정든 어머니 곁을 떠나 높은 산을 행해 거친 숲을 헤치고 올라갔소. 산의 정상에 올라 모든 것을 내려다보고 싶었던 것이지요. 그 아이는 산꼭대기에 올라 정의의 노래, 평화의 노래를 부르다가 겨울이 오자 죽었소. 매년 가을이 오면 그곳에서 한 그루의 나무가 솟아 나오는데, 그 가을나무의 이름을 〈심판〉이라고 하였소.

언제나 다정한 천사 Y양!
세상에 있는 돌 하나, 나뭇잎 하나, 별 하나도 모두 자기의 악기를 가지고 오케스트라를 이루어 하나님의 영광을 찬양하면서 종말을 향해 행진하는데 우리 인간도 모두 그랬으면 얼마나 좋을까. 이 가을이 가기 전에 〈가장 아름다운 천사에게〉라고 쓴 빠알간 사과를 들고 찾아갈게. 그럼 다시 만날 때까지 행복해야 해. 샬롬(Shalom).

- 동숭교회 고등부 회지 〈믿음의 대화〉 제6호, 1984.1

2. 삶과 죽음 사이에서

"너는 흙이니 흙으로 돌아갈 것이니라"(창 3:19b)

1.

지난 여름, 모스크바에서 자동차로 약 세 시간을 달려 야스나야 폴랴나에 있는 톨스토이 생가를 방문하였다. 톨스토이 박물관을 둘러본 후 톨스토이 무덤을 보러 갔다. 한참 길을 따라 가다가 함께 간 이형근 목사님(모스크바 삼일문화원 원장)께서 갑자기 멈춰서더니 "저것이 톨스토이 무덤입니다"라고 말씀하시는 것이었다.

그것은 그야말로 신선한 충격이었다. 목사님이 말씀하지 않으셨다면 나는 그냥 지나쳤을 것이다. 그의 무덤은 울타리도 없이 길가에 한 평도 안 될 정도로 작은 무덤이었다. 네모난 관 모양에, 예쁘게 잔디로 단장된 그의 무덤은 땅 위로 몇십 센티 솟아올라 있었고, 무덤 앞에는 누군가가 갖다 놓은 빨간 꽃바구니가 놓여 있었다.

- 야스나야 폴랴나에 있는 톨스토이 무덤 -

그때 난 그의 무덤을 보면서 대학 시절에 읽은 〈사람에게는 얼마만큼의 땅이 필요한가〉라는 그가 쓴 글이 갑자기 생각났다. 해가 떠서 해가 질 때까지 하루 종일 뛰어서, 뛴 만큼 땅을 갖기로 약속했다. 그런데 주인공 바홈은 지나치게 욕심을 부리다가 그만 출발선에 돌아오자마자 쓰러져 죽고 말았다. 결국 그는 한 평도 안 되는 땅에 묻히고 말았다. 톨스토이가 태어나서 죽은 야스나야 폴랴나의 그의 영지가 무려 490ha(147만평)이나 되는데, 그의 무덤이 한 평 정도밖에 되지 않는다고 하니!

얼마 전 인기리에 방영된 TV 드라마 〈허준〉의 한 대목이 떠오른다. "사람마다 생사의 운명이 정해졌을 것인데 그것을 거스려 발버둥 치면 칠수록 추해질 뿐이요..... 내 행복으로 다른 사람이 고통을 받을 수 있다는 것을 생각하지 못했소..... 이제 알 것 같소. 고통의 시작은 집착이라는 걸, 욕심을 버리면 한없이 편하다는 걸, 이제 죽음을 목전에 두고서야 느끼고 있소."

2.

보스턴 대학의 철학 교수인 이 책의 저자 피터 크리프트(Peter Kreeft)는 세상에서 가장 심오한 철학책은 성경에 있는 전도서, 욥기 및 아가서라고 감히 주장한다. 그러면서 전 세계의 현자들을 따라 다닌다 해도 이 세 권의 지혜문학에 견줄만한 심오한 책을 발견할 수 없을 것이라고 말한다.

저자는 전도서, 욥기 및 아가서를 삶의 궁극적인 '세 철학'으로 보면서 이들을 각각 '허무로서의 삶,' '고통으로서의 삶' 및 '사랑으로서의 삶'으로 표현하고 있다. 전도서는 전례 없는 허무의 고전, 욥기는 전례 없는 고통의 고전, 아가서는 전례 없는 사랑의 고전이라는 것이다.

저자는 삶의 가장 중요한 세 요소를 '허무와 고통과 사랑'으로 보면서, 전도서는 '허무의 인식론,' 욥기는 '고통의 형이상학,' 아가서는 '사랑의 미학'으로 논리를 전개하고 있다. 그러면서 전도서의 허무를 '지옥'으로, 욥기의 고통을 '연옥'으로, 아가서의 사랑을 '천국'으로 각각 표현한다.

나아가 저자는 이 세 권의 책을 바울이 말한 기독교의 삼덕인 믿음, 소망, 사랑의 관점에서 보면서, 이를 정반합의 변증법적 운동과정으로 설명한다. 즉 정(正)에 속하는 전도서의 허무는, 반(反)에 속하는 욥기의 고통을 경유하여, 합(合)에 속하는 아가서의 사랑으로 나아간다는 것이다. 그리하여 아가서에 나타난 사랑의 철학, 사랑으로서의 삶은 우리가 궁극적으로 지향하는 삶이요 예수님이 말씀하신 하나님 나라의 삶, 곧 천국의 삶이라고 역설한다. 삼위일체 되시는 하나님은 사랑의 하나님이요, 사랑의 하나님 안에 있을 때에만 우리의 삶은 천국의 삶을 영위할 수 있음을 힘있게 설파한다.

특히 저자는 아가서에 나타난 사랑의 특성을 26가지로 분석하는 탁월함을 보여주고 있다. 이 작은 책을 번역하면서 나는 저자의 지성의 깊이와 넓이에도 감탄했지만 특히 인생의 의미, 삶의 궁극적 목적(목표)을 사랑의 시각으로 이해하고 그것을 심도있게 다룬 그의 따뜻한 인간미가 가슴에 와 닿았다.

3.

이 책을 번역하면서 떠오른 두 권의 책이 있다. 하나는 독일 튀빙겐대학의 철학 및 교육학 교수인 볼노(Otto Friedrich Bollow, 1903-?) 교수의 『삶의 철학』(백승균 역)이라는 책이다. 이 책은 대학 시절인 79년에 사서 아주 흥미롭게 읽은 철학책이다. 또 하나는 4년 전인 96년에 사서 지금도 틈틈이 읽고 있는 스테판 츠바이크(Stefan Zweig, 1881-1942)의 『천재와 광기』(원당희 외 2인 역)라는 책이다. 이 두 책은 시대와 지역, 민족성과 개성에 따라 인간들의 삶이 얼마나 다른가를 잘 보여주고 있다. 마치 인생을 요리의 맛에 비유한다면 달고 쓰고 맵고 짜고 신 것이 인생이다. 그만큼 인생은 복잡미묘하다.

볼노의 『삶의 철학』의 부록에서 역자는 미국, 러시아, 프랑스 및 독일의 "삶의 철학"을 대표하는 몇몇 사상가를 정리해 놓았다. 미국의 '삶의 철학'은 신세계에서의 삶의 요구와 옛 고향에 대한 향수가 엇갈리는 개척자적 불굴의 휴머니즘으로 이루어진 철학이다. 러시아의 '삶의 철학'은 심오한 인간의 시적인 동경과 광적인 진리 탐구, 더 나아가 인간의 내면성과 삶의 의미를 종교와 관련시켜서 찾아나갔던 생(生)에 근거한 철학이다.

또한 프랑스의 '삶의 철학'은 베르그송(1859-1941)에 의해 이루어졌는데, 그의 철학은 프랑스 전통에 깊이 뿌리박고 있는 주의주의(主意主義), 곧 '의지'를 근본 바탕으로 하는 삶의 근본 기능을 으뜸으로 삼는 철학이다. 마지막으로 독일의 '삶의 철학'은 '정신과학적 입장의 삶의 철학'(딜타이)과 '자연주의적 입장의 삶의 철학'(니체)으로 크게 구별된다. 딜타이(1833-1911)적 삶의 철학은 역사적, 체계적, 사회적이고 전달 가능한 철학이라면, 니체적 삶의 철학은 순간적, 산발적, 개체적이고 포착하기 어려운 철학이다.

한편 한 거장이 쓴 위대한 예술가들의 전기인 『천재와 광기』는 발자크(1799-1850)의 삶과 디킨스(1812-1870)의 삶이 다르고, 클라이스트(1777-1811)와 니체(1844-1900)의 삶이 다름을 보여주고 있다. 특히 러시아의 삶의 철학에 깊은 관심을 갖고 있는 내게 이 책은 19세기 리얼리즘의 두 대가인 도스토예프스키(1821-1881)와 톨스토이(1828-1910)의 삶이 얼마나 판이하게 다른가를 보여주었다. 혹자는 세상 사람을 "플라톤주의자와 아리스토텔레스주의자로 나눌 수 있다"고 한 바 있다.

또한 인간을 "도스토예프스키주의자냐 톨스토이주의자냐"로 나누기도 한다. 민중이었던 도스토예프스키는 혈기 왕성한 청년처럼 중용을 모른 채 극단으로 치닫고, 귀족이었던 톨스토이는 나이와 상관없이 절대 경지에 이른 노인처럼 철저히 극단을 피하고 절제와 균형을 유지한다. 간질성 발작으로 늘 고통에 익숙했던 도스토예프스키는 죽음 속에서 삶을 투시하고, 육체적 질병이라고는 전혀 모르고 살았던 건강의 화신 톨스토이는 삶 속에서 죽음을 응시한다. 이 두 사람의 삶이 외형상 어찌 같다고 말할 수 있겠는가. 그러나 이 두 거장의 삶을 깊이 들여다 보면 이 두 사람은 삶과 죽음 사이에서, 그리고 허무와 사랑 사이에서 일평생 고통(고뇌)에 찬 생애를 살다 간 사람들이었다.

그런데 스피노자(Spinoza, 1632-1677)의 말처럼 "영원의 상하(上下)"에서 사물과 인생을 보게 되면, 결국 천재(위인)의 삶과 죽음이 이 땅에 사는 평범한 사람들의 그것과 하등 다를 바 없다. 때로는 삶의 허무에 땅이 꺼지듯 낙망하고, 때로는 삶의 사랑에 몸을 떨 듯 전율하며 그렇게 살아가는 것이다. 그런 속에서 우리에게 맡겨진 최선의 삶이 있다면, 그것은 삶의 의미가 무엇이고, 죽음의 의미는 무엇인가를 항상 진지하게 묻고 대답하면서(그리고 깨달으면서) 매순간 자신에게 주어진 사명에 최선을 다하는 것이 아닐까 하는 생각을 해본다.

4.

새 천년의 가을이 다가오고 있다. 가을은 '사색의 계절'이라고 한다. 이번 가을에는 그동안 밟아온 삶의 발자취를 마음의 여유를 가지고 되돌아보고 싶다. 그리고 삶의 의미와 죽음의 의미를 다시 한번 깊이 성찰해 보는 시간을 갖고 싶다. 그러면서 나의 삶과 죽음이 다음과 같은 모습이면 얼마나 좋을까 하는 생각을 감히 해 본다.

삶은 낮이고 죽음은 밤이다. 일하고 사랑하는 낮(삶)에는 영원히 살 것처럼 일하고 사랑하자. 그리고 잠자는 밤(죽음)에는 모든 것이 아무것도 아니며, 아무 일 없었다는 듯이 깊이 잠들자. 그러면서 진정 바라기는 세상 사람이 보기에 당신의 인생은 성공적이었고, 그 정도면 출세했고, 정말 많은 일을 했다는 말을 듣기보다는, 하나님이 보시기에 당신의 인생은 참으로 멋졌다고, 진실로 아름다웠다고, 더 나아가 정말로 위대했다는 말을 들을 수 있다면 얼마나 좋으랴.

5.

이 책이 나오기까지 수고해주신 성지출판사의 이인업 집사님과 언제나 내 책을 내느라고 수고해주시는 태선옥 님께 감사를 드립니다. 아울러 책 출판의 기쁨을 상트 페테르부르크에서 선교하시는 최영모 목사님과 임범창 선교사님, 김미자 집사님, 따마라(Тамára)와 알료냐(Алёна), 모스크바에서 만난 이형근 목사님과 김영숙, 조성현 자매님, 그리고 러시아를 사랑하는 모든 사람들과 함께 나누고자 합니다.

새 천년 첫가을, 한밭(大田)에서
알렉세이 표도로비치(Алексéй Фёдорович)
박호용(박요한) 쓰다.

3. 가을에 쓴 편지 - 출애굽기 이야기

출애굽 이야기를 시작하면서 난 〈사랑하는 그대에게〉 들려주고 싶은 이야기가 있습니다. "성경은 하나님이 나와 당신을 사랑해서 주신 연애편지"입니다. 하나님이 나를 볼 때 나는 그분의 〈사랑하는 그대〉가 아닌가. 그리고 내게 있어 하나님은 〈사랑하는 그대〉가 아닌가. 그리고 늘 내 가까이에서 나를 위해 기도해 주는 이웃, 그리고 서툴고 재미없는 글일지라도 내 글을 읽어주는 독자 또한 내게 〈사랑하는 그대〉가 아닌가. 사랑하는 그대는 하나님 당신이고, 독자를 포함한 가까운 내 이웃이고, 나 자신입니다.

사랑하는 그대에게 말을 걸고 싶습니다. 그리고 사랑하는 그대가 무엇을 말하는지, 어떻게 말하고 있는지를 듣고 싶습니다. 그러면서 출애굽기 이야기는 먼 옛날 남의 나라 이야기가 아니라 오늘 사랑하는 그대에게 들려주는 믿음과 소망과 사랑의 메시지임을 말하고 싶습니다.

출애굽기는 '힘들고 고달프게 살아가는 사람들의 이야기'라는 생각을 해 보았습니다. 우리네 삶 자체가 고달픈 여정이 아니고 무엇이겠습니까? 노예생활 하는 애굽 땅에서, 모래바람 이는 거친 시내 광야에서, 힘들고 고달프게 살아가는 백성들의 이야기가 출애굽기 이야기입니다. 그 이야기 속에는 민초들의 소리, 모세의 소리, 하나님의 소리가 들어 있습니다. 그 소리들은 어떤 소리인지, 그 소리들을 듣고 싶은 것입니다. 그리고 그 소리 속에는 민초들의 마음, 모세의 마음, 하나님의 마음이 들어 있습니다. 그 마음들은 또 어떤 마음들인지, 그 마음들을 읽고 싶은 것입니다. 뼈저리게 느끼고 싶은 것입니다. 아울러 벅찬 감동을 얻고 싶은 것입니다.

그러면서 하늘은 높고 땅은 풍요로운 결실의 계절이 다가오는 이 가을의 문턱에서 진정 무엇이 소중한지, 그 소중한 것을 잃었거나 잊어버리고 살지는 않았는지를 깊이 반성해 봅니다. 그 반성 속에서 밀려오는 깨달음은 이것입니다. 산다는 것은 기다리는 것, 기도하는 것, 기억하는 것이 아닌가요. 약속을 지키기 위해 찾아오시는 하나님을 간절히 기다리는 것, 그분을 향해 늘 기도하는 것, 그분이 베풀어주신 그 놀라운 은혜와 사랑을 잊지 않고 기억하는 것이 아닌가요. 마찬가지로 내 사랑하는 그대를 언제까지나 기다려 주고, 항상 위하여 기도해 주고, 그대를 잊지 않고 기억해 주는 것이 아닌가요. 사랑하는 그대를 향한 기다림, 기도함, 기억함의 미학(美學) - 그것이 바르게 사는 삶이 아닌가요.

그렇습니다. 때가 찰 때까지 끝까지 기다려 주시는 아버지 하나님은 아름답습니다. 거룩하신 하나님과 죄 많은 이스라엘 백성 사이에서 기도하는 모세는 아름답습니다. 하나님의 놀라우신 은혜와 사랑을 기억하는 사람은 아름답습니다. 곰곰이 생각해 보니 기다리지 못하고 기도

하지 않고 기억해야 할 것을 망각하고 잊고 산 데에 모든 불행과 비극이 있음을 알게 되었습니다. 이제는 늦더라도 서두르지 않겠습니다. 한 걸음씩 한 걸음씩 그대에게 다가가겠습니다. 그리고 그대를 위해 기도하겠습니다. 목숨이 붙어있는 한 기다리고 기도하며 기억하겠습니다.

그러면서 아울러 다가오는 계절, 가을에 역사의 의미, 역사의 교훈을 생각해 봅니다. "역사는 사실을 사실대로 말하는 것"이 아니냐고. 이 한마디에 담긴 깊은 뜻과 무서운 진실을 되새겨보고 싶은 것입니다. "무엇이 사실입니까?" 하나님은 살아 계신다는 것, 그분은 역사를 섭리하시고 주관해 가신다는 것, 그래서 역사의 심판은 반드시 있다는 것, 이것이 진실이고, 이 진실을 확실히 믿는 것이 신앙이 아닌가요.

역으로 말하면, 사실을 사실이 아닌 것으로 왜곡하고, 있었던 사실을 없었던 것처럼 덮으려는 그것이 바로 거짓이요 불의요 불신앙이 아닌가요. 하나님이 안 계신 것처럼, 그래서 하나님의 심판이 임하지 않는 것처럼 여기는 것, 이것이 바로 거짓이고 불의요 불신앙임을 보여주는 책이 〈출애굽기〉라고 말하고 싶습니다.

'역사와 신앙이 만나는 자리'가 바로 '출애굽기의 자리'라고 말하고 싶습니다. 오늘 낮아짐과 비움의 자리에서 하고 싶은 말은 이것입니다. "사랑하는 그대를 위해 기다리고 기도하고 기억하겠습니다. 그리고 밝고 따뜻한 샬롬공동체를 함께 만들어 갔으면 좋겠습니다."

2011년 깊어가는 가을날
나의 미디안 - 시나이 광야 중국 산동성에서
사사충(史死忠) 천명(天命) 쓰다

4. 가을에 띄우는 연서(戀書)

가을 하늘만큼이나 해맑은 나의 사랑 진주(眞珠)!

만날 때에는 정녕 하고 싶었던 말을 다 하지 못한 채 헤어져야 하고, 헤어져서는 혼자만의 외로움에 가슴 애태우는 눈 시리도록 아름다운 가을날이오. 황금빛 가을 들판을 서로 손을 맞잡고 해 저물도록 끝없이 걷고 싶은 내적 충동이 밀려온다오. 서쪽 하늘에 흘러가는 구름을 무심히 바라보다가 난 문득 그대를 새롭게 만나야겠다는 다짐을 했다오.

그대를 향하여 진실의 언어를 말하려는 이 순간이 한편으로는 가슴 설레는 일이지만, 왠지 모르게 이 편지가 그대에게 띄우는 마지막 편지가 될 것 같은 생각이 내 마음을 무겁게 하는 것도 사실이라오. 하지만 이 편지가 "설령 이 세상 마지막 인사가 된다 할지라도 사랑했으므로 나는 행복하였네라"고 읊은 시인의 노래가 나에게 위안이 되는구려.

지난 여름 환호와 감동, 그리고 아쉬움을 남기고 끝난 도쿄올림픽의 열기도 이젠 식어가고, 언제 끝날지 모르는 코로나 바이러스가 또다시 우리의 일상이 되어 온 국민을 힘들게 하는구려. 거기다가 내년 봄에 있을 대선을 앞두고 민생을 챙겨야 할 정치권은 오직 대선 승리를 위한 진흙탕 싸움으로 날을 새고 있고, 그 속에서 유리 방황하는 국민들의 모습은 흡사 길 잃고 헤매는 목자 없는 양 같구려.

그런 가운데 어김없이 가을은 우리 곁에 찾아왔고, 넘치도록 풍요로운 가을을 은혜의 선물로 주신 하나님께 감사하고 싶구려. 그러면서 지난 여름 〈올림픽의 감격〉이 온 국민을 열광시켰다면, 이 가을에는 〈사랑의 감격〉이 그대와 나에게 영원히 잊지 못할 추억으로 남았으면 하오.

감격! 이 단어야말로 인생을 더욱 풍성케 하고, 삶을 멋지게 하는 힘이라고 난 굳게 믿고 있소. 그러기에 참된 인생이란 〈감격 만들기〉라고 생각해 보았소. 지난 올림픽에서 양궁선수들이 보여준 그 파이팅의 감격, 여자배구 선수들이 원팀이 되어 일구어낸 4강 신화의 감격은 아직도 내 가슴에 깊이 새겨져 있소.

지금껏 살아오면서 숱한 감격의 순간들이 있었는데, 그 가운데 그대에게 들려주고 싶은 가장 진한 감격, 감격 중의 감격이 있다면 주님을 만난 첫사랑의 감격을 말하지 않을 수 없소. 첫사랑의 날카로운 추억이 된 주님을 만난 구원의 감격은 내 인생을 BC(주전)와 AD(주후)로 완전히 나누어 놓았다오.

순간이 영원이 되어 멈춘 그 감격의 순간이 거의 써 본 적이 없는 시를 쓰도록 시인이 되게 하였소. 내가 지난 크리스마스 카드에 〈감격〉이라는 제목의 시를 써 보낸 것을 그대도 기억할 것이오. "멈추게 하고 싶은 거다/ 흐르는 시간을/ 멈추게 하고 싶은 거다"로 시작하여 "노래하고 싶은 거다/ 죽는 날까지 내 심장에 불을 당겨/ 그 첫사랑을 노래하고 싶은 거다"라고 노래한 그 시 말이오.

화산처럼 폭발하는 감격을, 폭포수처럼 쏟아지는 희열을, 강물처럼 흐르는 은은한 가쁨을, 피아노의 선율처럼 감미로운 환희를 가슴에 안고, 거친 세상 불의와 싸우고, 미지의 세계에 도전하고, 약자를 기쁨으로 섬기고, 외로움을 참고 견디고, 사랑하고픈 이를 내일이 없는 마지막 날처럼 온몸으로 뜨겁게 사랑하고 노래하면서 인생길을 간다면 이 어찌 '한 멋진 삶'이 아니겠소. 난 주님을 만난 첫사랑의 감격을 안고 그대를 만났고, 지금 이 시간도 타는 목마름으로 눈물이 나도록 아름다운 첫사랑의 감격을 되새기는 심정으로 이 편지를 쓰고 있소.

예수의 흔적이 새겨진 눈동자의 소녀야!

난 그대와의 첫 만남을 회상하고 있소. 동숭동 마로니에 공원을 지나 카페 팔과이분의일(8½)에서 만난 그 어느 깊어가는 해 저문 가을날 말이오. 실루엣처럼 생각할수록 그날의 첫 만남은 묘한 사랑의 여운으로 남아 있소. 그 카페 이름을 지은 사람은 사랑의 속성이나 본질에 대해 나름대로의 어떤 의식을 가지고 그런 이름을 이 세상에 내놓았으리라는 생각을 해 보았소.

팔과 이분의 일, 여덟달 반, 팔삭동이, 팔푼이, 팔불출, 이 모든 단어가 같은 의미를 지니고 있지 않소. 뭔가 약간 모자라는 듯한 어벙한 사람, 바보 같은 사람을 두고 하는 말이 아니겠소. 그러나 그 말이 미완성 작품을 두고 하는 말은 아니잖소. 하나밖에 모르는 약간 모자라는(!) 바보 같은 모습, 그것이 사랑의 속성이 아닌가요. 두 눈을 가지고도 하나밖에 볼 줄 모르니 사랑은 바보야! 사랑은 소경이야! 하고 말하는 것이 아니겠소. 사랑의 신비도 거기에 있지 않나 생각하오.

솔직히 말해 〈팔푼이〉 아닌 사람이 어디 있소. 누가 감히 〈나는 완전한 사람이야〉라고 말할 수 있는 사람이 있겠소. 모두가 불완전하기에 서로의 부족한 점을 메워주고 자기의 것을 나누어주면서 더욱 풍성해지는 것, 그것이 사랑의 신비가 아니겠소. 실로 사랑의 예술은 두 미완성 작품이 하나로 엮어져 완성된 작품을 엮어내는 노력이기에 신비로운 것이라는 생각이 드는구려. 계산이 빠른 세상이지만 논리적으로 따지고 철저히 계산해서야 어디 사랑이 머무를 수 있는 마음의 공간이 있겠소. 자기에게 이익을 될 때에는 주님을 따르며 사랑해요라고 입에 침이 마르도록 아부하다가도 손해날 성싶으면 언제 그랬냐는 듯이 헌신짝처럼 주님을 내팽개친다면, 그것을 어찌 주님을 참으로 사랑한다고 말할 수 있겠소. 계산이 빠른 가롯 유다의 태도가 이런 모습이 아니겠소.

주님에 대한 사랑도 그렇고, 그 누군가를 사랑할 때도 사랑이라는 이름 때문에 손해를 보면서 남모르게 괴로워하는 그 아름답고 거룩한 낭비가 참사랑이고, 은밀히 보시는 주님을 기쁘시게 하는 것이 아니겠소. 약간 모자란 팔푼이 바보처럼 주면서 기뻐하고 손해 보면서 즐거워하는 것이 사랑이 아닌가요.

날이 갈수록 더욱 귀한 단 하나뿐인 내 사랑 진주(眞珠)!

그날 이후 그대에게 붙여준 진주(眞珠)라는 애칭이 날이 갈수록 내 마음에 꼭 드는 애칭이 되었소. 처음에 그렇게 부른 것은 단지 그대의 외모에서 풍기는 인상 때문이었소. 그런데 날이 갈수록 그 애칭이 내게는 엄청나게 의미있는 애칭이 되었소. "천국은 마치 좋은 진주를 구하는 장사와 같으니 극히 값진 진주 하나를 만나매 가서 자기의 소유를 다 팔아 그 진주를 샀느니라"라는 성경 말씀이 있지 않소. 그대야말로 내가 만난 극히 값진 하나뿐인 진주였소.

눈부시도록 빛나는 그대의 아름다움과 가치는 그대를 보는 내 신앙의 안목을 더욱 깊이 키워갔소. "누가 현숙한 여인을 얻겠느냐 그 값은 진주보다 더하니라." 그대는 내게 진주보다 더한 소중한 보배가 되었소. 그러기에 난 그대를 사야 하오. 그만큼 그대는 내게 있어 목숨처럼 소중하오. 그것은 그대를 사랑하기 때문만이 아니오. 주님의 은혜에 대한 빚진 자의 사명 때문이오. 그래서 난 그대의 도움이 꼭 필요한 것이오. "여자들 중에 내 사랑은 가시나무 가운데 백합화 같구나. 내가 사랑하므로 병이 났음이라"고 한 아가서의 노래는 지금의 내 심정 바로 그것이오.

천사의 영혼을 간직한 내 사랑, 나의 누이여!

그대의 진주를 돼지에게 던지지 마오. 진실로 그대를 사랑하고 필요로 하며 그대의 아름다움과 진가를 아는 자가 누구인가요? 한 여성의 참

아름다움과 진가는 아무 남자에게 띠는 것이 아니오. 그대의 아름다움
과 진가는 나밖에 모르오. 그대의 눈이 세상적인 것들에 어두워져서 가
장 좋은 것을 못 보는 어리석음을 범하지 않기를 난 간절히 바라오. 잠
깐 있다가 사라질 것과 영원히 남을 것을 분별하는 영적 지혜를 갖기를
바라는 것이오. 만일 그대의 소중함을 모르는 자에게 그대가 팔린다면
난 이 자리에서 그대에게 분명히 선언하오. 그것은 육체의 타락이요 지
성의 타락이요 신앙의 타락이라고.

그리스도의 향기를 지닌 나의 보배 진주(眞珠)!

　지난번 만났을 때 난 그대에게 내 간절한 뜻을 분명히 전했소. 그리
스도인이 된 후로 나의 삶은 〈사명〉이 되었소. 그러나 난 그 사명을 잊
은 채 그동안 세상적인 성공을 향해 앞만 보고 지치도록 달려왔소. 나
만의 기쁨에 도취되어 살아온 삶이었소. 그런 중에도 주님은 날 발길로
차가면서 당신이 원하시는 길로 날 몰아서 여기까지 오게 했소. 그야말
로 주님의 손길에 붙잡힌 삶이 아니라 주님의 발길에 차인 채 살아온
인생이었소. 그러면서 성공과 행복을 찾아 온 세상을 헤집고 다녔소.
　그런데 낙엽 떨어진 거리를 걸으며 지나온 삶을 되돌아보면서 새삼
스레 깨달은 것이 있소. 코로나 상황이 길어지면서 그동안 잊고 있었던
가까이 있는 것들에 대한 소중함, 작은 것들에 대한 소중함, 일상적인
것들의 소중함을 새삼 절감하게 되었다오. '소확행'이라는 말이 있듯이
확실한 행복은 작은 것에 있다는 사실을 모르고, 행복은 크고 화려한

데 있을 것이라는 잘못된 생각에 사로잡혀 살아왔소. 행복만이 아니라 진리도 마찬가지요. 크고 어렵고 멀리 있다고 생각했는데, 진리는 아주 가까이, 아주 작은, 일상적으로 쉽게 접하는, 우리 주님께 있다는 사실 말이오.

이제는 행복도, 진리도, 성공도 모두 내 주변에 아주 가깝고 익숙하고 아주 작은 것에서 찾아야 한다는 사실을 깨달았소. 그래서 큰 것을, 먼 것을, 특별한 것을 다 내려놓기로 했소. 그러자 얼마나 편하고 기쁘고 가벼운지 날아갈 듯하오. 무거운 짐 벗어버린다는 말이 바로 이런 상태를 두고 하는 말임을 이제야 알 것 같소.

지금 내 곁에 가까이 있는 아내와 자녀가 내가 사랑해야 할 첫 대상이요 내 곁에 가까이 있는 친구, 내 도움을 필요로 하는 이웃 사람이 내가 사랑해야 할 구체적인 대상임을 깨달았소. 눈에 불을 켜고 붙잡고자 한 세상적인 모든 것들, 모든 자랑도 다 허망한 것이라는 사실 말이오.

그래서 나의 사명을 다시 분명히 해야겠다는 다짐을 했소. 복음의 빚, 사랑의 빚을 갚는 사명 말이오. 지난 여름 외딴 섬 장자도에서 어부들의 삶을 몸으로 체험하면서, 슬프게 살아가는 사람들의 이웃이 되어야 한다고 말이오. 어부들을 불러 첫 제자 삼으신 예수님의 삶이 바로 이런 것이라는 사실 말이오.

이제 우리의 만남이 세상 즐거움에 길들여진 사치스러운 만남이 되어서는 안 된다고 생각하오. 진실로 그대와 나의 사랑은 주님이 보여주신 하나님 사랑과 이웃사랑이라는 사명을 이루는 사랑이어야 한다고 생각하오.

난 남들이 말하는 달콤한 행복이나 편안한 생활을 그대에게 약속할 수 없소. 난 오직 라스콜리니코프를 향하여 "같이 고난받으러 가요. 같이 십자가를 맵시다. 이 십자가를 목에 걸고 같이 기도를 올리고 갑시다"라고 말하는 영원한 여성 소냐의 말을 그대에게 전하고자 하오. 그대도 "굳이 편안한 길을 택할 생각은 없다"고 내게 분명히 말했소.

세상 즐거움이나 세상 자랑보다 주 예수가 더 귀하지 않소. 그리고 나도 주님의 것이요 그대도 주님의 것임을 확신하고 있지 않소. 그렇다면 우리의 앞길을 주님께 맡깁시다. 그리고 갈보리 십자가 사랑에 감격하여 어쩔 줄을 몰라 하면서 좁은 길을 기쁨으로 찬송하면서 씩씩하게 걸어갑시다.

내 생명의 피처럼 소중한 내 사랑 진주(眞珠)!

지난번 그 자리에서 기자가 되기 위해 준비하고 있다는, 생각지도 못한 그대의 말에 난 적이 놀랐소. 나로서는 그대가 가정을 돌보며 교회 봉사에 힘쓰고 내가 하는 일을 도와주었으면 하고 생각하고 있었소. 그런데 그대의 말을 듣고 난 후 다시 생각해 보았소. 우리 사회를 위해 내가 해야 할 반분의 일을 그대가 맡아서 하기로 원한다니 나로서는 기쁘기 한량없소. 하지만 우리의 현실에서 기자가 된다는 것은 어쩌면 원치 않는 고난을 자초하는 길이기도 하다는 생각에 조금은 염려가 되는 것도 사실이오.

지난봄 고난주간에도 내가 그대에게 말했거니와 오늘 우리의 현실은 강도 바라바를 살리고 의인 예수를 죽이는 '십자가 현실'이오. 폭력과 항거, 선동과 음모, 비탄과 아우성, 절규와 죽음의 현장이 바로 오늘 우리의 현실이오. 민족은 길을 잃고 헤매는 가운데, 역사는 깊은 어둠에 빠진 형국이오. 그래서 모두들 밝아오는 새벽을 안타깝게 기다리고 있소.

이러한 상황에서 그대는 화려하고 나약한 여성이기를 거부하고 사회적 허위를 고발하고 진실을 밝히려는 시대의 양심이 되겠다고 나서니 그대의 생각이 대견하기만 하오. 내가 전에 말했던, 러시아 인텔리겐챠들이 귀족이기를 거부하고 〈민중 속으로〉를 외치며 나로드니키 운동을 전개했던 역사적 사실을 기억할 것이오.

남이야 어떻든 제 잘난 맛에 사는 세상이지만, 우리의 사랑은 둘만의 이기적인 사랑이 아닌 정의와 자유를 위해 일하며 사회적 약자를 돕고 그들을 대변하는 시대의 파수꾼으로서의 사명을 완수하는 그런 사랑이어야 하오. 그리하여 남들이 우리에게 묻기를 "당신들이 하는 사랑은 어떠한 사랑이냐?"고 묻거든 "우리들이 하는 사랑은 이 땅에 천국을 건설하기 위한 구원의 사랑"이라고 자신있게 대답합시다.

난 한국교회를 위해 교회의 빛이 되고, 그대는 한국사회를 위해 사회의 소금이 되어 주오. 이를 위해 우리 함께 힘을 하나로 모읍시다. 서로가 서로에게 날개를 달아주는 희망과 용기가 되어줍시다. 그리고 역사와 민족의 희망찬 미래를 위해 함께 고민하면서 기쁨도 슬픔도 함께 나누어집시다.

러시아적 아름다움을 지닌 나의 천사, 나의 기쁨, 나의 노래여!

사계절 가운데 난 유난히 가을을 좋아한다는 사실을 그대도 잘 알고 있을 것이오. 가을 사랑은 내가 이 세상에 태어난 계절이기도 해서이지만, 가을이 주는 '역사성'이라는 의미가 나로 하여금 위를 바라보고 역사의 순리대로 사는 사람이 되도록 가르쳐주기 때문이오. 가을의 산하(山河)는 "심은 대로 거둔다"는 불변의 진리를 침묵으로 보여주고 있소. 이것은 행한 대로 거둔다는 심판의 말이 아니겠소. "역사는 심판이다"라는 말은 바로 이를 두고 하는 말이오.

콩 심은 데 콩 나고, 팥 심은 데 팥 나오. 자유와 정의의 씨를 심으면 평화와 의의 열매를 거두고, 독재라는 억압과 불의의 씨를 심으면 반드시 그 대가로 비탄과 죽음의 열매를 거두는 것이오. 그러기에 가을은 우리에게 '정직하고 선한 의지를 갖고 살라'는 역사의 교훈을 가르쳐주는 계절이라오.

그런데 난 언제부터인가 겨울이 좋아지기 시작했소. 내 인생에 겨울이 오기 때문인지도 모르오. 추운 겨울이 따스하게만 느껴졌소. 그것은 하나님의 사랑을 안고 겨울에 오신 예수님에 대한 내 사랑이 깊어지면서, 그리고 저 겨울의 나라 러시아를 사랑하면서부터였소.

난 끝없이 펼쳐진 겨울눈 덮인 자작나무 숲과 은백색으로 장관을 이룬 시베리아 대설원을 삼두마차를 타고 사랑하는 그대와 영혼의 밀어를 속삭이며 "하나님껜 영광을! 진주(眞珠)에겐 사랑을!" 외치고 싶은 환상과 동경을 갖곤 하였소.

요즘 와서 그 환상과 동경은 한겨울 시베리아 횡단열차를 타고 블라디보스토크에서 바이칼 호수를 지나 모스크바에 이르는 그 머나먼 길을 벅찬 감동을 가슴에 안고 달려보고 싶은 꿈으로 영글어가고 있소.

나의 겨울 사랑은 겨울꽃인 그대에 대한 애정으로 더욱 깊어갔소. 그대의 자태는 하얀 눈꽃 속에 핀 〈설중매〉라는 그것이었소. 천박하거나 화려하지 않으면서도 순결함과 고고한 아름다움을 은밀히 감추고 있는 그대의 모습은 성스럽고도 경건한 신앙의 아름다움을 자아내고 있소. 그것은 러시아적인 종교적 진실의 신비로운 아름다움 그것이었소.

지금이라도 당장 달려가 쓸어안고 싶은 나의 귀염둥이
진주(眞珠)!

해도 해도 다 채울 수 없는 서투른 사랑의 언어가 불만스럽기만 하오. 주님 안에서 한 송이의 꽃을 가꾸어가듯 남성의 멋과 여성의 미를 가꾸어가는 노력을 게을리하지 맙시다. 난 진주로 인하여 기쁨을 이기지 못하시는 하나님께 감사 찬양을 드리고 싶소. 고운 것도 거짓되고 아름다운 것도 헛되나 오직 여호와를 경외하는 여자는 칭찬을 받을 것이라고 했소. 그대와 함께 여호와의 크심을 노래하며 그 이름을 높이세. 할렐루야를 함께 힘차게 합창합시다.

나도 그렇거니와 그대도 시험이 얼마 남지 않았으니 우리 서로 최선을 다해 준비합시다. 이번 가을은 팔딱팔딱 뛰는 갓 잡은 바닷가의 물고기처럼 싱싱하고, 갓 딴 빨간 사과처럼 풋풋하고 싱그러운 성숙한 가을이기를 바라오. 난 늘 그대 곁에서 그대가 잘 되기를 기도하겠소. 속히 만날 것을 고대하며 주 안에서 행복하길 빌겠소.

낙엽 밟는 소리가 들릴 때 그 속에서 조용히 부드러운 하나님의 음성을 겸허하게 들어봅시다. 그리고 다시 만날 때에는 사랑 깊은 약속을 합시다. "이제부터는 작고 가깝고 일상적인 것들에 감사하고 그것들을 사랑하고 거기서 행복을 찾기로 하겠노라"고. 언제나 밝고 명랑한 그대의 모습을 그리며, 사랑하는 이여, 주 안에서 안녕!

진주(眞珠)를 지극히 아끼고 사랑하는 〈깊은 바다〉로부터
- 2021년 깊어가는 가을 어느 날에

5. 겨울 인생의 '4게'
– 작게 · 가깝게 · 느리게 · 가볍게 –

　이 글은 먼저 필자인 나 자신에게 하는 글임을 밝혀둔다. 나에게 2021년 가을 학기는 교수 은퇴를 앞둔 마지막 학기이다. 지난 추석 이후 난 65세 어르신에게 부여하는 무료교통카드를 받았다. 모세의 노래(시 90편)처럼 인생을 80년으로 보고 그것을 4계절에 비유하여 20년 단위로 나누어본다면 이렇다.

　20세까지는 인생의 봄, 40세까지는 인생의 여름, 60세까지는 인생의 가을, 그 이후 나머지는 인생의 겨울이라고 비유할 수 있다. 그렇다면 난 이미 5년 전에 겨울 인생에 속해 있다. 그런데도 난 겨울 인생에 대한 분명한 정립없이 지내왔다. 그러다가 무료교통카드를 받으면서 잠에서 깨어난 사람처럼 화들짝 놀라 겨울 인생을 어떻게 살아야 하는가에 대해 진지하게 생각해 보았다.

　사도 바울은 사랑하는 믿음의 아들 디모데를 향하여 "너는 어서 속히 내게로 오라...너는 겨울 전에 어서 오라"(딤후 4:9,17)고 간절히 당부하였다. 겨울 인생이 다가온다면, 아니 벌써 겨울 인생이 다가와 있다면 그 겨울 인생을 어떻게 살아야 할까? 한 그루의 나무는 봄이 되면 왕성하게 약동하다가 여름이 되면 나뭇잎 가득한 나무로 바뀐다. 그러다가 가을이 오면 탐스러운 얼마간의 열매를 맺고는 무성했던 나뭇잎들을 서서히 떨구기 시작한다. 그러다가 찬바람 부는 겨울이 오면 나뭇잎 하나 남기지 않고 벌거벗은 나목으로 바뀐다.

우리네 인생도 한 그루의 나무와 별반 다름이 없다. 봄나무로서의 봄 인생, 여름나무로서의 여름 인생, 가을나무로서의 가을 인생을 살다가, 인생의 겨울이 오면 우리는 겨울나무처럼 겨울 인생을 살아야 한다. 겨울 인생은 지금껏 살아온 인생을 마감하는 인생의 마지막 계절이다. 이 겨울 인생을 어떻게 살아야 잘 살았다고 할 수 있을까? '4게'로서의 겨울 인생을 생각해 보았다. '작게, 가깝게, 느리게, 가볍게'가 그것이다. 거기에 진정한 멋과 지혜, 행복과 성공이 있으리라!

첫째는 '작게'이다. '작게'는 '크게'의 반대이다. 젊은 날은 큰 꿈을 안고 거창하게 뭔가 해야 성공한다는 생각을 갖고 있다. 그러나 실제로 성공은 작은 곳에 있다. 작다는 것은 단지 크기만의 문제를 말하는 것이 아니다. 정밀하고 정확한 알차고 압축적인 것을 의미한다.

이 시대 성공의 아이콘인 스티브 잡스는 일생의 목표를 '단순하게'(Simple)에 두었다. 세계를 제패한 손만한 크기의 스마트폰이 그 결과물이다. 그는 사업구상을 위한 회의를 할 때도 꼭 필요한 5-6명 정도의 최소한의 사람들로 꾸렸다고 한다. 그는 작은 소모임이 가장 큰 효과를 거둔다는 것을 실례로 보여주었다. 이제는 방만한 경영으로는 기업이 살아남기 어렵다. 작지만 알찬 기업만이 살아남는다.

이어령 교수는 일본인의 특징을 '축소지향'이라는 한마디로 표현했다. 일본인들은 작은 크기의 워크맨으로 세계를 제패했다. 또한 그들은 세계에서 가장 짧은 1행시인 하이쿠(俳句)를 좋아한다. 대표적인 하이쿠 시인 바쇼는 "고요함이여, 바위에 스며드는 매미 소리"라고 노래했다. '감성의 순간적인 불꽃'을 표현한 짧은 하이쿠처럼 일본인들은 다도(茶道), 화도(花道), 검도(劍道) 등에서도 작은 것을 추구하였고, 그것이 세계에 내놓을 일본문화를 이룩하였다.

모든 인간이 추구하는 행복도 거창한 것에 있는 것이 아니다. 소확행(小確幸), 즉 '작지만 확실한 행복'이라는 말이 있지 않은가. 소설이 우리에게 감동을 주는 것은 '큰 이야기(大說)'가 아니라 '작은 이야기(小說)'이기 때문이다. '작은 것이 아름답다'는 말이 있듯이 행복은 작은 것에서 찾아야 한다. 오늘 우리가 행복하지 못한 가장 큰 이유는 행복을 큰 데서 찾고자 하는 데 있다. "즐거운 곳에서는 날 오라 하여도 내 쉴 곳은 작은, 집 내 집 뿐이리"라는 노래도 있지 않은가. 겨울 인생을 사는 자여! 행복과 성공을 '작게'라는 말에서 찾아라.

둘째는 '가깝게'이다. '가깝게'는 '멀게'의 반대이다. 모든 인간들이 진리가 어디 있을까를 두고 일생을 찾아 헤맨다. 젊은 날은 진리는 아주 어렵고 먼 곳에 있을 것으로 생각하고 진리를 찾아 온 세계를 헤맨다. 그런데 진리를 찾고자 아프리카 최남단 희망봉에 서 본다고 해서 거기에 진리가 있는 것이 아니다. 세계 최고봉인 에베레스트 정상에 오른다고 해서 거기에 진리가 있는 것은 아니다.

신라의 고승 원효와 의상 스님의 유명한 고사가 있다. 그 당시는 당나라에 유학 가는 것이 최고의 로망이던 시대였다. 두 스님은 당나라 유학을 가고자 길을 떠났다. 그런데 서해 포구에서 배 타고 중국에 들어가기 직전 원효 스님은 진리가 먼 곳인 당나라에 있는 것이 아니라 가까운 곳인 내 마음에 있다는 사실(一切唯心造)을 깨닫고 당나라 유학을 포기하였다.

우리 주님은 팔레스타인 땅을 떠나 본 적이 없다. 그런 주님께서 이렇게 말씀하셨다. "내가 곧 길이요 진리요 생명이니라"(요 14:6). 이 말씀은 진리는 먼 곳에 있지 않다는 사실, 즉 가장 가까이 누구나 잘 아는 예수 그리스도가 진리임을 역설하신 것이다. 독일의 철학자 임마누엘 칸트는 그의 고향인 쾨니히스베르크를 벗어난 적이 없지만 인류의 스승으로 우뚝 서 있다.

치르치르와 미치르 남매는 행복의 파랑새를 찾아 산 넘고 강 건너고 온 들판을 헤맸지만 행복의 파랑새를 그 어디에서도 찾지 못했다. 결국 집에 돌아와 어느 날 꿈에서 깨어나 자기들의 머리맡에 두고 키우던 비둘기가 행복의 파랑새였음을 깨달았다는 얘기가 있다. 가까운 데 있는 행복을 먼 곳에서 찾는 것은 어리석은 짓이다.

모든 인간이 최고의 가치라고 추구하는 주제인 '사랑'도 먼 곳에 있지 않다. 사랑은 먼 데 있는 거창한 이데올로기가 아니다. 지금 바로 내 곁에 가까운 이웃 사람을 사랑하는 것이 참사랑이다. 『죄와 벌』에 나오는 가난한 대학생 라스콜리니코프는 이만도 못한 늙은 노파가 많은 돈을 갖고 있다는 것은 이만저만한 부조리가 아니라고 생각했다. 그 돈으로 자기가 공부해서 인류를 위해 봉사하는 것이 더 위대한 일이라고 생각하고 노파를 살해했다. 그런데 노파를 살해하고 난 후 그는 죄책감을 떨쳐버릴 수가 없었다. 창녀 소냐를 통해 참사랑이 무엇인지를 라스콜리니코프는 뒤늦게 깨달았던 것이다.

사랑은 먼 곳에 있지 않고 가장 가까운 곳에 있다. 주님은 선한 사마리아 이야기(눅 10:25-37)를 통해 참사랑이 무엇인지를 극명하게 보여주셨다. 나의 도움을 필요로 하는 이웃사람을 나 몰라라 하지 않고 내 작은 사랑의 손길과 관심의 눈길을 주는 것이 진정한 참사랑이다. 그리고 그것이 얼마나 멋지고 아름다운 인생인가.

일본의 불행은 가까운 이웃나라의 소중함을 잃어버렸다는 데 있다. 근현대사에서 아시아에 속해 있는 일본은 가까운 이웃인 아시아를 버리고 탈아(脫亞)를 주장하며 구미(歐美)를 뒤좇았다. 그러면서 우리나라를 비롯하여 아시아 여러 나라를 침략했고, 이로 인해 아시아의 여러 나라를 고통 속에 빠뜨렸다. 결국 일본은 패망했고, 이제는 이웃이 없는 고립된 섬나라로 전락했다.

이제는 가까운 것의 소중함을 알자. 그리고 거창한 사랑을 하겠다는 생각을 접자. 가장 가까운 내 가족, 내 친구들, 내가 매일 만나는 가까운 이웃 사람들을 정성을 다해 섬기는 것, 그들을 향해 따뜻한 말 한마디, 문자 한 번 보내는 것, 그런 것이 사랑임을 잊지 말자. 오늘 내 주변에 사랑받지 못해 울고 있는 고독한 사람이 있는지 돌아보자. 겨울 인생을 사는 자여! 사랑과 행복을 '가깝게'라는 말에서 찾아라.

셋째, '느리게'이다. '느리게'는 '빠르게'의 반대이다. 오늘의 시대를 한마디로 말한다면 '속도의 시대'라고 말할 수 있다. 빠름은 선이고 미덕이며, 느림은 불선이고 부덕인 시대를 우리는 살고 있다. 그래서 속도 경쟁에서 지지 않기 위해 모두 다 속도 경쟁에 뛰어들고 있다. 죽는 줄도 모르고 불 속에 뛰어드는 불나방처럼 말이다.

'천천히'라는 말은 우리 시대에는 실패를 의미하는 말과 동의어처럼 되어버렸다. 이것이 현대인의 불행이다. 과학기술의 발달은 사람들로 하여금 좀 더 빠르게 살라고 끊임없이 재촉한다. 그래서 사람들은 자동차를 운전하면서 1초를 더 빠르게 가려고 급하게 차를 몬다. 마치 0.001를 더 빠르게 달리고자 죽을 힘을 다해 달리는 100m 달리기 선수들처럼 말이다.

그런데 속도가 빠를수록 우리의 시야는 좁아진다. 한 목표점을 향해 속도를 빨리 할수록 주변의 것들을 더욱 보지 못하게 된다. 그래서 주변의 아름다운 경치도 보지 못하고, 주변 사람들, 특히 가장 가까운 가족들도 보이지 않는다. 오직 자기 이외에는 없는 이기적인 몰골이 된다. 젊은 날 열심히 산다고 정신없이 달려온 후에 인생을 뒤돌아보면 너무나도 많은 것을 놓쳤고 잃었다. 특히 건강을 잃고 후회하게 된다. '느리게'는 단지 속도만의 문제가 아니다. 그것은 마음의 여유를 말하는 것이다.

정신없이 열심히 뛴다고 보다 많은 것을 이루는 것은 아니다. 생각할 마음의 여유를 갖는 것이 중요하다. 자동차를 운전하면서 우리는 앞만 보고 달리는 것이 아니라 가끔씩 백밀러를 본다. 그것은 우리가 안전하게 운전하기 위해서 필요한 최소한의 조치이다. 마찬가지로 우리는 열심히 살아가는 중에서도 잠시 하던 일을 멈추고 자신의 삶을 뒤돌아보는 성찰의 시간을 갖는 것이 필히 요청된다.

가톨릭 신부들은 1년에 한 번씩 반드시 '피정의 시간'을 갖는다고 한다. 그것은 '빠르게'의 관점에서 보면 시간의 낭비라고 생각될지 모른다. 그러나 살아온 지난 한 해 동안을 되돌아보는 '피정의 시간'이야말로 가장 소중하고 뜻깊고 바른 길을 가도록 이끄는 최고의 값진 시간이다. 이것이 바로 '느림의 미학'이 가져다주는 최고의 가치있는 삶이다.

급체, 즉 급하게 먹는 밥에 체한다는 말이 있다. 꼭꼭 씹어서 천천히 먹어야 소화도 잘되고 건강에 이롭다. 그런데 급하게 먹으면 위에 부담을 주고 소화도 잘 되지 않는다. 우리가 음식을 먹을 때 10분의 1만 천천히 먹으면 질병도 10분의 1은 줄일 수 있다. 운전도 속도를 10분의 1만 줄이면 사고도 10분의 1은 줄일 수 있다. 급하게 하는 것이 우리의 건강을 해치고 사고를 더욱 많이 유발하는 것이다.

현대 영성신학자인 리처드 포스터(R. Foster)는 현대인의 위기는 '피상성에 있다'는 말을 했다. 피상성이란 깊이가 없다는 말이다. 충분한 사유의 시간과 오랫동안의 수고가 필요함에도 불구하고 급하게 뭔가 이루려고 하니까 깊이가 없고 졸속이 되고 마는 것이다. 빨리 박사학위를 받겠다고 남의 글을 표절하는 행위도 이와 무관하지 않다. 위대한 것 치고 속히 이루어진 것은 없다. 하나의 명작이 이루어지려면 긴 시간, 아니 어쩌면 일생이 걸릴지도 모른다. 명작 괴테의 파우스트는 80년 동안의 경험과 노력의 산물이다.

하나님의 물레방아는 천천히 돌아간다. 그것을 속히 돌리려고 하는 것은 불신앙이요 오만이다. 믿음의 조상 아브라함이 믿음을 지키지 못하고 넘어지게 된 결정적 실수는 '조급함'이었다. 하나님은 아브라함에게 후손을 주겠다고 약속하셨다. 그렇다면 기다려야 했는데, 아브라함은 기다리지 못하고 불법, 편법을 써서라도 속히 후손을 얻고 말겠다고 고집을 부렸다. 결국 하갈을 통해 이스마엘을 낳았다. 이것이 그의 최대의 실수요 커다란 죄악을 낳았다(창 16-17장).

자연은 우리에게 모든 것은 결실할 때가 있고, 그래서 순리대로 살아야 할 것을 교훈한다. 그러나 사람들은 그 순리를 거스려 속히 이루기를 원한다. 봄에 벼를 심었으면 그것이 자라서 가을에 결실할 때까지 기다려야 한다. 그런데 기다리지 못하고 편법을 써서 결실을 보겠다고 한다면 어떻게 되겠는가. 인생의 경주에서 뛰는 토끼가 걷는 거북이를 꼭 이기는 것이 아니다. 뛰다가 지친 토끼가 잠시 잠에 빠져 있을 때 오히려 한걸음씩 천천히 꾸준히 걷는 거북이가 결승점에 먼저 도달할 수도 있다.

먹는 것도 조금 천천히, 걷는 것도 조금 천천히, 화를 내는 것도 조금 천천히, 말하는 것도 조금 천천히 하자. 그러면 건강에도 좋고 실수도 줄이고 남들과의 관계도 더욱 원만해지지 않을까. 그리고 내가 전부 하는 것이 아니라 하나님이 하실 비어두는 시간, 마음의 공간을 갖는 것, 그래서 이제는 시대와 세상이 강요하는 속도 경쟁에서 잠시 한발짝 물러나 나만의 소중한 시간을 가꾸어가는 지혜로운 '느림의 미학'을 갖도록 하자.

느림의 미학을 잘 표현한 찬송가 430장(1절)을 불러본다. "주와 같이 길 가는 것/ 즐거운 일 아닌가/ 우리 주님 걸어가신 발자취를 밟겠네/ 한 걸음 한 걸음 주 예수와 함께/ 날마다 날마다 우리 걸어가리." 겨울 인생을 사는 자여! 인생의 지혜를 '느리게'라는 말에서 찾아라.

넷째, '가볍게'이다. '가볍게'는 '무겁게'의 반대이다. 겨울의 나목은 우리에게 많은 것들을 생각하게 한다. 즉 모든 비본질적인 것은 다 사라지고 오직 본질적인 것만이 남아 있는 모습을 보여준다. 무겁게 지고 있던 모든 나뭇잎들과 열매들을 다 내려놓고 나니, 이제는 가장 가볍게 서 있는 모습을 보여준다. 여기서 우리는 깊은 깨달음을 얻는다. 겨울 나무는 우리에게 결국 '가볍게' 살 것을 교훈하고 있다.

찬송가 가사 중에 "무거운 짐을 나 홀로 지고 견디다 못해 쓰러질 때"라는 가사가 있다. 인생길 가면서 우리는 얼마나 무거운 짐을 지고 고생(개고생?)하며 살아가는가. 그래서 주님께서 "수고하고 무거운 짐 진 자들아 다 내게로 오라 내가 너희를 쉬게 하리라"(마 11:28)라고 말씀하지 않았던가. 이 얼마나 복된 초청인가.

그런데도 사람들은 주님께로 오기를 거부하고 무거운 짐을 자기 홀로 지고 가겠다고 낑낑거리며 수고하고 있다. 십자가 밑에 나아가 무거운 짐을 다 내려놓으면 편한데, 그것이 잘 되지 않는다. 왜냐? 다 끌어안고 천국에 가겠다고 하니까 그렇다. 천국은 그런 나라가 아닌 데도 말이다. 천국은 다 내려놓아야 들어가는 나라인데도 말이다.

복음성가 〈노래하는 순례자〉 2절의 가사는 이렇다. "주께서 내 짐 지시니 발걸음 가벼웁다/ 주님의 그 크신 은혜 날마다 찬양하리/ 노래하는 순례자 구주의 손잡고/ 약속의 땅 찾아서 길 가는 순례자." 우리네 인생이 순례의 길을 가는 여정이라면 발걸음 가볍게 가야 즐겁고 기쁘지 아니한가. 주께서 내 짐을 대신 져 주시니 발걸음 가볍게 순례의 길을 갈 수 있다.

얼마 전 아주 인상깊게 읽은 책이 있다. 서영은 씨가 쓴 《노란 화살표 방향으로 걸었다》라는 책이다. 이 책은 저자가 800km 되는 '산티

아고 순례길'을 마치고 나서 쓴 기행문이다. 하나님을 만나고 싶다는 소망을 갖고 그 머나먼 순례의 길을 걷고자 떠났다. 걸으면서 깨달은 가장 중요한 인생의 교훈은 짐이 가벼워야 한다는 것이다. 무거운 짐을 지고는 그 먼 길을 완주할 수 없다. 마음도 가벼워야 하고, 짐도 가벼워야 한다. 그러기 위해서는 무거운 마음의 짐도 벗어야 하고, 짐도 되도록 가볍게 하기 위해 계속 버려야 한다.

그런데 순례와 같은 인생길에서 우리는 더 많이 갖고자 얼마나 애를 쓰는가. 욕심을 넘어 탐욕이라고 할 만큼 우리는 더 많이 갖고자 몸부림친다. 심지어 그것이 이웃들에게 고통과 상처를 주고 죄를 짓는 불법임에도 불구하고 말이다. 그런데 도대체 무엇을 위해서, 누구를 위해서 그토록 욕심을 부리는가. 영원히 살 것처럼 말이다. 그런데 죽어서 그것을 조금이라도 가져갈 수 있는가. 죽은 사람이 입는 수의(壽衣)에는 주머니가 없다. 그 까닭은 죽으면 아무것도 가져갈 수 없기 때문이다.

겨울이라는 계절은 우리에게 죽음을 의식하며 살라는 교훈을 일깨워준다. 수도원에 입사한 수도사들이 매일같이 암송하는 말이 있다. "메멘토 모리!"(죽음을 기억하라)라는 말이다. 죽음을 의식하며 살 때만이 우리는 매 순간을 가장 값지고 의미있게 살아갈 수 있다. 죽음은 나와 관계없는 일이라고 생각하는 사람은 어리석은 사람이고, 매 순간 죽음을 의식하면서 살아가는 사람이 참 지혜로운 사람이다.

일전에 러시아를 여행하다가 야스나야 폴랴나에 있는 톨스토이 생가를 방문한 적이 있다. 거의 150만 평에 이르는 방대한 영지인데, 거기에 톨스토이 무덤이 있다고 해서 찾아갔다. 1평 남짓한 조그마한 그의 무덤을 보고 적이 놀랐다. 그 순간 전에 읽었던 톨스토이가 쓴 〈사람에게는 얼마만큼의 땅이 필요한가〉라는 글이 생각났다. 바홈이라는 친구가 해가 떠서 해가 질 때까지 하루 종일 달려온 만큼의 땅을 준다는 경기에 참가했다. 그는 조금이라도 더 땅을 많이 갖겠다고 지나치게 욕심을 부렸고, 결국 결승점에 도달한 순간 너무 지친 나머지 그만 그 자리에서 쓰러져 죽고 말았다. 그래서 그를 1평 남짓한 땅에 묻었다는 얘기이다.

오늘 우리들은 가진 것이 적어서 불행한 것이 아니다. 남들보다 더 많이 갖지 못한 것이 불만이고 불행이다. 아시아의 최빈국이라고 하는 방글라데시 사람들은 우리와는 비교할 수 없을 정도로 가난하지만 우리보다 훨씬 행복지수가 높다는 통계자료가 있다. 그러니까 우리의 불행은 욕심을 넘어선 탐욕에서 비롯된 것이다. 지금 자신이 갖고 있는 것에 감사하며 만족하는 것, 그것이 얼마나 복된 것인가.

매일 TV 뉴스를 장식하는 대부분의 범죄 사건들은 한마디로 더 많이 갖고자 한 데서 저지른 탐욕에서 비롯된 것이 아닌가. 그런 인생이 얼마나 초라하고 비참한 모습인가. 왜 한 번 밖에 없는 인생을 지나친 욕심으로 인해 망가뜨리는가. 그것이 얼마나 어리석게 사는 인생인가.

사람은 끝이 멋있어야 한다. 마지막이 아름다워야 한다. 그런데 주변에 은퇴를 앞둔 목사들이 욕심을 부리는 모습이나 비리 사건에 연루된 소식들은 우리를 슬프게 한다. 교인들과 세상 사람들에게 감동을 주지는 못할망정 부끄러운 모습으로 사역을 마쳐서야 되겠는가. 일생동안 교회와 교인들을 위해 그토록 헌신하고 바르게 살도록 설교하면서 정작 자신들은 "노후대책 마련해 달라"면서 지나치게 노욕을 부리는 모습을 흔히 접한다.

더욱이 하나님의 집인 교회를 마치 자신의 것인 양 사유화하고 세습하는 모습은 많은 이들로 하여금 교회로부터 등을 돌리게 한다. 모세처럼, 세례 요한처럼 자신의 사명을 다한 후에 깨끗이 사라지는 멋진 모습을 보여줄 수는 없을까(신 34:6-7; 요 3:29-30). 왜 인생을 마감하면서 또다시 그 무거운 짐을 또 지겠다고 그 야단인지 모르겠다.

나이가 들수록 건강도 점점 약해지기에 무거운 짐은 건강을 해친다. 그래서 되도록이면 몸도 마음도 가볍게 해야 한다. 내 마음이 가벼워야 남을 돌아볼 수 있다. 내 짐이 가벼워야 남의 짐을 질 수 있다. 미움, 상처, 낙심, 우울, 욕심, 야망도 다 내려놓아야 한다. 그것이 자기가 살고 남을 살리는 길이요, 가장 멋지고 아름답고 풍요롭게 사는 길이다.

이제는 이 세상에서 모든 방황을 끝내고 주님과 함께 동행하면서 언젠가 아버지 집에서 평안히 쉴 것을 고대하며 〈나는 순례자〉 노래를 불러본다. "나는 순례자 이 세상에서/ 언젠가 집에 돌아가리/ 어두운 세상 방황치 않고 예수와 함께 돌아가리/ 나는 순례자 돌아가리/ 날 기다리는 밝은 곳에/ 곧 돌아가리 기쁨의 나라/ 예수와 함께 길이 살리." 죽음을 앞둔 겨울 인생을 사는 자여! 참 인생을 '가볍게'라는 말에서 찾아라. 그대에게 주님의 축복이 넘쳐나기를...

- 박신배, 『평화비둘기』(수필집2), 추천사,
보혈문학회 출판사(2021년)

제 III 부 도스토예프스키 문학과
러시아 이야기

- 상트 페테르부르크 〈도스토예프스키 박물관〉에서 -

뜻을 이루려면 하나에 미쳐야 하고
목숨을 걸지 않으면 뜻을 이룰 수 없다

- 성공의 법칙 (2009.3.29)

1. 도스토예프스키 문학의 이해

"신(神)은 나를 일생동안 괴롭혔다. 인간은 신(神)을 믿는 한에서만 인간다운 모습을 보존할 수 있다."

"이 세상에서 단 한 사람 무조건 아름다운 인물이 있습니다. 그는 그리스도입니다. 그리스도보다 더 사랑스럽고 아름답고 심오하며 이성적이고 용감하고 완벽한 존재는 없습니다. 설령 진리가 그리스도 안에 없다 할지라도 나는 오히려 진리보다 그리스도와 더불어 있을 것입니다."

나의 대학 시절은 도스토예프스키로 시작하여 끝났다고 할 정도로 난 도스토예프스키에 심취했다. 학부 졸업을 앞둔 4학년 겨울(1982년 12월), 난 〈도스토예프스키〉라는 제목의 글을 동숭청년 회지에 올렸다. 그 차례는 이렇다. 1. 글을 시작하며, 2. 작품 본문 중에서, 3. 생애와 작품, 4. 러시아와 러시아 국민성, 5. 러시아 문학사상의 특징, 6. 자유의 문제, 7. 악의 문제, 8. 허무주의의 극복과 민중 및 대지에의 애정, 9. 도스토예프스키의 하나님, 10. 글을 마치며.

그 후 순서를 재조정하여 다음과 같은 순서로 기술하였다(1989.10. 장신대 신대원 〈로고스 25집〉). 1. 머리말, 2. 19세기 러시아적 상황, 3. 생애와 작품, 4. 러시아 문학과 사상의 특징, 5. 러시아 국민성, 6. 자유의 문제, 7. 악(영혼불사)의 문제, 8. 하나님(그리스도)의 문제, 9. 허무주의 극복과 민중 및 대지에의 애정, 10. 맺음말.

1) 머리말

도스토예프스키(Fyodor Mihailovich Dostoevsky, 1821-1881)는 톨스토이(Leo Nikolaevich Tolstoi, 1828-1910)와 더불어 19세기 소설문학의 쌍벽을 이루며 20세기 문학에 가장 큰 영향을 준 세계적인 대문호이다. 오늘날 그에 대한 관심은 더욱 다각적이고 심층적으로 펼쳐지고 있다. 그것은 오늘날 인간에게 메말라가는 영혼과 사랑, 죄와 종교 및 윤리와 신앙의 근원적인 제문제들이 그의 문학과 사상에서 발견되기 때문이다.

그런데 도스토예프스키를 이해하는 데에는 상당한 어려움이 있다. 우선 그의 생애가 극적이고 그의 성격이 복잡할 뿐만 아니라 그에 대한 일차 자료조차도 수십 종이어서 취사선택이 어렵고, 더욱 어려운 것은 그를 이해하기 위해서는 그의 작품 뿐만 아니라 인간에 관한 모든 지식을 필요로 하기 때문이다.

톨스토이는 위대하고 심오하기는 하나 결코 난해하지 않다. 그러나 도스토예프스키는 쉬운 문제마저도 그에게 가져가면 어렵게 만드는 잔인한 천재이다. 그의 난해성은 인생의 난해성과 동질의 것이다. 그 자신이 "인생에 있어 쉬운 문제가 있을 까닭이 없지 않느냐?"고 반문하고 있다. 우리 주변에 너무 안이한 답안들과 요령있는 적당주의가 판을 치는 현실에 접할 때 이 말은 깊은 의미를 시사한다. 문학은 역시 러시아의 것이 깊이가 있다는 말은 그를 두고 하는 말이 아닐까.

스위스의 발터 니그(Walter Nigg) 목사는 도스토예프스키의 작품은 오로지 신앙의 관점에서만 올바르게 이해될 뿐만 아니라 그의 타고난 기독교적 천성을 동시에 착안하지 않고는 그에 관한 어떠한 연구나 해석도 피상적인 외곽에 머무를 뿐이라고 말했다. 도스토예프스키 자신도 "일평생 신(神)의 존재의 문제로 고뇌를 씹으며 살아야 했다"고 고백하였다.

한편 러시아 철학자 베르쟈에프(N.A. Berdyaev, 1874-1948)는 도스토예프스키를 가리켜 '철학자'라고 했다. 키르케고르를 가리켜 '문학으로 철학을 한 사람'이라면, 도스토예프스키는 '철학으로 문학을 한 사람'이다. 아닌 게 아니라 도스토예프스키 문학사상의 핵심을 허무주의의 극복의 문제와 더불어, 자유의 문제, 악(영혼불사)의 문제 및 하나님(그리스도)의 문제라고 볼 때 전자는 니체(1844-1900)의 문제요, 후자는 칸트(1724-1804)의 실천이성의 요청으로서의 세 가지 지상명제와 동일한 문제이기 때문이다.

이 글은 난해해서 이해하기 힘든 도스토예프스키를 가까이서 만나게 하고, 그의 중심문제가 무엇인가를 밝히는 데 역점을 두었다. 부족하나마 이 글을 통해 위대한 예술정신과 만나는 기쁨을 누리며, 조국과 민중에 대한 사랑 및 그리스도에 대한 신앙을 새롭게 회복하는 계기가 되었으면 하는 작은 바람이 있다.

2) 19세기 러시아적 상황

도스토예프스키는 19세기의 한복판을 살았던 전형적인 러시아인으로서, 그의 문학을 이해하는 데 있어서 19세기 러시아적 상황을 고찰하는 일은 필수 불가결하다.

19세기의 러시아는 알렉산드르 1세의 통치(1801-1825)로부터 시작해서 니콜라이 1세(1825-1855), 알렉산드르 2세(1855-1881), 알렉산드르 3세(1881-1894)을 거쳐 니콜라이 2세(1894-1917년 러시아 대혁명)로 이어진다.

도스토예프스키가 태어난 19세기 초엽은 자유주의와 시민혁명의 물결이 제정 러시아에 서서히 흘러 들어오던 시대였다. 이 무렵 나폴레옹 전쟁(1812년)에서 패전하고 돌아온 러시아 청년 장교단과 소수의 지식인들은 알렉산드르 1세의 반동적인 통치노선에 실망하여 니콜라이 1세가 즉위하던 날(1825.12.14.)에 반란을 일으켰다. 역사는 이 사건을 '12월 당원(Decembrist)의 반란'(데카브리스트)이라고 부른다.

반란을 진압하고 즉위한 니콜라이 1세의 30년간의 치세는 강권과 억압으로 특징지어진다. 이러한 어두운 반동의 시대에 러시아 민중을 대변하여 자기 국민을 계몽하고 국가를 개조하려는 민족적 사명감을 가진 지식계급층(인텔리겐차)이 대두하였다.

이들 지식인들 가운데 짜리즘(tsarism)에 가장 충격적인 도전장을 낸 사람은 서구화를 주장한 차아다예프(Chaadaev, 1794-1856)로서 그의 글들은 지식인들 가운데 격렬한 논쟁을 일으키면서 서구화주의(서구파)와 슬라브주의(슬라브파)라는 대조적인 두 세력을 낳았다. 실로 서구파와 슬라브파의 논쟁은 19세기의 거의 전 시기에 미쳤다.

벨린스키(Belinsky, 1811-1848), 헤르쩬(Herzen, 1812-1870) 및 바쿠닌(Bakunin, 1814-1876)으로 대표되는 서구파들은 표트르 대제(Peter 1세, 1682-1725)로부터 시작된 서구화 정책이 러시아의 사회적 수준과 성숙도가 낮아 결국 니콜라이의 전제정치와 같은 반동의 형태로 변질되었다고 보았다. 서구파들은 점차 반정부적인 태도를 취하면서 허무주의(nihilism)와 혁명운동으로 바뀌어 나갔는데, 그러한 계기가 된 사건이 도스토예프스키도 속해 있던 페트라셰프스키 독서회원들에 대한 정부 당국의 고문사건이었다.

이에 반해 이반 키리예프스키(Ivan Kireyevsky, 1806-1856), 호마코프(Khomyakov, 1804-1860) 및 악사코프(Aksakov, 1817-1860)로 대표되는 슬라브파들은 유럽 국가들과는 달리 러시아는 습관, 신앙, 제도 면에서 독자성을 띠고 있음으로 전통에 충실해야 한다고 주장하면서 서구화 정책을 반대하였다. 열렬한 민족주의자들인 이들은 보수반동체제를 찬성하고 이른바 전제주의, 정교주의 및 민족주의를 표방하였다. 아무튼 이 두 파는 농노제의 폐지를 주장하였고, 조국 러시아를 각각 아들과 어머니로서 사랑한 사람들이었다.

2월 혁명(1848년)과 크리미아 전쟁(1854-1856년)의 패배 이후 전제 정치와 농노제라는 두 기둥으로 상징되는 짜리즘은 더욱더 개혁을 요구당했다. 당시 2천만 명이나 되는 농노들의 생활은 사람보다는 짐승에 가까운 비참한 것이었다. 농노제도에 따른 문제점이 얼마나 심각했는가 하는 것은 농노해방 이전까지 1,467회의 농민폭동이 발생한 것만 보아도 알 수 있다. 마침내 1861년 2월 알렉산드르 2세는 대개혁(농노해방령)을 내렸다.

그러나 이러한 '위로부터의 개혁'이 점차 배격되자 '아래로부터의 혁명'이 급속히 나타났다. 60-70년대에는 비귀족 출신들인 체르느셰프스키(Chernyshevskii, 1828-1881), 도브롤류보프(Dobrolyubov, 1836-1861), 피사레프(Pisarev, 1840-1868)로 대표되는 러시아 급진주의가 대두하였다. 체르니셰프스키는 『무엇을 해야 하나?』라는 정치소설에서 인텔리겐차의 사명은 인민을 교육하고 지배계층을 각성시키는 것이라고 주장했다. 그의 이러한 사상은 '인민으로(V narod) 운동으로 발전해 갔다. 1873-1874년에 절정에 이른 '나로드니키(narodniki)' 운동은 이 운동의 성격을 이해하지 못한 무지한 농민과 정부의 탄압에 부딪쳐 실패하고 말았다.

이러한 분위기 속에서 제정 러시아를 타도하고 새로운 이상사회를 건설하기 위한 보다 구체적인 혁명적 정치이론들이 나오기 시작했다. 가장 열광적인 혁명가인 네차예프(Nechaev, 1847-1882)는 "혁명가는 오직 한 가지 혁명밖에 생각하지 않는다"고 하면서 혁명을 촉진하는 일체의 행위는 도덕적이고 그 반대 행위는 비도덕적이라는 새로운 도덕률을 제시했다. 이 주장은 뒷날 레닌(Lenin, 1870-1924)에 의해 모두

받아들여졌다.

1876년에 창설된 혁명적 음모집단인 '토지와 자유당'은 1879년에 나로드니키 운동의 전통을 계승하여 점진주의와 선전활동을 강조하는 '흑토재분배당'과 혁명을 촉진하는 방법으로 테러리즘을 강조한 '인민의지당'으로 분열되었다. 그 후 '인민의지당'의 테러 행위는 날로 과격해졌고 도스토예프스키가 죽은 지 한달 여만인 1881년 3월 마침내 그들은 알렉산드르 2세를 암살하였다.

결국 러시아는 19세기 초엽, 알렉산드르 1세 통치하의 스페란스키 (Speranski, 1772-1839) 개혁정책에서부터 여러 차례에 걸친 개혁이 시도되었음에도 불구하고 황실과 귀족들의 체제유지적인 반동정책은 20세기를 혁명의 세기로 만들어놓았다.

이상에서 살핀 19세기 러시아적 상황은 도스토예프스키 문학에 깊은 영향을 주었다. '지하실의 인간'을 그린 위대한 반합리주의자 도스토예프스키는 현대의 심리소설은 물론이거니와 실존철학, 신학적 부흥 및 우리 시대의 혁명에 의한 파국을 예고함으로써 니체, 키르케고르와 함께 정평있는 20세기의 예언자가 되었다.

3) 생애와 작품

도스토예프스키는 1821년 10월 30일 모스크바에서 가난한 군의관의 아버지에게서 7남매의 둘째로 태어났다. 16세 때 어머니는 결핵으로 세상을 떠났고, 그는 제정 러시아의 수도인 상트 페테르부르크의 육군공병학교에 들어갔다. 18세 때 아버지는 자기 영지 농노들에게 원한을 사 비명에 돌아가셨다. 그 후 문학청년이 되어 호메로스, 실러, 프랑스 고전비극 및 푸시킨에서 고골리에 이르기까지 마구 섭렵하였다.

22세 때 육군공병학교를 졸업하고 관직에 있었으나 곧 사직하고 창작에 몰두, 24세 때 「가난한 사람들」을 발표하여 벨린스키의 격찬을 받으면서 위대한 작가의 대열에 들어섰다. 이미 이때부터 현대의 독자들이 생각하는 도스토예프스키의 상(像), 즉 신비적, 공상적, 초인적, 악마적, 설교적 및 민중적인 이미지가 정립되기 시작했다.

그는 '페트라셰프스키 서클'이라는 이념적 독서회에 참가했다가 1849년 4월 23일 체포되어 사형언도를 받고 집행장에 끌려갔다가 사형 직전에 감형되어 4년간 시베리아 유형을 받게 되었다. 이 죽음의 체험을 그는 「백치」에 나오는 〈5분 남은 사형수 이야기〉를 통해 묘사하고 있다. 이 사건은 그의 생애에 최대의 심적 변화를 가져왔다. 이때부터 그는 인생을 죽음의 관점에서 바라보게 되었으며, 이 사건에 의한 혹독한 고통과 정신적 고독은 그로 하여금 불가마 속에서도 헤쳐 나갈 결의에 찬 인간으로 성숙시켰다.

그는 오직 성경 한 권을 벗 삼아 4년간의 옥고를 치르고 1854년 2월 형기가 만료되자 사병으로 시베리아 국경수비연대에 근무하였다. 그해 가을부터 세관원의 과부인 마리아 드미트리예브나 이사예바와 사랑을 속삭이다가 1857년 2월 결혼하였다. 2년 후 1859년 3월 소위로 임관되면서 페테르부르크로 돌아왔다.

1861년 1월, 형과 함께 잡지 《브레미야(시대, 時代)》를 창간하여 「학대받은 사람들」, 「죽음의 집의 기록」을 연재했으나 2년 후 폐간되었다.

1863년, 폴리나 수슬로바와 사랑에 빠져 유럽여행을 떠났다가 여행 중에 도박으로 돈을 다 잃고 사랑도 파탄에 이르렀다. 이때부터 그의 건강은 악화되기 시작하여 1849년 이래의 고질병인 간질 발작이 심해졌고 그의 도박벽은 극에 달했다. 1864년 새로운 잡지 《에포하(세기, 世紀)》에 「지하 생활자의 수기」를 게재했다. 이 해는 최악의 해로서 그의 아내와 형, 그리고 친구 아폴론 그리고리예프가 죽었으며, 그의 잡지는 발행정지 처분을 받았다.

1866년 굶주림과 돈의 문제로 사생 간을 방황하는 가운데 「죄와 벌」을 완성했다. 그토록 비참한 생활 가운데서도 한 줄기 광명을 얻은 것은 안나 그리고리예브나 스니뜨기나라는 젊은 여자 속기사를 만난 일이다. 안나의 도움으로 「도박자」를 완성했고, 그 이듬해 46세인 그는 22세의 안나와 재혼했다.

그는 「죄와 벌」에서 반역, 폭력, 혁명을 상징하는 라스콜리니코프의 오만성과 무신론을, 소냐의 온순성과 신앙심으로 대립시켜 후자의 승리를 묘사하였다. 1868년 「백치」의 므이시킨을 통해 그리스도의 심성을 보여주었고, 1871년 「악령」에서는 혁명의 이름으로 수단을 가리지 않고 국법과 신의 법도를 파괴할 수 있다고 믿는 허무주의자들은 악령에 홀린 자로서 스스로를 망하게 한다고 하였다. 1875년 「미성년」에서는 인간 심리의 이중성을 다루었다. 그 후 2년 동안 발표한 「작가의 일기」는 주로 민족성의 문제를 다루었는데, 크게 성공하여 비로소 국민적인 대작가의 자리를 굳혔다.

1880년 그의 필생의 대작인 「카라마조프가의 형제들」을 발표하였다. 이 작품은 그의 전 생애를 괴롭혀 온 종교 문제(하나님의 존재, 수난과 죄의 문제)를 다루었다. 속편으로 「알료샤 이야기」를 쓰려 했으나 그의 죽음으로 빛을 보지 못했다. 1881년 1월 28일 페테르부르크에서 60세의 일기로 위대한 생애를 마쳤다. 그의 작품 가운데 10권을 뽑아 감동 받은 대목을 여기에 옮겨 본다.

(1) 「가난한 사람들」(1845년, 24세).

"이런 난폭한 말을 해서 미안하지만 바렌까, 가난한 사람도 당신이 처녀로서의 수치심을 가지고 있는 것과 마찬가지로 부끄러워한다는 것을 이 자리에서 밝혀두고 싶습니다."

(2) 「이중인격」(1846년, 25세).

"골랴드낀 씨는 이제 완전히 이 한밤의 손님이 누구인지 알게 된 것이다. 그의 한밤의 손님은 다름아닌 바로 그 자신이었던 것이다. - 골랴드낀 씨, 그렇지만 그와 완전히 똑같은 사나이 - 한마디로 말해서 모든 점에 있어서 그의 환상이었던 것이다."

(3) 「백야」(1848년, 27세).

"당신 마음의 하늘이 언제까지나 맑게 개기를, 그대의 아름다운 미소가 언제까지나 아늑하고 무사하기를, 그리고 더없는 기쁨과 행복의 순간에 당신께 축복이 있기를, 그것은 당신이 다른 한 사람의 고독하고 감사에 넘치는 마음에 주는 행복이기도 한 것이다! 아아! 더없는 기쁨의 완전한 순간이여! 인간의 긴 일생에 있어 그것은 결코 부족함이 없는 순간이 아니겠는가...”

(4) 「죽음의 집의 기록」(1861년, 40세).

“'무슨 짐승이 이래. 아무리 잘해 주려고 해도 달려들기만 하니.' 주둥이를 누르고 있던 죄수가 사랑스런 눈으로 푸드덕거리는 독수리를 내려다보며 말했다. '놓아줘, 미끼뜨까!'. '저 놈 한텐 뭘 해줘도 소용없어. 자유가 그리운 거야. 마음대로 날아다닐 수 있는 자유'.”

(5) 「지하 생활자의 수기」(1864년, 43세).

“주위는 진창과 시궁창뿐, 매일 밤 죽은 사람들이 일어날 시간이 되면 당신은 관 뚜껑을 꽝꽝 치며 이렇게 혼자 소리를 지를 거야. '여보세요, 제발 여기서 좀 나가게 해 주세요. 잠깐이라도 좋으니까 인간다운 생활을 해보고 싶어요. 전 살긴 했어도 인생을 몰랐어요. 제 인생은 떨어진 걸레 조각같이 되어 센나야 광장 술집에서 술 하고 같이 마셔 버렸어요. 여보세요, 제발 저를 다시 한번만 이승에서 살게 해 주세요'...”

(6) 「죄와 벌」(1866년, 45세).

“별안간 그는 재빠르게 온몸을 굽혀 마루청에 몸을 던지더니 그녀 발에 키스했다. 소냐는 깜짝 놀라며 마치 그가 미친 사람인 양, 그에게서 물러났다. '당신은 무슨 짓을 하세요. 나 같은 사람 앞에서?' 그녀는 질려서 중얼거렸다. 갑자기 그녀의 심장은 아프도록 죄어들었다. 그는 불쑥 일어났다. '나는 너에게 머리를 조아린 것이 아니다. 나는 온 인류의 고통 앞에 머리를 조아린 것이다.'"

(7) 「백치」(1868년, 47세).

"한 신부가 십자가를 들고 한 사람 한 사람 사형수를 보며 그 앞을 돌아다녔습니다. 드디어 목숨이 붙어있는 것도 앞으로 5분밖에 남지 않았습니다. 그의 말에 의하면 이 5분간이 한없이 긴 시간인 것처럼 그리고 막대한 재산이나 되는 것처럼 여겨지더라는 것입니다... 우선 동료들과의 작별에 2분을 쓰고, 이 세상을 떠나기에 앞서 자기 자신의 일을 생각하는 데 2분, 그리고 나머지 1분을 마지막으로 주위의 광경을 둘러보는 데에 할당했다는 것입니다."

(8) 「악령」(1971, 50세).

"'모든 것이 좋다는 것을 가르치는 사람은 이 세계를 완성시키는 사람입니다.' '그것을 가르쳤던 분은 십자가에 못 박히지 않았소?' '그 사람은 반드시 옵니다.' '그 이름은 인신(人神)이오.' '신인(神人)이지요.' 하며 스타브로긴이 물었다. '아니, 인신 즉 초인에 대해서 말입니다. 거기엔 차이가 있습니다' 하며 끼릴로프가 대답했다."

(9) 「미성년」(1875년 54세).

"친구여, 이 세상은 정말 아름답군! 내 건강이 좋아지면 봄에는 다시

방랑의 길로나 떠날까 한다. 이 세상이 하나의 비밀이라는 사실이 더욱 더 이 세계를 아름답게 해준다. 마음도 흐뭇하고 통쾌해지며 여기서 맺어진 열매는 사람들의 마음을 기쁘게 해준다. '신이여, 모든 것은 당신 속에 있고 나도 또한 당신 품에 안겨 있으니 나를 감싸 주십시오!' 불평하지 말아라. 젊은이여, 비밀이 있기 때문에 모든 것이 더 아름다워지는 법이니까."

(10) 「카라마조프가의 형제들」(1880년, 59년).

"그러나 미짜는 마부의 말을 듣고 있지 않았다. 그는 혼자 열띤 어조로 기도문을 중얼거리고 있었다. '주여, 방탕하기 이를 데 없는 놈이지만, 제발 저를 심판하지 말아 주십시오. 제 자신이 이미 저의 죄를 책하였으니까요. 저는 비열한 놈이지만, 비록 당신이 지옥으로 보낸다 하더라도 여전히 당신을 사랑할 겁니다. 지옥 속에서도 저는 영원히 당신을 사랑한다고 부르짖을 것입니다. 그 대신 이 세상에서의 사랑을 끝까지 다하게 해주십시오. 지금 이 지상에서 다섯 시간 동안만이라도."

4) 러시아 문학과 사상의 특징

도스토예프스키의 '사실주의'(Realism) 문학을 이해하기 위해서는 러시아 문학과 사상의 특징을 간략하게나마 이해할 필요가 있다. 일반적으로 불문학의 주류를 '자연주의'(Naturalism), 독문학의 주류를 '이상주의'(Idealism), 영문학의 주류를 '경험주의'(Empiricism)로 규정할 수 있다면, 러시아 문학은 '리얼리즘' 문학이라고 규정할 수 있다.

러시아 문학은 유럽 여러 나라에 비해 역사가 매우 짧다. 그러나 19세기 리얼리즘 문학은 단연 세계적인 수준을 능가한다. 그 저력은 '문학과 국민 간의 강한 결속력'에 있다고 말할 수 있다. 헤르쩬은 러시아 문학의 사명에 대해 "어떤 정치적 자유조차 갖지 못한 국민에게 있어서 문학이란 국민의 분노이며 양심의 외침을 전달하는 하나의 수단이다"라고 말했다.

이렇듯 문학이 사회의식 형성과 이상 창조에 지대한 역할을 한 만큼 문학가에 대한 전제정치의 박해도 다른 나라에서 그 유례를 찾아볼 수 없을 만큼 격심한 것이었다. 헤르쩬은 "우리의 문학사는 순교사의 역사이며 또한 고통의 기록이다"라고 쓰고 있다.

한편 프러스펠 메리메가 "불문학의 경우 미(美)가 제일의 것으로 추구되고 내용의 진실성은 부차적인 것에 비해서, 러시아 문학의 경우에는 먼저 진실(眞實)이 요구되고 미(美)는 이에 따라서 자연적으로 따라온다"고 말한 것은 러시아 문학의 특징을 잘 지적한 것이다. 러시아인의 사고로는 진실한 것, 인간적인 것만이 미(美)이고, 내용의 진실성, 아름다움을 갖지 못한 작품은 예술적 가치를 갖지 못한다.

하나만 더 든다면 러시아 문학을 관철하고 있는 기본적인 사상의 하나는 주위의 인물이 불행할 때 개인은 자기 자신을 행복하다고 느낄 수 없으며, 또한 느껴서도 안 된다는 사상이다. 그들은 개인의 행복을 사회의 행복에 연결시키려는 지향을 갖고 있다. 그러기에 파스테르나크(1890-1960)는 「의사 지바고」에서 "굶주린 이웃을 옆에 두고 자기만 맛있는 칠면조 고기를 먹으면서 행복감에 젖는 그런 이기적인 모습을 러시아인에게서는 좀처럼 찾아볼 수 없다"고 하였다.

이러한 사고를 구현한 러시아 문학 작품 속의 주인공은 「카라마조프가의 형제들」 속에 나오는 순례자 마카르처럼 영원한 구도자이며 이러한 모습은 서구적 시민사회의 이념과는 거리가 먼 것으로 국민의식 속에 숨어있는 공동체적 정신의 구현이라고 할 수 있다.

5) 러시아 국민성

도스토예프스키는 철저하게 러시아인이었으며 러시아 작가였다. 그런데 우리가 반드시 이해해야 할 사실은 러시아인의 정신구조가 서구인들의 그것과는 판이하게 다르다는 사실이다. 도스토예프스키의 문학을 이해하는 데 있어서 러시아 국민성을 검토해 보려는 이유가 여기에 있다.

러시아인의 정신구조는 지리적, 역사적 조건으로 형성되어 온 것으로 보인다. 러시아는 세계의 완전한 단면이다. 러시아인의 혼의 깊이에는 동양적인 것과 서양적인 것의 두 원리가 항상 대립하고 있다. 러시아인은 결코 서구적 의미의 문화인이 아니다. 그들은 오히려 계시와 영감의 민족이며 중용(重用)을 모르고 극단으로 달리는 국민이다. 도스토예프스키 자신도 젊은 시절을 회상하면서 "무슨 일에나 극단에까지 일을 몰고 가는 성질이어서 내 평생에 한 번도 중용이라고는 지킬 줄 몰랐다"고 고백하기도 했다.

서구인들은 모든 것을 범주로 분류하려고 하지만 러시아인은 그렇지 못하다. 그들은 무한에 직면하는 일에 익숙하며 범주로 분류되는 것을 싫어한다. 사회계층의 온갖 구분이라는 것이 러시아인에게는 없다. 단지 두 개의 모순된 원리가 러시아 혼의 구조를 이루고 있다. 그 하나는 자연적 · 디오니소스적 이교주의와 다른 하나는 금욕적 · 수도원적 정교신앙이다.

러시아인 사이에 널리 사랑받고 있는 민화의 주인공 '바보 이반'의 형상은 러시아 국민성의 또 다른 측면을 말해주는 듯하다. 그러나 이 형상의 적극적 의미는 운명에의 복종, 악에 대한 무저항과 인내의 찬미가 아니라 오히려 정직, 근면, 불굴과 이웃에 대한 사랑 등을 실천함으로써 오는 종국적 승리에 대한 확신이다. 러시아인은 인내에 대해 놀라울 정도로 능력을 지니고 있다. 그러나 러시아 국민 자신은 인내를 미덕으로 생각하지 않는다. 헤르쩬은 "러시아인은 고통스럽게 인내하지만 굴복하지 않는다"고 말하였다.

한편 베르쟈예프는 러시아인을 가리켜 "묵시주의자이거나 허무주의자"라고 말했고, 도스토예프스키 자신도 "러시아인은 모두 허무주의자"라고 말하면서 러시아인은 '신의 심부름꾼'이라고 하였다. 이것은 러시아인의 형이상학적 본질과 세계적 소명에 따라 '종말의 인민'이라는 것을 의미한다. 메시아 의식은 유대인을 빼놓고는 다른 어느 민족보다도 러시아인의 특징을 나타낸다. 그것은 러시아의 모든 역사를 통하여, 바로 공산주의 시대에 이르기까지 면면히 계속되고 있다.

6) 자유의 문제

도스토예프스키의 '인간과 그 운명'이라는 주제는 무엇보다도 '자유'라고 하는 주제였다. 자유는 그의 세계관의 핵심에 놓여 있다. 귀족인 톨스토이의 형이상학이 '사랑을 주제로 한 화합의 세계관'으로 귀착된다면, 민중인 도스토예프스키의 형이상학은 '자유를 주제로 한 갈등의 세계관'으로 귀착된다.

그런데 그가 일반적으로 정치적 자유에 대해 보수주의자이며 반동가라는 사실을 「작가의 일기」에서 많이 찾아볼 수 있다. 이와 같은 외면적인 특징이 자유가 그의 문학의 핵심이며 그의 철학을 이해하는 열쇠임을 어렵게 하고 있다.

그가 '잔인한 천재'라고 불린 까닭은 인간이란 자유로운 존재로서 거기에 따른 커다란 책임을 지우게 했기 때문이다. 베르쟈예프가 「노예냐 자유냐」에서 "인간은 자유인이 되기보다는 쉽게 노예인이 되어버린다. 그것은 노예의 길은 쉬우나 자유에의 길은 어렵고 험하기 때문이다"라고 했듯이, 자유는 안이한 것이 아니라 무거운 짐이라는 것이다. 즉 자유는 권리가 아니라 책임이며 의무이다.

만일 신이 없다면 인간에게는 자기를 지배하는 자가 따로 없다는 의미에서 절대적인 자유가 있다. 자기가 주인이라는 것은 자기가 자기를 철저하게 자유롭게 다룰 수 있다는 것을 의미한다. 즉 자기에 대해 어떠한 명령이라도 내릴 수 있다는 것이다. 「악령」의 키릴로프는 이것을 실험하였고, 그의 무신론은 철저한 자살로 끝났다.

인신(人神)의 길, 즉 자기를 신격화(神格化) 하기에 이르면 인간은 비

인간과 잔인으로 진화될 뿐이며 자유는 부인된다. 다만 신인(神人)의 길만이 인간의 긍정, 인간의 인격과 자유로 이끌어 간다. 이것이 그의 실존주의적 자유의 변증법이었다.

스타브로긴과 베르실로프의 자유는 공허한 것이며, 스비드리가일로프와 표도르 카라마조프의 자유는 인격을 분열시키고 있으며, 라스콜리니코프와 베르호벤스키의 자유는 범죄에 도달하게 되며, 키릴로프와 이반 카라마조프의 악마적 자유는 인간을 죽이게 한다. 이처럼 자의적인 자유는 스스로를 파멸시키고 마는 것이다.

자유에 문제에 관한 그의 탐구는 「카라마조프가의 형제들」에서 잘 나타나는데, 그의 자유에 대한 변증법이 그 절정에 도달한 것은 〈대심문관의 이야기〉에서이다. 이 이야기는 두 보편적인 원리가 대결한다. 자유와 강제, 삶의 의미에 대한 신앙과 이 신앙에 대한 부정, 신적인 사랑과 인간적인 동정, 그리스도와 반그리스도 등이다.

여기에 나타난 그리스도상은 '자유를 체현(體現)하는 그리스도'라고 요약할 수 있다. 대심문관은 그리스도가 물리쳤던 세 가지 유혹(마 4:1-11)을 인간의 행복과 평안이라는 이름 아래 이를 수락하고, 그 다음 그는 자유를 포기한다.

도스토예프스키의 악마란 행복을 주는 대신 자유를 박탈하는 것이다. 그가 자유 대신에 빵을 주려는 무신론적 사회주의를 비난한 이유가 여기에 있다. 즉 사회주의적 평등이란 전제(專制) 아래서만 가능한 것이며, 이러한 평등을 구하는 경향은 가장 심한 불평등, 그리고 최대 다수에 대한 극히 소수의 폭군정치에 이르지 않을 수 없기 때문이다.

인간 정신의 자유와 행복은 양립하지 않는다. 자유는 귀족적이며 선발된 소수를 위해서만 존재한다. 대심문관이 그리스도를 비난한 까닭은 그리스도가 인간에게 힘에 겨운 자유를 부여하고 인간을 사랑하지 않는 것처럼 행동했기 때문이다. 그리스도의 종교적 귀족주의가 대심문관을 괴롭히고 있는 것이다.

그리스도의 종교는 사랑과 자유의 종교, 즉 신과 인간 사이의 '자유로운 사랑의 종교'이다. 따라서 인간은 자유에 관한 영원한 문제 해결을 그리스도가 진리일 뿐 아니라 자유에 관한 진리(요 8:32)로써, 그리스도 자신이 자유이며 자유로운 사랑이라는 사실 가운데서 찾아야만 할 것이다.

7) 악(영혼불사)의 문제

악의 문제는 도스토예프스키에 있어 자유의 문제와 직결되어 있다. 자유가 없이는 악을 설명할 수 없다. 만일 자유가 없으면 오직 신만이 악의 책임을 져야 할 것이다. 신에 대하여 영원히 거론되고 있는 반대론은 이 세계에 악이 존재한다는 사실이다. 이 주제야말로 그의 근본적인 주제이며 그의 전 작품은 이 같은 논의에 대한 응답이라고 할 수 있다.

신이 존재한다는 것은 정녕코 악과 고뇌가 존재하고 있기 때문이다. 악의 존재는 신의 존재의 증명이다. 만일 세계가 오직 선과 정의로서만 이루어지고 있다면 신의 존재는 필요치 않을 것이다. 세계 그 자체가 신이 될 것이기 때문이다. 신이 존재한다는 것은 악이 존재하고 있는 까닭이기도 하다.

인간 운명(生)의 비밀은 모두 '자유와 악의 문제'와 관련되어 있다. 자유는 비합리적이고 따라서 선과 악을 다 같이 만들 수 있다. 악을 만들어 낼 것이라는 구실 밑에 자유를 부정한다는 것은 악을 이중으로 만들어내는 일이다. 여기에 이율배반과 신비의 수수께끼가 있다. 인간이 악으로부터 많은 만족을 얻고 악은 선에 이르는 한 단계에 불과하다고 믿고 의식적으로 악의 길에 들어갈 수 있다고 믿는 따위는 광기이다.

악은 고뇌로부터 분리할 수 없는 것이며 속죄에 이르지 않으면 안 된다. 인간이 악으로부터 깨끗해졌을 때 비로소 빛에 도달하게 된다. 그러나 이 체험은 위험한 것이어서 그것은 다만 진정으로 해방된 자, 또는 정신적으로 사물을 바라볼 수 있는 자들에게만 존재한다. 도스토예프스키가 위험한 작가라고 생각되는 이유가 여기에 있다. 왜냐하면 그는 정신적인 해방의 분위기 속에서만 읽혀져야 하기 때문이다.

도스토예프스키는 자유가 자기 의지로 전락하게 되면 악에 이르는 범죄를 낳고, 범죄는 마침내 벌에 이르게 된다는 것을 제시하였다. 라스콜리니코프는 허위의 관념(이데올로기)에 사로잡힌 한 인간이다. 그는 자기의 이데올로기라는 이름에 의해 인간 가운데 가장 보잘것없는 인간을 죽일 권리의 유무를 자기 의지에 의해 해결하였다.

그러나 이와 같은 문제 해결은 인간에게 속한 것이 아니라 신에게 속한 것이다. 신만이 '유일한 높은 관념'이기 때문이다. 따라서 신의 높은 의지에 머리를 숙이지 않는 자는 그 이웃을 파괴하고 자신을 파괴하게 된다. 이것이 「죄와 벌」의 교훈이며 기독교 사상이다. 여기서 도스토예프스키는 이웃에 대한 사랑의 종교를 설파하고, 인간 이외 혹은 인간을 초월하여 설정된 머나먼 목적을 위한 사랑이 허위임을 명백히 하고 있다.

「죄와 벌」의 라스콜리니코프를 더욱 철저화한 인물이 「악령」의 스타브로긴이다. 그의 명제는 "신이 존재하지 않으므로 일체는 허용된다" (시 10:4)는 것이다. 이 세상에 인간밖에 존재하지 않는다면 진실한 의미에 있어서 심판자는 없다는 것을 의미한다. 그러므로 무슨 짓을 하더라도 결국은 허용된다.

스타브로긴은 이 명제에 대한 진리성을 실험하기 위하여 인간이라고 하기에는 거의 믿을 수 없는 만행을 저지른다. 이러한 인간의 자의(恣意)의 길은 인간성의 상실을 가져올 뿐 아니라 인간의 모든 선악의 기준을 파괴한다. 그러기에 도스토예프스키는 "인간은 신을 믿는 한에 있어서만 인간다운 모습을 보존할 수 있다"고 갈파하였던 것이다.

도스토예프스키는 악과 범죄의 문제를 그 모든 심층으로부터 제시하고 어떠한 인간도 드높은 관념 없이는 살아갈 수 없는데, 이 관념은 불사하는 인간의 영혼, 즉 '영혼불사'의 관념이라는 것이다. 따라서 그는 악과 범죄의 문제를 영혼불사와 연결시키고 있다. 인간은 절대적인 가치를 가지고 있으며 인간의 인격은 영혼불사로서, 영원한 인격적 원리의 파괴는 바로 악인 것이며, 이에 대한 긍정은 선이다.

인간 가운데 가장 하찮은 존재의 생명도 운명과 영원과의 관계 밑에서 절대적인 의미와 가치를 가지고 있다. 이러한 이유에서 인간은 벌을 받지 않고는 한 사람의 생명도 죽일 수 없다. 타락한 인간 존재에서 조차도 하나님의 형상(창 1:27)을 인정하지 않으면 안 된다. 이것이 도스토예프스키의 윤리학이다.

8) 하나님(그리스도)의 문제

하나님은 존재하는가? 하나님이 존재한다면 욥과 같은 의인이 왜 고통을 당해야 하는가? 절대자에 대한 참을 수 없는 분노를 품고 있던 이반은 "나는 아무것도 모르겠다. 지금 나는 아무것도 알고 싶지 않다"고 실토한다. 이반이 그토록 열을 올려서 신에게 항거하는 중요한 이유는 죄 없는 아이들이 당하는 고통이었다.

분명히 이반의 생각은 옳다. 왜냐하면 하나님은 눈물을 흘리는 어린 아이의 마음속에 계신 것이지, 욥의 동료들같이 자신은 신심(信心)이 두텁다고 하면서 부당하게 신을 옹호하고 혀끝이나 잘 놀리는 소위 신의 변호자라고 하는 자들 곁에 계신 것이 아니기 때문이다.

자기 스스로가 하나님의 문제로 이 같은 괴로움을 당해 보지 않은 사람은 생각조차 못할 처절한 하나님을 향한 부르짖음을 이해하지 못한다. 진정 소녀의 발밑에 엎드려 "나는 너에게 머리를 조아린 것이 아니라 온 인류의 고통 앞에 머리를 조아린 것이다"라는 라스콜리니코프의 고뇌를 이해할 수 없다. 이 같은 신앙의 고뇌를 통해서만이 우리는 다른 어떠한 논리적 증명 방법으로는 포착할 수 없는 그런 하나님의 참모습을 체험하게 된다.

이반이나 키릴로프는 하나님의 은총을 전혀 기다려 보려고 하지 않는 그 아집 때문에 결국 파멸하고 만다. 그러나 므이시킨, 순례자 마카르 및 조시마 장로가 겪은 신의 체험은 어떠한 아집에도 얽매임이 없이 무아의 황홀경 속에서 영혼과 접촉함으로써 천상의 환희라는 신비로움을 체험하게 된다(합 1:13-14; 2:3-4; 3:17-18).

도스토예프스키가 언제나 경건한 마음과 몸소 느껴지는 황홀감을 간직하고서만 언급하고 있는 그리스도는 무엇보다도 인류의 영원한 이상이며, 무한한 경이를 이 세계 내에서 자아내게 하는 유일무이한 미(美)의 형상이었다. 바로 이것이 그의 중심사상이다. 그는 이렇게 말했다.

"이 세상에서 단 한 사람 무조건 아름다운 인물이 있습니다. 그는 그리스도입니다. 그리스도보다 더 사랑스럽고 아름답고 심오하며 이성적이고 용감하고 완벽한 존재는 없습니다. 설령 진리가 그리스도 안에 없다 할지라도 나는 오히려 진리보다 그리스도와 더불어 있을 것입니다."

그리스도는 어느 누구와도 비교될 수 없는 귀감인 동시에 그는 하나님의 실체성을 그대로 나타내는 분이기도 하다. 그렇기에 그는 그리스도의 현존을 '기적'이라는 말로 표현하였다. 그는 서구적 개념에 의거한 그리스도관에 의식적으로 대립된 '러시아적 그리스도'라는 표현을 거듭 사용하는데, 이러한 그의 표현은 근거 없는 민족주의적 편협성에서 연유하기보다는 그의 깊은 의중이 노출된 것으로 해석하는 편이 타당할 것이다.

그는 다른 어떤 적당한 개념을 찾아내기 힘들 때면 언제나 '러시아적'이라는 말을 쓰고 있는데, 이 말이 그에게는 어떤 형언할 수 없는 것, 비밀에 싸인 어떤 것, 또는 아주 특이한 것 등등에 대한 상징적 의미를 지니고 있다. 예술가로서 그는 모든 것이 다 언어로 표현될 수 있는 것이 아니라는 것을 분명히 느꼈다. 그는 그리스도 안에서 '러시아적 아름다움'을 보았다.

따라서 그의 '러시아적'이라는 개념에서 우리는 종교적이며 형이상학적인 색채를 확인할 수 있다. 그는 자기도취에 빠진 사람처럼 '러시아적 그리스도'를 역설하기는 하나 그렇다고 그리스도는 곧 러시아의 것이어야 한다는 것은 아니다. 하나님을 바라보는 관점의 차이에 따른 주관적 해석이라고 할 수 있다. 그는 러시아인의 입장에서 러시아적 그리스도를 본다고 할 수 있으며, 여기에서 그의 새로운 신의 소임을 맡은 민족으로서의 종말론적인 메시아니즘을 찾아볼 수 있다.

이러한 그의 그리스도관은 일평생 마음의 동요 없이 그리스도에 대한 자기의 마지막 한마디이자 동시에 그의 전 사랑을 포괄하는 다음과 같은 의미심장한 고백까지 할 수 있게 했다. "나는 그리스도가 없는 상태하의 인간을 상상할 수 없다. 일단 그리스도가 나타난 이상 그는 이 세상을 다시 떠날 수는 없다. 만약 그리스도가 이 세상에서 떠나버린다 하더라도 사람들은 역시 그를 찾아내고야 말 것이다."

9) 허무주의의 극복과 민중 및 대지에의 애정

도스토예프스키의 인간적 의의는 허무주의에 대한 그의 투쟁에 있었다고 한 마사릭의 말은 지당한 평가임에 틀림없다. 도스토예프스키는 그리스도만이 허무주의를 극복하고 복음서에서 보여준 바와 같이 악마들에게 물러가라고 명령할 수 있다고 믿었다.

기독교 없이는 악마의 퇴치는 불가능하며 예수의 발밑에 무릎을 꿇을 때만이 병자는 다시 치유될 것이라는 것이 그의 뿌리 깊은 확신이었다(막 5:1-20). 그는 진보적인 사회주의도, 보수적인 자유주의도 아니고, 오직 초월적인 인간주의만이 허무를 극복하는 유일한 길임을 보여주었다. 이는 종교적 깊이 속에서 터져 나오는 '정신적 자유'를 의미한다.

한편 그는 허무주의자가 살아날 길은 민중과의 접촉에 있다고 보았다. 이는 4년 동안의 감옥생활에서 얻은 그의 체험이었다. 게으르고 말 많은 허무주의자와는 달리 민중에게는 대단한 근면성이 있었다. 샤토프는 스타브로긴에게 "당신이 무신론자가 된 것은 귀족의 아들이기 때문이다. 당신이 하나님을 섬기려면 노동을 해야 합니다. 여기에 모든 문제의 핵심이 담겨 있습니다"라고 말했다.

도스토예프스키는 민중들이 묵묵히 노동하는 모습에서 십자가의 모습마저 느낀다. 그 일이 아무리 괴로운 일이라도 즐거워하는 민중들 속에서 그리스도를 발견한다. 그는 민중에게도 많은 결점과 악덕이 있는 것을 알지만 그 속에 빛나는 거룩한 성자의 모습을 찾아내고자 하였다.

근대 러시아의 불행은 상층의 지식계급(인텔리겐차)이 하층의 가난한 민중으로부터 떠나간 데 그 원인이 있다. 이러한 불행을 극복하기 위해서는 민중과의 내적 융합뿐 아니라 새로운 대지 속으로의 토착화를 통해서 이루어져야 한다. 팔레스티나가 유대인의 성지이듯, 도스토예프스키에게 있어 러시아의 대지는 거룩한 땅이었다. 그는 대지에 입을 맞추며 그것을 눈물로 적시면서 용서를 빈다는 것을 거듭 강조하고 있다.

스메르쟈코프와 같은 허무주의자는 고향 땅에 전혀 뿌리박지 못한 인물이라고 평하는가 하면 라스콜리니코프의 범죄는 '대지에 대한 반역'이라고 보았다. 그래서 소냐는 당신이 더럽힌 대지에 입을 맞추고 대지 앞에 사죄해야 한다고 그에게 말했고, 대지에 입을 맞추었을 때 그의 가슴에는 무한한 기쁨이 터져 나왔다. 대지에 키스를 한다는 것은 인간이 대지와 사랑의 융합을 이루어 어머니 품으로 돌아간다는 하나의 상징적 표시이다. 알료샤가 보여준 이러한 행동을 우리는 어머니와 같은 대지와의 결혼이라고 밖에는 표현할 길이 없다.

자기가 밟고 설 땅이 없는 사람은 또한 하나님도 갖지 못한 자이며, 자기 고향의 땅과 화목한 관계에 있는 사람은 또한 정신적으로도 디디고 설 땅을 가진 자가 된다. 그가 향토에 그렇게 강렬한 애착을 갖게 된 마지막 이유는 예수 그리스도가 아직도 은연중에 지상(러시아 땅)에 현존한다고 하는 종교적 신앙 때문이었다.

10) 맺음말

20세기 말기인 우리의 시대 상황은 일체가 비뚤어지고 뒤바뀐 혼돈과 위기의 시대임이 분명하다. 모든 것이 제 자리를 잃고 방향 상실과 가치 전도 그리고 무의미성 속에 빠져 있음이 또한 사실이다. 이러한 때에 하나님, 인간, 자연을 향한 도스토예프스키의 교설(敎說)은 탁월하다. 그것은 하나님을 하나님으로 있게 하고, 인간을 인간답게 하고, 자연을 자연 되게 한다는 것이다.

지난 19세기는 하나님을 잃었고, 20세기는 인간을 잃었다면, 다가오는 21세기는 자연을 잃을지도 모를 일이다. 이러한 상실의 위기는 그 근원을 따져볼 때 분명코 인간이 그 방향을 하나님께로 향하지 않았다는 데 있다. 현대인은 하나님보다는 돈과 권력, 과학과 기술, 지식과 쾌락 등을 더 믿고 의지하는 그야말로 세상적인 것에 노예가 됨으로써 스스로 바벨탑을 쌓아가고 있다. 이러한 세계 속에서 인간의 가치란 전도될 수밖에 없다. 모든 인간은 하나님에 의해 하나님의 형상대로 창조된 존엄한 존재이다.

따라서 인간 생명은 인간이 만든 그 어떤 제도나 법률, 이데올로기보다 앞서야 하고, 자유와 인권은 최대한 보장되어야 함에도 불구하고 가치가 전도된 오늘의 상황하에서 인간은 앞서 열거한 세상적인 것보다도 못한 값싼 존재로 전락하고 말았다. 그리하여 우리 사회의 도처에서 발생하는 윤리 부재와 비인간화 그리고 인간성 상실의 모습은 우리를 슬프게 한다.

더 나아가 인간이 디디고 서 있는, 그리고 인간의 삶을 가능케 하는 자연환경마저도 타락한 인간의 마음으로 인해 그 본래의 아름다움과 의미성을 상실하고 말았다. 이러한 병들고 파괴된 세계를 향하여 도스토예프스키는 그의 문학을 통해 하나님과 인간 그리고 자연이 하나되고 통일된 세계를 그려주고 있다.

한편 도스토예프스키가 인간사회에 제시한 문학적 진실은 신 없는 인간 실존의 허무와 비참이었으며, 오직 십자가에 달리시고 부활하신 그리스도만이 인류의 참 자유와 환희와 희망이 되신다는 것이었다. 페트라셰프스키 사건에서 죽음을 체험한 그는 인간적인 헛된 것들을 버리고 주의 손에 붙잡혀 주의 영광만을 위해 밤을 새워가며 창작에 몰두했다.

조국 러시아의 민중과 대지를 지극히 사랑했던 그는 꺼져가는 러시아 민족혼의 횃불이었고, 깊이 잠든 러시아 민중의 영혼을 깨우는 자유의 새벽종이었다. 나아가 그는 주의 말씀을 문학을 통해 대언(代言)한 예언자요 선교사였다.

그는 '지하실의 삶'을 통해서 고뇌의 찬미자요 학대받는 자의 대변자가 되었다. 또한 그는 '죽음의 집'에 갇혀 본 자이기에 죽음의 이야기를 할 수밖에 없었고, 찬란한 빛을, 자유를, 낙원을 목마르게 그리워하면서 부활신앙을 꿈꿀 수밖에 없었다.

몰트만은 그의 「희망의 신학」의 동기를 도스토예프스키로부터 얻었다고 했는데, 그것은 이 고난의 현실 속에서 "너의 하나님은 어디 계시냐?" 하는 인간과 세계의 고난의 문제였다. 도스토예프스키가 부른 고난의 노래는 고발이요 저항이요 몸부림이자 부활의 노래이며, 이름 없고 소외되고 갇히고 고통당하는 희망 잃은 자들의 구원의 찬송이었다.

이제 이 글을 마치면서 죄인과 세리의 친구였던 '예수님 때문에,' '예수님의 까닭없는 사랑 때문에' 창녀가 변하여 새사람이 된 영원한 여성 소냐의 신앙고백으로 이 글을 마친다.

"하나님이 안 계시다면 난 어떻게 됐을까?"

- 동숭청년 회지 〈예수의 증인들〉, 제8호, 82. 12.
〈재개. 장신대 신대원 「로고스 25집」, 1989. 10.〉

2. 러시아적 아름다움을 그리며 알료샤에게 보내는 미짜의 편지

"이 글을 읽는 이들에게"

러시아의 문호 도스토예프스키는 그의 최후의 대작인 「카라마조프가(家)의 형제들」을 쓰고 나서 그 작품의 제2부에서 13년 뒤의 알료샤의 일생을 그린 「위대한 죄인의 생애」를 쓰려고 계획하였다. 그러나 그 대작을 완성한 후 3개월만에 작고했기 때문에 그 계획은 이루어지지 않았다. 따라서 이 작품은 알료샤의 출발점만 묘사된 미완성 작품으로 끝나고 말았다.

대학 시절에 나는 아름다운 알료샤의 영상에 사로잡히곤 하였다. 그래서 그 누군가가 알료샤의 참모습을 감동적으로 그림으로써, 미완성으로 끝난 이 작품을 완성해 주었으면 하는 생각도 가져 보았다. 그 작업에 단 일보라도 참여하고 싶은 생각에서, 나는 「카라마조프가(家)의 형제들」에 나타난 그의 사상을 기초로 해서 편지 형식으로 내 나름대로 그 모습을 재현해 보고 싶었다. 이 글은 20년 언도를 받고 시베리아에서 유형생활을 하는 미짜(드미뜨리 표도로비치)가 그의 이복동생인 알료샤(알렉세이 표도로비치)에게 보내는 최후의 편지이다.

그립도록 보고 싶은 나의 골육 알료샤!

아프게만 흐르는 세월은 추운 겨울바람과 함께 한 해를 마감하라고 재촉하고 있구나. 이곳에 들어온 지도 벌써 9년이 되어가는구나. 내게도 즐거운 성탄을 맞고 서른여섯의 새해를 맞이할 수 있는 기쁨이 주어질는지 모르겠구나. 죽음의 집에서 죽음을 앞에 둔 한 인간이 하나님 앞에 참회하면서 단 한 순간만이라도 아름답고 진실한 순간을 갖고 싶어 너에게 이 편지를 쓴다. 이 편지가 옥중생활을 하는 중에 나와 친해진 한 간수를 통해 너에게 무사히 전달되기를 바라는구나.

그러고 보니 너와의 소식이 끊긴 지도 벌써 수년이 흘렀구나. 들리는 소문으로는 네가 뻬쩨르부르그(페테르부르크)의 어느 뒷골목에서 노동자와 상인들에게 복음을 전하는 전도자로 일하고 있다고 들었다. 그것이 사실이라면 얼마나 기쁜 일인지 모르겠구나. 너는 언젠가 너의 사제인 조시마 장로의 말씀을 내게 했지. "너 자신만의 구원을 위해 수도원 담장 속에 은둔하고 인류를 향한 동포애적 봉사를 잊고 사는 것이 올바른 수도자의 자세인가? 그러니 너희들은 속세에 나가 살아야 한다"고 말이야. 네가 그 말씀을 실천하고 있다니 기쁘기 한량없구나.

처음에 여기 들어왔을 때 치밀어 오르는 분노로 미칠 듯이 분개하며 죽고 싶었던 심정을 내가 전에 너에게 말했었지. "도대체 알렉산드르 2세 치하의 우리 러시아에는 정의가 있는 거야 없는 거야? 아무 죄도 없는 내가 왜 20년 형벌을 받아야 하는 거지? 아버지를 죽은 것은 스메르쟈코프이잖아. 그놈 대신 내가 왜 이런 비참한 꼴을 당해야 하는 거지" 라고 말이야.

그러나 세월이 흐르면서 모든 것을 용서하기로 마음먹었지. 그 모든 일들이 지금껏 내가 지은 죄에 대한 대가로 여기고 싶었던 거야. 나의 고통이 러시아의 정의를 위한 고통이라면 이 위대한 고통을 감수하기로 했지. 참으로 인간다운 인간이 되게 하고 정의로운 사회를 건설하기 위해 인류를 대신해서 고난의 십자가를 대신 진 예수처럼 말이야.

지난 일들을 돌이켜보면 '인생이란 참으로 허망하구나' 하는 생각이 드는구나. 쇠창살 밖에 달이라도 뜨면 그런 느낌은 더욱 깊어만 가는구나. 이것은 나만의 생각은 아닐 거야. 죽음을 가까이서 맞이하는 자는 누구나 이런 감정을 가지지 않을까. 모든 인간이 행복해지기를 바라면서 눈을 시뻘겋게 부릅뜨고 분주하게 찾아다니고 심지어 싸우고 죽이기까지 하면서 빼앗고 올라서고 소유하려고 하는 부귀, 공명, 지식, 쾌락, 장수...... 그 무엇이 진실로 우리를 기쁘게 하고 자랑할만한 영원히 남을 가치있는 것이라고 할 수 있단 말인가.

내가 인생을 바로 직시하고, 좀더 일찍이 이것을 깨달았다면 우물가의 사마리아 여인처럼 만족을 주지 못하는 인간적인 헛된 것에 내 모든 것을 탕진하면서 그것을 찾아 헤매고 다니지는 않았을 텐데 말이야. 그렇다고 '생은 무의미하다'라고 말하려는 것은 아니야. 나는 생은 위대한 것이라고 찬양해 왔고, 또 고통스러운 삶이라 할지라도 그 삶을 사랑해 왔지.

하지만 알료샤, 너도 알다시피 난 여자 때문에 신세를 망치고 말았어. 글쎄, 내 혈관 속에 흐르는 '카라마조프의 피'가 미쳐 날뛸 때마다 나는 욕정에 사로잡혀 모든 것을 팽개치고 여자를 좇아다녔지. 길 아닌 길을 갔던 거야. 어쩌면 너는 오른쪽으로만 가고 나는 왼쪽으로만 간 것 같구나.

그런데 추악한 카라마조프 집안에서 어떻게 순진무구한 천사같은 네가 태어났는지 나는 도무지 이해할 수가 없어. 내게는 이복동생이니까 그렇다고 치고, 한 배에서 난 이반도 너와는 판이하게 다르잖아. 어찌 삼형제가 이리도 다를 수 있단 말인가! 신의 장난이 아니고서는 이 수수께끼를 풀 수 없을 것 같구나.

생각해 보니까 우리의 불행은 그 못난 아버지 탓이야. 아버지 때문에 우리 삼형제는 모두 불우하게 자라야만 했지. 그렇다고 이제 와서 아버지를 원망할 수도 없고 피할 수 없는 운명으로 받아들일 수밖에. 한탄한다고 과거가 바뀌는 것도 아니고 말이야.

내 피처럼 소중한 알렉세이!

고향을 생각할 적마다 견딜 수 없이 눈물이 나도록 어머니가 보고 싶구나. 나의 어머니는 부유하고 이름난 귀족 출신의 미인이셨다고 하던데, 내가 세 살 적에 아버지의 방탕한 생활에 경멸감을 느낀 나머지

집을 나갔다는구나. 그 후 재혼을 한 뒤 얼마 되지 않아 뻬쩨르부르그에서 돌아가셨다고 하더군. 그리고 그 이듬해 후처로 들어온 너의 어머니 소피아 이바노브나는 눈부신 아름다움을 지닌 열다섯 살의 소녀였다고 하더군. 티없이 맑은 눈동자의 소녀 소피아를 보았을 때 음탕한 아버지는 완전히 매혹당했단다.

그런데 이반과 너를 낳은 너의 어머니도 아버지의 난잡한 생활에 견디다 못해 소리지르는 신경병에 걸려 결국 8년만에 돌아가시고 말았지. 그때가 내 나이 열한 살이었으니까 이반은 일곱 살, 너는 네 살이었지. 너도 꿈 속에서 보는 듯 희미하기는 하지만 늘 어머니의 영상을 기억하고 있다고 했지. 알렉세이! 우리 서로 어머니가 보고 싶을 때에는 어머니인 이 거룩한 대지를 두 팔로 끌어안고 이 땅에 입을 맞추도록 하자 알겠지.

이반은 어떻게 지내는지 모르겠구나. 너를 볼 때는 천사를 보는 것 같은데, 그놈을 볼 때는 악마를 보는 것 같아 쳐다보기도 싫었지. 나는 교활한 그놈을 증오해 왔어. 그놈은 누구의 피를 받았길래 그렇게도 머리가 비상한지 모르겠어. 대학을 나온 수재니까 말이야. 아버지의 피를, 아니 아마 악마의 피를 받았을 거야. 그런데 너는 그런 놈을 위해 기도한다면서. 그래 이반을 사랑하도록 해라. 그놈도 너처럼 하나님의 형상을 가지고 있는 놈이고, 하나님께로 돌아설 수 있는 가능성이 있는 놈이니까 말이야.

하나님이 창조한 아름다운 이 세상, 그럼에도 불구하고 부조리로 가득 찬 이 세상, 이런 세상을 보시고 침묵만 하시는 하나님을 그 녀석은 도저히 참을 수 없었던 거야. 그러나 그놈도 사랑이 논리보다는 앞선다는 것을 인정하고, 논리와는 상관없이 삶을 사랑하고 러시아를 사랑하는 놈이 아니겠어. 말하자면 내가 러시아를 어머니로 사랑하는 슬라브파라면, 그놈은 러시아를 자식으로서 사랑하는 서구파라는 차이 뿐이겠지.

알렉세이! 지금 내가 거하고 있는 이 감방의 벽에는 퇴색한 십자가만이 쓸쓸하게 걸려 있는 채 내가 그처럼 열망하는 태양의 빛도 제대로 안 드는, 어둡고 썰렁하기만한 쾨쾨한 악취나는 방이란다. 모든 것과 단절된 이 죽음의 집, 이 죽음의 공간에서 내가 절박하게 갈망하는 것은 자유(自由), 자유(自由)인 것이야. 목마르도록 그리운 자유, 저 창공을 나르는 독수리처럼 마음껏 날고 싶은 그런 자유 말이야.

자유! 그것은 생명을 가진 모든 존재에게 가장 소중한 것이 아닐까. 남녀노소, 빈부귀천을 막론하고 모든 인간의 이름을 '자유'라고 이름 붙이면 어떨까. 그리고 그 자유라는 이름의 인간이 가장 원하는 것은 사랑이구 말이야. 어찌하랴! 인간의 이름이 자유인 것을. 날고 싶고 춤추고 싶은 자유인 것을. 타오르는 불꽃이요 밀려오는 강물인 것을. 그리고 인류 역사가 자유 투쟁의 역사인 것을.

하지만 노예근성을 가지고 노예로 만족하며 사는 자, 배부름 속에 무사안일과 허무주의에 빠진 귀족들은, 왜 목숨을 걸고 피를 토하며 자유를 부르짖는지 모를 거야. "왜들 이러는 거야?" 하면서 빈정거리며 비웃지나 않으면 다행이지. 자유가 얼마나 좋고 아름답고 감격스럽고 사랑스러운 것인지를 아는 자만이 자유가 억압된 상황을 못 견디어 하는 거지.

예수를 생각만 해도 좋은 것은 그 때문일 거야. 예수만이 그 드물고 어려운 자유를 알고, 참 자유를 누리면서 산 유일한 자이니까 말이야. 예수는 자유 그 자체였어. 예수가 진리라면, 그 진리는 인간을 자유케 하기 위한 진리가 아닐까. 예수가 이 세상에 오신 것도 죄에, 가난에, 무지에, 질병에, 죽음에 갇힌 고통받는 자들을 해방시키려 오신 것이 아니겠어. 그렇다면 하나님을 해방시키고, 자기를 해방시키고, 우리의 이웃을 해방시켜야 하는 것, 이것이 우리가 해야 할 가장 큰 과제라는 생각이 드는구나.

그런데 지금 굶주린 러시아 민중들은 빵을 요구하고 있어. 빵으로부터 해방되고 싶어서이지. 이 빵 문제 때문에 러시아는 머지않아 거센 혁명의 불길에 휩싸일지 몰라. 그러나 심히 두려운 것은 자유를 누리기 위해 빵이 필요한 것인데, 오히려 이 빵이 자유를 빼앗아 가고 하나님을 잃어버리게 하는 악마가 될지도 모른다는 것이지. 오오 알료샤! 너는 예수의 자유를 바로 가르쳐야 할 무거운 책임이 있어. 모든 문제는 거기에 있다는 사실을 깊이 자각해야 되는 거야.

잊혀지지 않는 아름다움을 지닌 나의 사랑 알료샤!

너도 기억하고 있겠지. 그해 겨울, 너와 내가 뜨로이카를 타고 순백으로 장관을 이룬 시베리아 대설원을 달리면서 탄성을 지르던 그 감격의 순간을 말이야.

아름다운 나의 조국 러시아여!
나는 온몸으로 뜨겁게 너를 사랑하노라.
무한한 신비를 감춘 거룩한 샘
너 러시아여! 영원하여라.
영원히 영원히 영광 있으라!

시간도 멈춘 감동의 순간, 살아 숨쉬고 있다는 생명의 충일감을 느낀 가슴이 미어지는 영광의 순간이었지. 우리는 인생은 아름답고 세상은 낙원이라고 외쳐댔었지. 그리고 러시아의 대지 뿐만 아니라 러시아의 하늘, 새들, 벌레, 풀 한포기, 돌 하나에 이르기까지 러시아의 모든 것을 사랑하기로 약속했었지.

또한 그때가 아마 내 나이 스물한 살 때였을 거야. 낙엽이 떨어지던 늦가을 어느 날, 너와 나는 환상을 자아내는 네바 강가에 앉아 음악의 선율처럼 고요히 흘러가는 강물을 바라보며 밤이 깊도록 역사의 의미를 생각하고 조국의 앞날을 걱정했었지. 마치 바벨론 강가에서 시온을 생각하며 눈물짓던 시인처럼 말이야. 그때 우리의 이야기는 좀 진지했다고나 할까. 참된 역사는 강물이 흘러가듯 단지 흐르는 데 있지 않고, 흐르되 정의의 방향으로 올바로 흐르게 하는 데 있다고 한 말도 잊혀지지 않는구나.

그때 너도 나와 같은 감정을 가졌는지 모르겠지만 나는 그 강가에서 민중의 고뇌에 대한 이유없는 연민과 영원에 대한 뜨거운 동경을 가슴에 품었단다. 그런 감정은 아마 내 혈관 속에 민중의 피가 흐르고 있고, 그리고 내 가슴 속에 러시아적 혼의 아름다움에 대한 향수를 꿈꾸고 있었기 때문인지도 모르지.

인텔리겐차들이 민중에 대한 부채감에서 민중 속으로! '브 나로드'(V narod)를 외치면서 나로드니끼 운동을 전개했지만 민중들은 그들을 불신했던 거야. 그들은 인텔리겐차들도 귀족들과 마찬가지로 지배계급의 일부라고 생각했기 때문이지. 인텔리겐차들의 혈관 속에 흐르는 귀족의 피가 흐르는 한, 두 계급 사이에 가로놓인 거리감을 메울 수는 없어. 민중의 생활상을 안다거나 센티멘탈한 막연한 연민으로는 민중의 한을 이해할 수가 없는 거야. 대지에 굳게 뿌리 박은 고난의 찬 현실을 몸으로 체험할 때만이 그들과 공감할 수 있는 것이 아니겠어.

언젠가 조시마 장로도 이와 비슷한 말씀을 하셨다고 너는 내게 말했었지. "러시아의 구원은 민중에게 있다. 그리고 러시아의 수도원은 항상 민중 편에 있었다. 이것을 잘 기억해 둘 필요가 있다! 이것이 수도자로서의 여러분의 의무이다. 왜냐하면 민중들이야말로 하나님의 체현자들이기 때문이다"라고 말이야. 지금 생각해 보면 그때가 참으로 멋지고 감격스러웠던 것 같아. 그 후로 우리는 인생과 예술, 신앙과 역사에 대해 깊은 대화를 나눌 수 있는 시간을 갖지 못했구나. 생각할수록 아쉽고 안타깝게만 느껴지는구나.

러시아적 아름다움을 간직한 내 사랑 알료샤!

우리 러시아인들은 디오니소스적인 충동에 사로잡혀 중용을 모르고 극단으로 치닫는 민족적인 기질이 있잖아. 특히 가난하고 몽매한 민중들이 더욱 그렇지. 선하기만 한 그들이 때로는 극악으로 치닫기도 하고 말이야. 하지만 많은 결점에도 불구하고 저들에게는 이웃과 함께 살고 자 하는 아름다운 마음을 가지고 있어. 굶주린 이웃을 옆에 두고 자기 만 맛있는 칠면조 고기를 먹으면서 행복감에 젖는 그런 이기적인 모습 은 좀처럼 찾아볼 수가 없구 말이야.

나의 작은 비둘기 알렉세이! 저 끝없이 펼쳐진 막막한 대평원에서 일하는 러시아 민중을 생각해 보아라. 처녀가 수치심을 느끼듯 부끄러 움을 느끼는 모습, 깊은 죄의식을 간직한 채 대지에 속죄하는 기도하는 자세, 모두가 죄인이며 또한 경건한 구도자, 그 거룩한 영성! 러시아의 혼이 살아있는 성스러운 아름다움 속에 그리스도가 저들 안에서 일하 고 있음을 너는 느낄 수 있지 않니?

그 아름다움은 정직하고 근면하고 고통을 인내하며 이웃에 대한 사 랑을 실천하는 데서 오는 아름다움이라고나 할까, 고통받는 현실 속에 서 고뇌를 통해 이루어진 숭고한 아름다움이라고나 할까, 아니면 세속 성 속에 깃든 종교적인 거룩한 아름다움이라고나 할까, 은밀하게 감추 인 영적인 아름다움이라고나 할까, 좌우지간 그것은 형언하기 어려운 신비로운 아름다움이라고 밖에는 달리 표현할 말이 없구나.

오, 러시아적 아름다움이여!
독일의 음악적인 환상도
프랑스의 심미적인 감각도 아닌
이상과 현실이 어우러진
종교적 진실의 아름다움이여!

이것이야말로 그리스도의 아름다움이 아니고 그 무엇이랴, 나의 천사 알료샤! 이 세상에서 그리스도보다 더 아름답고 사랑스러운 이가 또 어디 있겠어. 그것을 이렇게 표현해 보면 어떨까.

태초에 아름다움이 있었느니라
그 아름다움이 사랑과 함께 있었나니
미(美)와 사랑은 곧 그리스도였느니라

언어로는 도저히 표현할 수 없는 그리스도의 아름다움, 그 아름다움은 위대하기에 우리의 생을 풍부하게 하고, 우리를 영원과 무한에 잇대게 하지. 그런데 나는 그리스도의 아름다움을 러시아 민중들에게서 보았던 거야. 저들이야말로 메시아가 다시 오시면 러시아 땅에 오리라 믿는 그리스도를 사랑하는 사람들이니까 말이야. 게으르고 말만 많고 허무주의와 무신론에 빠진 귀족들도 언젠가는 저들의 신앙 속에서 그리스도의 아름다움을 발견하게 될 날이 오겠지.

그리스도의 향기를 지닌 천사의 영혼 알료샤!

지금 어디에선가 멀리서 성탄의 종소리가 이곳까지 은은하게 울려 퍼져 오는구나. 저 종소리가 죽음을 알리는 최후의 종소리로 들리는 것은 웬일일까. 저 종소리가 해방을 알리는 구원의 종소리라면 좋을텐데…… 지금 갑자기 이런 생각이 드는구나. "만일 누군가가 오늘이 그가 다시 태어나는 최초의 날이라면 그는 부활의 감격 속에 사랑의 눈빛으로 모든 것을 사랑하겠지. 그리고 오늘이 그가 심판받는 최후의 날이라면 그는 겸허한 마음으로 무릎 꿇고 주님께 기도를 드리겠지."

오오, 알료샤! 지금 너의 형의 처지를 한번 생각해다오. 지금의 내 처지가 바로 최후의 날을 맞이하는 자의 심정이 되지 않을 수 있겠는가 말이야. 그래서인지는 몰라도 글쎄, 지난 밤에는 갑자기 기도하고 싶은 마음이 생겼어. 그래서 십자가 앞에 무릎을 꿇고 주님의 이름을 불렀지.

"주님, 저는 지금까지 당신을 기쁘게 해 드릴만한 아무 일도 한 것이 없습니다. 이제 제 인생의 마지막이 다가오는데 무엇을 해야 당신을 기쁘게 해 드릴 수 있겠습니까? 그런데 아무런 응답도 없이 무거운 침묵만이 흐르더군. 다시 주님의 이름을 불렀지. 그러자 비둘기가 사뿐히 내려앉듯 위에서부터 천상의 음악이 조용히 내려와 내 영혼을 가득 채우더니, 이윽고 형언할 수 없는 하얀 빛이 내 머리를 스쳐 지나가고, 그분의 음성이 내 가슴 속에서 울려 퍼지는 것이 아니겠어. '네가 과연 무엇을 해서 나를 기쁘게 할 수 있단 말이냐!'

그렇구나. 그리스도가 이 세상에 오심을 기뻐하는 것, 그가 보잘것없는 나를 까닭없이 사랑해 준 그 구속의 사랑을 다만 기뻐하는 것, 그리고 부활하셔서 영생의 소망을 주시고, 늘 함께 하리라는 그 약속을 어린아이처럼 단순히 기뻐하는 것, 이처럼 내가 할 일이라고는 그리스도의 사랑을 단순히 기뻐하는 것, 그것 뿐이었어.

알료샤! 우리가 도대체 하나님을 위해 할 수 있다는 게 무어란 말인가. 제발 부탁이지만 뻬라뽄뜨 신부와 같은 독선적이고 자기 기만적인 신앙 태도를 갖지 말고, 그리스도를 생각하고 다만 그를 기뻐하는 자가 되도록 해라. 내가 생각하기엔 이 세상의 삶도 결국 감옥에 갇혀 있는 나의 처지와 다를 바가 무어겠니? 그렇다면 너도 나의 기도처럼 단지 그리스도의 사랑을 기뻐하는 삶을 살아야 하리라는 생각이 드는구나.

죽어서도 잊을 수 없는 나의 기쁨 알료샤!

네가 이 세상 어느 한 구석에 있다는 생각만으로도 나는 기쁨을 감출 수가 없구나. 너에 대한 나의 이러한 생각이 허망해지지 않도록 너의 그 아름다운 영혼을 더럽혀서는 안 돼. 그리고 너의 기도와 도움을 필요로 하는 사람들 곁에 있어 주길 바란다.

또한 아버지로 인해 더럽혀진 카라마조프의 핏줄을 그리스도의 피로 새롭게 바꾸고, 나아가 지치고 병들고 잠든 러시아 사회와 민중 속으로 들어가길 바란다. 그러기 위해 너와 더불어 민중의 아픔을 함께 느끼고, 함께 손을 잡고 러시아의 미래를 위해 기도하는 한 여인이 필요하다는 생각이 드는구나. 이것이 나의 바람이고 내 몫까지 살아주는 것이다.

오, 알료샤! 지금이라도 당장 달려가 부둥켜안고 싶은 나의 귀염둥이 알료샤!

내가 죽거든 우리가 늘 거닐던 빠블로프스끄 공원에다 나를 위해 한 그루의 붉은 자유의 나무와 하얀 사랑의 꽃을 심어주렴. 거기에다 '여기 미짜는 자유를 목마르게 그리워했노라. 그리고 러시아적 아름다움을 그리며 죽어 갔노라'라는 말을 남겨 주기 바란다. 비록 내 몸은 여기서 죽을지라도, 내 영혼은 거기서 영원한 쉼을 얻으리라. 그러한 쉼 속에서라면, 만일 천상의 삶을 얻지 못하고 지옥에 떨어진다 할지라도 하나님을 찬양하고 불쌍한 한 영혼 그루쎈까를 위해 기도할 수 있겠지. 이제 기력이 없어 더 이상 쓸 수가 없구나.

오, 나의 구원 알렉세이 표도로비치!
너에게 하나님의 은총과 그리스도의 평화가 함께 하길 빌며...
그럼 그리운 이여, 영원히 안녕.

1888년 12월
시베리아 옴스끄 감옥에서
너의 형 미짜가

- 동숭교회 청년2부 회지 〈십자가〉 제5호, 84.10

3. 도스토예프스키와 러시아

1) 도스토예프스키와의 만남

(1) 일본 와세다 대학 카토 타이저 교수는 「길이 없다고 갈 수 없는가 – 창조적인 대학생활」(문예출판사, 1979)에서 "한 저자와 연애를 하라 – 만일 좋아하는 저자가 생기면 대학 시절을 통해 한 작가 또는 한 저자의 책을 모두 읽는 것은 틀림없이 큰 재산이 될 것이다"라는 말을 했다. 이 말에 깊은 감동을 받고 내가 택한 저자가 바로 도스토예프스키였다. 정음사(正音社) 간(刊) 세계문학전집(世界文學全集)[19] 도스토예프스키 「죄와 벌」(1978)을 사서 읽음으로 그와의 만남이 시작되었다 (1978.10.21. 음력 9.20. 양우당에서).

그 후 카 (E.H.Carr)가 쓴 「도스토예프스키」(김병익, 권영빈 역, 홍성사, 1979)을 사서 읽었다(79.7). 또한 김흥호(이대 교수) 목사가 쓴 「도스토예프스키」(「사색(思索)」, 1979)에 매료되었다. 이 글은 후에 「철학 속의 문학」(풍만, 1984)이라는 그의 책 속에 삽입되었다.

(2) 베르쟈예프(Nicholai Berdyaev, 1874-1948)의 「도스토예프스키의 세계관」(이경식 역, 현대사상사, 1979)을 사서 읽었다(1981.11). 그는 말했다. "도스토예프스키는 나의 정신생활에 있어서 결정적인 역할을 했다. 젊은 시절 그는 내게 접목이 되어 그와 나와는 생명의 합일체가 되었다. 다른 어떠한 작가도, 철학자도 그처럼 나의 영혼을 자극하고 나를 끌어올린 사람은 없다. 그를 알고부터 내게 있어서 인간은 〈도스토예프스키 인간〉과 〈그와 아무런 인연이 없는 인간〉의 두 종류로 분류되는 것이다."

(3) 이병주(1921-1992)의 「허망과 진실 – 나의 문학적 편력 上」(기린원, 1979)을 돈암동 길거리를 지나가다 구르마에서 사서 읽게 되었다(1982.5). 서(序) – "인생은 무언가, 또는 누군가의 만남으로써 엮어지는 드라마를 닮고 있다. 그때 그 사람을 또는 그 책을 만나지 않았더라면 오늘날 내가 이렇게 되어 있을 까닭이 없을 것이라고 생각할 때 그와 같은 만남을 그저 운명이라고만 쳐버리고 지나칠 순 없는 것이다.... 도스토예프스키의 대문학(大文學)이 우리에게 가르쳐 준 그 무엇인가가 있다면 인생이란 결국 허망(虛妄)한 것이라는 교훈이 가장 두드러진 것이다. 니체도 마찬가지고, 루신(魯迅)도 마찬가지고, 마르크스도 마찬가지다.... 허망 그 자체에서 진실(眞實)을 본다는 것이 아니라 그와 같은 허망의 프리즘을 통하지 않곤 어떤 진실도 붙잡을 수가 없다. 허망하기에 진실이 아름답다는 것은 결코 역설(逆說)이 아니다." "도스토예프스

키의 세계에 사로잡힌 사람은 그 주박(呪縛)과도 같은 힘에서 좀처럼 벗어날 수 없다."

도스토예프스키의 생전에 그에게 냉담했던 톨스토이(1828-1910)는 그가 죽고 난 15년 후에 엄숙한 선언을 했다. "이 세계에 있는 모든 서적, 특히 문학 서적은 내 자신의 것을 포함해서 모두 불살라 버려도 무방하다. 그러나 도스토예프스키의 작품만은 예외다. 그의 작품은 남겨 두어야 한다." 요네가와(米川正夫) 선생은 "도스토예프스키를 공부하는 것이 문학을 배우고 인생을 배우는 가장 중요한 길이 될 것"이라고 말했다.

(4) 〈국민일보 97.2.1 임순만 기자의 낮은 목소리 – 톨스토이와 도스토예프스키〉에서는 이런 기사가 실렸다. "일본 아쿠타가와 문학상을 수상한 교포작가 유미리(柳美理) 씨가 얼마 전 한국 특파원과의 기자회견에서 이런 말을 했다." 학교에서 쫓겨나 구구단마저 자신이 없다. 마음에 드는 책은 종이에 베끼며 읽는다. 제일 마음에 들었던 것이 「죄와 벌」이었는데 읽다 보니 끝까지 베끼게 되었다....2년 전 일본의 한 출판사가 도스토예프스키 전집을 수십 년간 다듬어 세 번째 개정판으로 내면서 신문에 '도스토예프스키와 함께 이 밤을 고민하지 않으시렵니까?'라고 광고한 것을 보면서 강한 인상을 받은 적이 있다. 인류의 문호 톨스토이와 도스토예프스키, 우리 사회에서 그들이 사라진 지는 오래다. 남아 있다면 대학 추천 교양고전 목록에 올라 있을 뿐, 가벼운 책만 골라 읽는 신세대(작가 포함)들로부터 고리타분하다고 야유당하지나 않을지 모르겠다. 우리나라에서는 톨스토이 전집은 70년대 초반 신구

문화사가 출판한 적이 있다. 도스토예프스키 전집은 비슷한 시기에 정음사가 냈다. 그러나 유일한 이들 전집마저도 오래 전에 자취를 감춰 현재 우리나라에 체계적으로 정리된 두 문호의 출판 목록조차도 없는 형편이다. 요즘에는 거의 사라져가는 세계문학 전집 속에 두 세 권쯤 들어있거나 아니면 군소 출판사에서 간행한 구식 단행본들이 있을 정도다. 그러나 이 역시 찾는 사람은 거의 없다. 우리나라 최대 서점인 교보문고에서 집계해준 지난 9개월 동안의 톨스토이와 도스토예프스키 서적 판매 현황을 보면 대부분 3-4권, 인구에 회자하는 작품이라야 40-50권 정도가 팔렸다. 15개의 출판사에서 낸 톨스토이의 「사람은 무엇으로 사는가」만이 합계 2천부를 조금 넘는 실정이다."

(5) 〈국민일보 97.6.9 도스토예프스키 전집 나온다. 국내 첫 전작(全作) 원문번역. 5억 투입 3년 걸려 러시아 유학 1세대 주축 18명 참여〉라는 기사가 실렸다. "도서출판 〈열린 책들〉이 4년여의 기획 끝에 올 가을 펴낼 전집은 국내 처음으로 러시아어 원문 텍스트의 직역을 시도, 도스토예프스키 문학의 결정판을 선보인다. 원문 텍스트는 73년 러시아 레닌그라드에 소재한 나우카 출판사에서 펴낸 32권짜리 전집....79년 정음사에서 8권으로 낸 유일한 도스토예프스키 전집은 일역본을 재번역한 것. 삼성출판사가 88년 펴낸 50권짜리 세계문학전집에도 「죄와 벌」 등 서너 권이 원문 번역으로 실리긴 했으나 전작 번역은 이번이 처음이다. 러시아 문학 전공자들의 번역답게 상세한 주를 달아 작품을 해설한 수고도 돋보인다."(그러나 이 전집은 한 번역자의 중역이 드러나 번역자를 다시 교체함으로 인해 2000년 6월이 되어서야 25권으로 나오게 됨).

2) 러시아 (도스토예프스키 문학의 배경)

(1) 모스크바와 레닌

러시아를 여행해 보면 러시아인이 크게 떠받드는 두 정치적 인물이 있다. 한 사람은 〈피터 대제〉(Pyotr I, 1672-1725)이고, 또 한 사람은 〈레닌〉(Lenin, 1870-1924/ 러시아 혁명의 지도자)이다. 모스크바(Moscow)에 가면 '붉은 광장'(Red Square, '붉은'이라는 말은 러시아어로 끄라씨봐야 [krasivaya]로서 '아름다운'이라는 의미를 갖는다)에 아름다운 '성 바실리'(St. Basil) 성당이 있고, 거기에 '레닌의 묘'가 안장되어 있다.

(2) 상트 페테르부르크와 피터 대제

모스크바에서 비행기로 1시간 남짓한 거리에 있는 '상트 페테르부르크'(Saint Petersburg)는 수도 모스크바에 이어 소련 제2의 도시로써 1713-1918년까지 러시아의 수도였다. 1914년까지는 '상트 페테르부르크'(통상 페테르부르크), 1914-24년에는 '페트로그라드'라고 불리다가 러시아의 혁명가 레닌의 죽음을 기념하여 '레닌그라드'라고 개칭하였다. 1986년 사회주의 체제 소련이 붕괴된 후 〈고르바초프의 글라스노스트 (개방), 페레스트로이카(개혁)〉에 의해 다시 그 이름을 되찾게 되었다.

러시아의 근대화는 피터 대제로부터 시작된다. 17세기 100년 동안 혼란을 겪은 러시아는 원로 회의에서 로마노프 왕조의 제4대 황제로 피터 대제를 세웠다. 피터는 왕위에 즉위하자 강성한 나라를 이루기 위래 수도를 모스크바에서 이곳으로 옮겼다. 그 이유는 모스크바는 내륙 깊이 위치해 있기 때문에 서구 문화를 받아들이는 데 어려움이 많고 강 연안이 아니기에 나라의 발전에 지장이 많다고 보았기 때문이다.

피터는 2미터 10센티의 거구로서 젊은 시절 자신의 신분에 구애받지 않고 유럽으로 건너가 선진문물을 익혔다. 그는 베니스를 보고 감동하여 베니스와 같은 아름다운 도시를 건설하겠다는 야심을 가졌다. 그의 치세는 거의 전쟁의 나날이었는데, 특히 스웨덴과의 대북방전쟁(1700-1721)은 22년이 걸렸다. 이 전쟁 시기인 1703년에 그는 핀란드 만으로 흘러드는 네바강 하구에 신도시 페테르부르크를 건설했다. 그는 이 도시를 설계부터 완공까지 진두지휘하는 열의를 보였다. 운하(65개)와 다리(365개)로 되어 있는 이 아름다운 도시는 원래는 늪지대였으나 이것을 흙으로 메우는 엄청난 공사를 하여 이룩해 내었다. 그래서 이 도시를 "북쪽의 베니스," "유럽으로 열린 창"이라는 별칭 이외에 "사람들의 뼈 위에 세워진 도시"라는 이름이 붙여졌다.

1721년 도시가 완공된 후 수도를 이곳으로 옮겼다. 처음에는 황실 가족과 귀족들만 이곳으로 옮겨 살게 하였으나 그 후 일반 백성들도 이주해 와 살게 되었다. 그는 관제, 법제를 개혁하고 과학기술을 도입하기 위해 유럽으로 사절단을 보냈다. "한 사람이 한 가지 기술만을 완벽하게 배워 오라"고 지시하였다. 그 중 가장 훌륭한 기술은 조선술이었다. 러시아가 육지에서는 승전이 있었으나 해전이 약했기에 해군을 창설해서 그 약점을 보완하였다. 러시아 문자를 개조하였으며, 수염을 깎게 하였으며 건축양식도 많이 들여왔다.

그의 치세는 그 이후의 몇백 년의 치세와 맞먹는다. 한마디로 그의 치세는 〈서구화를 통한 부국강병〉이었다(참조. 케말 파샤[Mustafa Kemal

Pasha, 1881-1983, 터키의 아버지 아타튀르크[Atatürk]. 터키공화국의 건국자. 초대 대통령. 재임 1923-1938. 1923년 수도를 앙카라로 옮긴 후 정교분리, 칼리프제 폐지, 민법의 개정, 문자 개혁, 태양력 및 미터법의 채용, 차도르 철폐, 농업과 공업 등의 산업진흥을 꾀함으로써 〈서구화〉를 통한 현대 터키공화국의 기초를 완성했다).

한편 이 도시에는 '에르미타주'(Hermitage) 국립 박물관이 있다. 이 박물관은 이전에는 '겨울 궁전'(Winter Palace)으로 사용되었던 곳으로, 러시아의 마지막 황제인 니콜라이 2세도 이곳에서 생활하였다. 이제는 영국의 대영박물관, 프랑스의 루브르박물관과 함께 세계 3대 미술관 중의 하나이다. 1,050개의 전시실, 길이만 해도 27km이다. 작품 한 점에 1분씩만 감상해도 11년의 시간이 필요하다.

황제의 거처가 아닌 국립박물관으로서의 에르미타주 역사는 남편을 밀어내고 여제의 자리에 올랐던 예카테리나 2세(재위 1762-1796)로부터 시작된다. 예카테리나 여제는 외국에서 미술품을 사들이는 것을 취미로 삼았다. 당시 다른 나라에서 사들인 미술품만 해도 약 4천 점 정도라니 단순한 허영으로 치부하기엔 너무나 막대한 규모이다. 그것이 발전을 거듭한 결과 오늘에 이르렀다.

모스크바에 '붉은 광장'이 있듯이, 페테르부르크에는 '궁전 광장'이 있다. 역사에 굵은 점을 찍은 1905년 1월 9일 〈피의 일요일〉이 벌어진 곳이다. 14만 명이 넘는 많은 노동자와 농민들이 궁전 뒤편에 있는 광장에 모여 황제에게 "빵을 달라"는 구호를 외치며 동궁광장(冬宮廣場)으로 행진했다. 이 행진은 황제의 초상, 교회기, 십자가를 들고 진행된 평화적인 시위였다.

그러나 정부는 경계계엄을 선포하고, 정지명령에 따르지 않는 행진을 향해 발포하였다. 눈 덮힌 광장은 순식간에 피로 물들었다. 사망자만 1천 명이 넘었고, 부상자는 그 배나 되었다고 한다. 이 참극으로 인하여 민중의 황제에 대한 환상은 단숨에 사라지고, 항의의 스트라이크는 보다 확대되어 1917년 공산주의 혁명의 발단이 되었다.

3) 러시아 정교회(Russian Orthodox Church)

(1) 서방교회와 동방교회

이태리 반도에서 로마를 왼쪽에 포함시키고 대략 80도 수직선을 내리그을 경우, 왼쪽은 서방교회이고, 동쪽은 동방교회이다. 서방교회(Western Church)는 라틴교회(Latin Church)라고도 불리고, 동방교회는 그리스 정교회(Greek Orthodox Church) 혹은 동방 정교회(Eastern Orthodox Church)라고도 불린다. 서방교회는 주로 서유럽을, 동방교회는 동유럽과 중동, 터키, 중앙아시아 및 러시아를 지칭한다.

주후 330년에 로마의 황제 콘스탄틴 대제가 로마의 수도를 지금의 터키에 있는 이스탄불로 옮기면서 동방 정교회의 역사는 시작된다. 본래 이스탄불은 비잔티움(Byzantium)이라는 도시였으나, 콘스탄틴 대제가 자신의 이름과 도시라는 보통명사를 합성하여 콘스탄티노플(Constantine+Polis)이라 개칭하였다.

동방 정교회라는 용어는 고대 에큐메니칼 7개의 공의회(제1차 니케아 공의회 325년, 제1차 콘스탄티노플 공의회 381년, 제2차 니케아 공의회 787년)에서 정의된 신조와 예배의식을 따르는 기독교회를 지칭하는 말로

서, 공의회의 결정들을 성경 해석의 가장 권위 있는 길잡이로 보기 때문에 자신을 '정통 교회'(Orthodox Church)라고 자칭하였다.

동방 정교회의 전례서나 미사경본에 나와 있는 그들의 공식 명칭은 〈정통 가톨릭 교회〉이다. 개신교는 16세기에 로마 가톨릭 교회를 개혁하는 과정에서 로마 가톨릭 교회로부터 갈라져 나왔고, 동방 정교회는 로마 중심의 대교구인 로마 가톨릭 교회로부터 1054년에 문화적, 정치적, 교리적인 문제로 갈라져 나왔다.

동방교회와 서방교회의 분열(1054년) 이후 동방 정교회는 지리상 로마를 중심으로 볼 때, 주로 동부 지역을 중심으로 발전하였기 때문에 중세기에는 무슬림, 몽골의 침입, 그리고 근세에는 공산주의의 박해 속에서 수많은 고난을 겪었다. 이런 역사적 배경으로 인하여 동방 정교회는 서방교회와는 다른 성격을 지니게 된다.

주후 381년 콘스탄티노플 공의회는 당시 지중해 연안을 중심으로 존재하던 기독교 세계를 로마, 콘스탄티노플, 알렉산드리아, 안디옥, 그리고 예루살렘 대교구로 다섯 개의 대교구 순서를 정하였다. 분열 이후 로마 대교구는 교회 정치, 행정적으로는 로마 주교(교황)를 꼭지점으로 하여 교황중심적 왕정체제와 같은 단일체제의 기독교회로 발전하였다. 신학적, 문화적으로는 스콜라주의를 형성하는 데까지 크게 발전해 나갔다.

그러나 동방의 4개 대교구는 사도시대로부터 그러했듯이 집단 지도 체제를 중심으로 교회 체제를 운영하였으며, 7-8세기에는 아랍계 이슬람교도들의 침략을 받았고, 이어서 터키 이슬람 군대의 위협으로 인하여 많은 고난을 겪는 가운데 신학적, 문화적으로 신비주의적인 성향을 형성하였다.

게다가 1453년 동로마제국의 수도이자 동방 정교회 세계(4개 대교구)의 중심지였던 콘스탄티노플이 터키 이슬람교도들의 군대에 의해 무참히 파괴당하고 멸망당한 역사적 사건(Sultan Mehmet 2세, 이스탄불의 정복자) 이후, 동방 정교회 세계에서 가장 유능하다고 추정되는 지도력을 가진 나라는 러시아뿐이었다. 불가리아, 세르비아마저도 터키에 의해 정복당하였으며, 그 나머지 정교회 지역들도 오래 전에 이슬람교도 세력 속으로 흡수되고 말았다.

(2) 동방 정교회의 신학적 특징

동방 정교회 신학은 한마디로 거룩한 전승에 기초한 신학이다. 정교회가 말하는 거룩한 전승(Holy Tradition)이란 성경(Bible), 신조(Creeds), 에큐메니칼 공의회 결정사항들(Decrees), 교부들의 저작들(Writings of Fathers), 교회 규범(Canons), 예식서(Service Books), 성화(Icons) 등 일곱 가지를 말한다. 이중에서 앞의 세 가지는 다른 것보다 우위성(preeminence)를 가지므로 이 세 가지는 변개할 수 없는 절대적인 것으로 간주한다. 대체로 로마 가톨릭 교회는 7개의 에큐메니칼 공의회의 모든 결정을 받아들이고, 개혁교회는 성상 숭배(Icons)에 관한 것만을 제외한 나머지 모두를 받아들인다.

동방 정교회의 신학적 특징을 다섯 가지로 요약하면 다음과 같다.

첫째, 예배중심적, 교회중심적 신학이다. 예배가 첫째이고, 신학과 교리는 둘째다. 신학은 교회를 위한 학문이다. 정교회는 교회를 무엇보다 우선적으로 예배공동체로 이해한다.

둘째, 삼위일체론적 신학이다. 정교회의 모든 신학적 기술들은 모두 삼위일체 하나님의 내적인 역동성(the inner dynamics of Triune God)에서 나온 것이다.

셋째, 종말론적 신학이 강하다. 정교회 신학은 교회를 지상에 하나님의 나라를 묘사하는 실체로서 이해한다. 앞으로 올 하나님의 나라를 미리 맛보고 앞당겨 보게 하는 실체가 교회라는 것이다. 즉 교회는 도래할 하나님의 나라의 모형이다. 한편 부활절을 가장 성대한 교회 절기로 지키며, 이콘을 만들어서 영광스런 종말의 모습들을 형상화하여 흠모하는 행위를 권장한다. 대부분 서방신학은 종말론을 조직신학의 마지막 장에서 취급하지만, 동방교회는 가장 중요한 첫 번째 요소로서, 교회의 정체성을 형성하고 교회의 실존에 영감을 제공하는 진리로서 간주한다.

넷째, 성령론이 일반 교회 신앙생활을 통하여 강조된다. 특히 정교회는 필리오케(Filioque) 신학(성령이 성부와 성자로부터 나왔다)를 거부하는데, 그 이유는 두 가지이다. 하나는 에큐메니칼 교회 공의회에서 결정된 신조(Nicene-Constantinople Creed, 381년)에 기록된 것을 바꿀 수 없다는 것이다. 또 하나는 신학적으로 잘못되었다고 보기 때문이다. 삼위일체 신학에 있어서 필리오케는 성삼위의 위격 사이에 균형을 파괴할 뿐만 아니라, 그것은 세상 안에서 성령의 활동에 대한 잘못된 오해를 유발시킨다. 즉 정교회는 이 필리오케라는 용어 안에서 성령을 종속시키고 무시하는 경향을 보기 때문이다.

다섯째, 정교회 신학은 보편적이고 우주적인 성격을 강하게 지닌다. 보편적이라는 말은 복음과 예수 그리스도를 신앙하며, 삼위일체 하나님에 대한 신앙을 핵심으로 하는 보편적 교회 전승 위에 서 있다는 뜻이며, 우주적이라는 말은 정교회 신학이 온 우주 피조물과 인간의 친교와 조화를 추구하는 총체적 신학이라는 뜻이다.

종합해 보면, 정교회 신학은 교회 전승에 기초하여 예배공동체를 중심으로 교회의 기본 교리를 고수하는 신비적이고 보수적인 성격이 강한 신학이다. 정교회가 이런 신학적 특성을 지니게 된 데에는 그럴만한 역사적 맥락이 있다.

하나는, 동방교회는 서방교회에 비해 새로운 운동이 없었고 정통 기독교를 고수하는 일에 전념했기 때문이다. 그 주된 이유는 비잔틴 제국이 고질적인 외세에 대하여 방어적이었다는 사실에 있다. 비잔틴 제국은 무너져 가는 로마 제국을 물려받았고, 기울어져 가는 희랍, 로마문명과 특히 희랍적 유산을 승계받았다. 그런데다가 비잔틴의 기독교는 무슬림 국가들과 지리적으로 맞닿아 있어서 항상 직접적인 위협 속에 있었다. 따라서 동방 기독교는 정체성의 위기 속에서 살아남기 위하여 정통신앙을 고수하고 보수해야 하는 역사적 상황에 있었다. 이런 상황 속에서 내부적인 단합이 강조되었고, 전해 내려오는 전통에서 벗어나는 모든 사상은 교회 분열을 조장하는 이단으로 보았다.

다른 하나는, 동방교회가 국가에 긴밀히 예속되어 있었기 때문이다. 콘스탄틴 황제 이후 비잔틴 제국 속에서 정교회는 국가와 긴밀한 협력 내지는 예속적 관계를 가져왔으며, 이러한 관계성은 근대에 이르러 모스크바 러시아(1326-1712)와 제정 러시아(1713-1917) 그리고 소비에트 러시아(1918-1989)에서도 계속 이어졌다.

(3) 러시아 정교회

동방(그리스) 정교회에 속하는 러시아 정교회는 자치교회로서 동방교회 중에 최대의 교세를 갖고 있다. 러시아에 대한 기독교 전교는 여러 교회에 의해 일찍부터 이루어졌으나 공식적인 기독교 수용은 988년 키예프(흑해 북쪽) 공국의 블라디미르 대공(大公)에 의해 실현되었다. 그 이후 러시아는 비잔틴 제국의 동방 정교 문화가 러시아 문화의 기반이 되었다. 그리하여 정교회는 러시아 국교가 되었고, 콘스탄티노플 총주교 아래서 키예프의 주교를 중심으로 번영했다. 그런데 실제의 신앙심은 수도원에서 길러졌다.

그후 타타르족의 침공으로 말미암아 주(主) 교세는 동북지방으로 옮겨졌으며, 키예프 주교좌는 1318년 모스크바로 옮겨졌다. 모스크바를 중심으로 한 러시아 정교회는 1480년까지 240년 동안 지속되어 온 몽골 제국의 통치를 이반 3세 대백작의 지도력으로 완전히 종식시켰다.

그 후 계속되는 러시아 제국의 지리적인 확장과 비잔틴 황제들의 합법적인 계승자로 자처하는 '대단한 인물'인 이반 4세(1530-1584)의 정치적인 야망과 더불어, 모스크바 대주교(Archbishop)는 1589년 콘스탄티노플 총대주교의 승인을 받아 총대주교(Patriach)의 지위로 승격하자, 수도원들과 교회의 재산 소유를 주장하고, 교회 장식과 사제들의 의복, 정교한 예배와 예전을 강조하였다. 그러자 열렬한 애국심으로 가득찬 요셉파(Josephites)를 중심으로 러시아 정교회가 형성되었고, 러시아 국민들은 모스크바를 '제3의 로마'라고 자처하였다.

그러나 그 동안 동방 정교회 세계의 버팀목 역할을 해오던 러시아 총대교구마저도 1917년 공산주의 혁명으로 신앙적 지도력을 상실하게 되었다. 그 결과 서방교회에 비교하여 동방 정교회는 세계사의 무대에서 최근까지 정체 현상을 보이게 되었다. 통계에 의하면, 1980년 당시 정교회 신자수는 1억에서 1억 5천만 정도인 것으로 추정되었으나, 1991년 러시아에 보리스 옐친 정권이 들어선 후 러시아를 비롯한 동유럽 지역에서 정교회 신자가 급증하고 있으며, 1995년 현재 200여 개국에서 약 4억의 신도가 있는 것으로 집계되고 있다.

4) 도스토예프스키 문학의 이해

(1) 철학자 헤겔(1770-1831)과 칼 마르크스(1818-1883)

헤겔은 "인류 역사는 자유를 향한 투쟁의 역사다"라고 했다. 1789년 "자유, 평등, 박애"라는 구호를 내걸고 일어난 프랑스 대혁명의 소식을 접한 헤겔은 혁명의 업적을 찬양하면서 그의 친구들과 야외에 나가 〈자유의 나무〉를 심고 혁명에 대한 축하를 올렸다. 그 후 프랑스 혁명이라는 이 사건은 그의 일생을 통해 지대한 영향을 미치게 된다.

그는 「역사철학강의」에서 "물체의 실체가 중력이라면 정신의 실체, 본질은 자유다. 자유가 정신의 유일한 진리다." 그러면서 이런 주장을 하였다. 고대 동양인에게 있어서는 왕이라는 한 사람만 자유로웠다. 중세 그리스인과 로마인들에게는 소수의 귀족들만이 자유로웠다. 그런데 근대의 우리들은 모든 인간들이 그 자체로서 자유라고 하는 것을 알게 되었다.

그의 제자 칼 마르크스는 "인류 역사는 계급을 향한 투쟁의 역사다"

라고 했다. 그는 하부구조인 물질(빵)이 상부구조인 정신(자유)을 결정한다고 주장함으로써 그의 스승 헤겔의 〈변증법적 유심론〉을 〈변증법적 유물론〉으로 대체하였다. 러시아의 역사는 바로 이 두 철학자 사이에서 "자유와 빵을 향한 투쟁과 혁명의 역사였다."

(2) 도스토예프스키에 있어서 자유의 문제

귀족인 톨스토이의 형이상학이 "사랑을 주제로 한 화합의 세계관"으로 귀착된다면, 민중인 도스토예프스키의 형이상학은 "자유를 주제로 한 갈등의 세계관"으로 귀착된다.

러시아의 철학자 베르쟈예프(1874-1948)는 그의 책 「도스토예프스키의 세계관」이라는 책에서 이렇게 말했다. "도스토예프스키의 '인간과 그 운명'이라는 주제는 무엇보다도 〈자유〉라고 하는 주제였다. 인간의 운명, 그 비통한 순례는 그 자유에 의해 결정되고 있다. 자유는 그의 세계관의 핵심에 놓여 있다. 그의 숨겨진 비애는 자유의 비애였다."

도스토예프스키를 '잔인한 천재'라고 부르는 까닭은 이 자유의 관념 때문이다. 그가 잔인했던 까닭은 그가 인간으로부터 자유의 무거운 짐을 제거하려 하지 않았기 때문이며, 인간이란 자유로운 존재로서 정녕 그 위엄에 어울리는 커다란 책임을 지우게 했기 때문이다.

베르쟈예프는 인간의 주체성의 회복, 즉 자유를 누구보다도 절규한다. 그래서 그는 여태까지 인류가 걸어온 모든 분야를 〈자유〉와 〈인격〉이라는 개념으로 다시 평가한다. 그것이 불멸의 고전인 「노예냐 자유냐」라고 하는 그의 책이다. 이 책에서 그는 말한다. "인간 회복의 길은 곧 인격의 주체성 회복을 의미한다. 또 그것이 인간의 〈자유에의 길〉이다.

그런데 사람들은 사실은 자유보다 노예성을 더 좋아한다. 그것은 노예의 길은 쉽고 자유에의 길은 험하고 투쟁의 길이기 때문이다."

베르쟈예프는 이어서 말한다. 사회문제의 핵심은 두 가지인데, 그것은 〈자유〉의 문제와 〈빵〉의 문제다. 사회주의의 오류는 주로 빵 문제를 인격 위에 둔다. 이런 〈집단주의적 사회주의〉는 빵을 제공하는 대신 인간의 자유를 빼앗고 인간에게서 양심의 자유를 박탈한다. 인간은 빵 때문에 자유를 포기해서는 안 된다. 그는 인격주의적 사회주의를 주창한다. 즉 사람들의 자유를 보존하면서 또 민중들에게 양심을 소외당하는 일 없이 빵이 공급되는 진정한 의미에서의 해방된 인간을 말하고 있다.

자유의 문제에 관한 도스토예프스키의 탐구는 「카라마조프가의 형제들」에서 잘 나타나는데, 그의 자유에 관한 변증법이 그 절정에 도달하는 것은 〈대심문관의 이야기〉에서이다. 여기에 나타나는 그의 그리스도상은 '자유를 체현(體現)하는 그리스도'라고 요약할 수 있다. 대심문관은 그리스도가 물리쳤던 세 가지 유혹(마 4:1-11)을 인간의 행복과 평안이라는 이름 아래 이를 수락하고 그 다음 그는 자유를 포기한다.

대심문관이 그리스도를 비난하는 까닭은 그리스도가 인간에게 힘에 겨운 자유를 부여하고 인간을 사랑하지 않는 것처럼 행동했기 때문이다. 그리스도의 종교적 귀족주의가 대심문관을 괴롭히고 있는 것이다. 기독교는 '자유의 종교'이며 신과 인간 사이의 '자유로운 사랑의 종교'이다. 따라서 인간은 자유에 관한 영원한 문제 해결을 그리스도가 진리일 뿐 아니라 자유에 관한 진리(요 8:32)로서, 그리스도 자신이 자유이며, 자유로운 사랑이라는 사실 가운데서 찾아야만 할 것이다.

(3) 도스토예프스키와 정교회와의 관계

도스토예프스키에게 있어서 자유의 문제는 신앙(종교)의 문제, 특히 정교회와 떼래야 뗄 수 없는 불가분리의 관계에 있다. 발터 니그(스위스의 목사, 시인)는 말한다. "그의 작품은 오로지 종교적 관점에서만 올바르게 이해될 수 있을 뿐만 아니라, 그의 기독교적인 타고난 천성도 동시에 착안하지 않고는, 그에 관한 어떠한 연구나 해석도 피상적인 외곽에 머무르고 만다."

우리가 여기서 진지하게 문제 삼아야 할 것은 과연 그는 어떤 부류에 속하는 기독교를 표방하고 나섰으며, 허무주의를 극복하는 데 최대의 힘을 기울인 그의 독특한 기독교 정신이란 어떤 것이냐 하는 점이다. 역사를 통해 보더라도 기독교는 단 하나에 그친 것이 아니기 때문이다.

〈대심문관의 이야기〉는 루터 이후로 어느 누구도 감행하지 못한 가톨릭에 대한 어마어마한 공격임에 틀림없다. 이 이야기는 명백하게 로마 교황에 화살을 겨눈 것이었다고 보아서 조금도 어긋남이 없다. 가톨릭에 대한 증오심으로 가득 차 있던 그는 가톨릭을 기독교로 보지 않았다. 가톨릭은 서구 허무주의의 모태이자 허무주의의 화신으로 생각했다. 그것은 가톨릭이 기독교를 떠났기 때문이다.

그는 므이시킨의 입을 빌려 이렇게 말한다. "가톨릭은 무신론보다도 더욱 나쁘다. 이것이 나의 확신이다. 무신론은 허무라고 주장하지만 가톨릭은 반그리스도를 선전하고 있다. 내 의견으로는 로마 가톨릭은 종교가 아니고 서로마 제국주의의 계속이다."

도스토예프스키의 악마란 행복을 주는 대신 자유를 박탈하는 것이다. 마치 야수를 잡아다가 우리 안에 넣고 잘 먹여 가축을 만들고 말 듯이, 가톨릭은 인간의 생각하는 힘을 박탈하고 인간을 교리 속에 가두고 만다는 것이다. 인간의 자유를 구속하고 행복을 내세우는 모든 사상, 종교는 일체가 악마다. 자유 대신에 빵을 주려는 무신론적 사회주의를 비난한 이유가 바로 여기에 있다. 이런 가톨릭에 비해 정교는 그래도 기독교의 순수성을 유지하고 있다고 그는 믿는다. "빛은 동방으로부터"라는 말을 그는 곧잘 정교에 갖다 맞춘다.

한편 도스토예프스키는 가톨릭의 경우와는 달리 개신교에 대해서는 별로 관심을 돌리지 않았다. 그가 또한 개신교도의 범주에 속하지 않았다는 것도 명백하다. 그런데 사실에 있어서 그는 가톨릭 못지않게 개신교에 대해서도 맹렬한 반대의사를 나타내기도 하였다. 그의 견해를 따르면, 개신교주의(改新敎主義)는 오로지 반항만을 일삼을 뿐 자기의 말은 아무 것도 없다는 것이다. 그런데 정교 속에는 빛나는 종탑의 모습뿐만 아니라 그 속에 순수한 신앙을 가지고 있다는 것이다. 하나의 파벌주의(sectism)에 불과한 이 개신교주의는 "무신론 사상의 앞잡이"라고까지 혹평하였다.

그런데 서구 기독교(가톨릭과 개신교)를 거부하려는 도스토예프스키의 입장도 수정되어야만 허무주의에 대한 그의 투쟁도 역시 제대로 수행될 수 있다. 우리가 특히 유의해야 할 것은 그의 과오를 어느 정도라도 감소시켜 주는 의미에서 우리는 동방교회를 올바른 관점에서 인식함으로써 적어도 이 문제에서의 그릇된 판단을 저지르는 일은 없어야할 것이다.

우리는 도스토예프스키가 러시아 정교회의 한 대표자였으며, 러시아 정교가 배출한 가장 위대한 신도의 한 사람이었음을 명심해야 한다.

그는 어디까지나 동방교회를 전제로 해서만 이해될 수 있는 인물이므로 정교에 대해서 조금이라도 편견을 갖고 있는 사람이라면 그를 이해할 도리가 없다.

기독교도로서의 그는 한때 자기 조부도 성직자로 봉사한 일이 있던 동방 정교회의 계승자라고 자부하였다. 그는 종교적 감정이 아무 중심 없이 나붓거리는 그런 상태에 빠져들지 않도록 그것을 가능하게 하는 것은 교권의 확보에만 급급한 유럽 교회가 아니라 고요하고 경건한 정교회라고 하면서, "우리 민족의 모든 원리 원칙은 동방 정교회에서 나왔다"고 선포하였다.

그가 생각하는 정교는 결코 의식으로만 그쳐 버릴 수 없는 하나의 생생한 감동 그대로였다. 시간이 경과하면 할수록 더욱 더 세계는 정교에 의해서만 구제될 수 있다는 그의 확신은 굳어져 갔다. 그는 이렇게 소리쳤다. "오로지 정교에서만 우리는 그리스도의 모습을 보존할 수 있을 뿐이며, 다른 어디서도 그것은 불가능하다. 그런데 러시아가 바로 이 정교의 주인이다."

가톨릭 교회가 아리스토텔레스 철학(경험주의, 현실주의)에 그 사상적 기초를 두고 있는 반면, 플라톤주의(관념주의, 이상주의)를 원리로 한 동방교회는 심오한 기독교 정신으로 충만해 있기 때문에, 이 동방교회를 "한낱 외부로부터의 기독교적 영향을 받은 희랍종교에서 파생된 그 역사적 계승"으로 본다는 것은 극히 편파적인 판단이다(그럼에도 불구하고 동방교회는 희랍종교의 영향을 강하게 받고 있다).

랑겔이 회상하는 바에 의하면 도스토예프스키는 교회에 가는 일이 거의 없었고, 신부를 좋아하지도 않았다. 이러한 사실은 러시아 성직자의 보잘것없는 종교적, 문화적 수준에 비추어볼 때 조금도 놀랄 바가 못 된다. 「카라마조프가의 형제들」의 초고에서 그는 말한다. "성직 계급처럼 물질주의로 충만해 있는 사람은 없다. 신부란 제의를 입으면 존경받지만, 이 제의를 벗으면 그는 금전 탐닉자며 도둑과 같다." 기독교의 암담한 일면을 알고 있던 그는 광기조차 엿보이는 표트르 페라폰트 신부라는 인물을 통해 구역질나는 장면을 가혹하게 표현하고 있다.

교회가 이와 같이 허약한 상태에 놓여 있음을 알고 있는 그로서는 현대인이 교회를 더 이상 자기 영혼의 고향인 듯이 생각하기는 힘들다는 점을 충분히 파악하고 있었다. 그는 기독교에 대한 완전히 새로운 자기 특유의 해석 가능성을 은연중에 제시한다. 즉 그의 기독교 신앙은 정교회적 요소를 많이 보유하고 있긴 하지만, 베르쟈예프도 기술한 바와 같이 정교의 범위를 넘어서는 일면도 있다.

"도스토예프스키가 생각하는 기독교는 역사적 기독교가 아니라 신비적 기독교이다. 즉 그것은 요한계시록에 담겨진 문제들을 제기하고 있으므로, 역사적 기독교의 범위 내에서는 이 문제들이 해결될 수 없다." 이와 같은 비판적 반론을 제기하거나 희랍정교의 한계를 일시적으로 탈피하는 일이 있다 할지라도, 그가 동방교회와 완전히 결별할 수는 없었다. 그는 희랍정교야말로 밀물처럼 닥쳐오는 허무주의 사상의 방벽이 될 수 있고, 정교만이 허무주의라는 악마를 퇴치할 수 있다고 믿었다.

그는 희랍정교에는 오성을 넘어서는 신비가 있음을 강조한다. 그것이 허무주의를 이기는 유일한 길이다. 그는 늘 신의 존재와 영혼의 불멸을 문제삼았다. 이런 문제를 해결하지 않고는 허무와 회의를 극복할 수 없기 때문이다. 이러한 현대인에게 신의 존재와 영혼의 불멸을 직감케 하는 것은 신비주의뿐이다. 이러한 신비적 요소가 러시아 정교에 있다는 것이다.

그가 면밀히 연구했던 러시아 사람들의 수도생활은 특히 그에게 강한 매력을 풍겼다. 그는 다시 한 번 옛 러시아 사람들의 수도생활이 지닌 가치와 저력을 인식함으로써 거기에 새로운 생명력을 불어넣으려고 한 현대가 낳은 최초의 인물 중의 하나이다.

그의 마음을 사로잡은 것은 그 자신이 가장 아름다운 시적 기념비를 헌정했던 동방교회의 수도자상(Starzentum, 깊은 종교적 체험과 높은 도덕적 권위를 갖춘 수도자나 은수자들)이었다. "스스로의 자유를 위하여" 그리고 "꾸준히 일하자"는 두 가지 구호를 내걸었던 동방교회 수도사들의 이념을 높이 평가한 그는 의식적으로 동방교회 수도사들의 전통을 되살림으로써 허무주의와의 투쟁에서 최대의 원군이 되어줄 것을 기대했다.

러시아 정교회에 대한 도스토예프스키의 입장을 진실하게 기술하려면 그가 지니고 있던 강렬한 소명의식을 논하지 않으면 안 된다. 그는 그리스도가 러시아 정교회를 통하여 인간의 전면적인 윤리적 부흥을 도래시킬 그 전조를 예고한 것이라고 생각했으므로 요한계시록에 대한 깊은 신앙을 품고 있었다.

고향의 입김이 서려 있는 듯한 러시아 정교는 그에게 있어서는 신성함 바로 그것이었으며, 이러한 신앙이 있음으로써 그는 순례자 마카르의 입을 빌어 젊은이들에게 호소한다. "신성한 교회를 위하여 열성을 바치다가 때가 오면 죽음으로라도 봉사하라." 우리는 결코 이 마지막

경고를 가볍게 흘려버릴 수 없다. 왜냐하면 이 한마디는 볼셰비키에 의해 교회가 가혹한 박해를 받는 상황 아래에서 한 사람뿐이 아닌 수많은 러시아인의 귓전을 울려오는 예언자의 한마디였기 때문이다.

동방교회에 대한 그의 견해는 단순한 문학적 관심의 표시가 아니라 자기 생의 표현이었고, 동시에 자기 존재를 통한 실증이라고 할 수 있는데, 그중에서도 언제나 한 인간의 내면을 드러내 주는 그의 죽음을 통해서 가장 강렬하게 뒷받침되고 있다.

1881년 1월 28일에 그는 부인 안나에게 "나는 오늘 틀림없이 죽을 것 같은 생각이 드니, 촛불을 켜고 내게 신약성서를 주시오"라고 말했다. 그는 한 군데를 가리켰고, 안나는 그 구절을 큰 목소리로 읽어주었다.

"예수께서 대답하여 이르시되 이제 허락하라 우리가 이와 같이 하여 모든 의를 이루는 것이 합당하니라 하시니 이에 요한이 허락하는지라" (마 3:15).

- 소망교회 금요신앙강좌, 1997.7.25.

4. 도스토예프스키 전집 –
그의 박물관에 기증하다

지난 7월 6일 오전 11시. 3년 동안 기다렸던 일이 드디어 성사된 것이다. 나는 상트 페테르부르크에 있는 도스토예프스키 박물관 관장님(Natalia T. Ashimbaeva)께 도스토예프스키 전집(25권)을 기증하는 전달식을 가짐으로써 3년만에 내 꿈을 이루는 감격을 맛보았다. 이 일의 시작은 3년 전으로 거슬러 올라간다.

지난 97년 3월경에 러시아 선교사인 최영모 목사님이 내가 부목사로 재직하던 소망교회에 와서 선교보고를 하였다. 최 목사님은 나와 장신대 신대원 동기 목사로서, 이 날 선교보고를 마친 후 나와 만났다. 최 목사님은 전에는 잘 몰랐다가 내가 도스토예프스키와 러시아에 깊은 애정을 갖고 있다는 사실을 알고는 무척 놀라면서 "박 목사님이 러시아 선교사로 가야 한다"는 농담을 하였다.

그날 나는 최 목사님께 내 계획의 일부를 말하였다. 5월경에 설교집 두 권을 내고, 8월경에 청년부 수련회를 마치면 학위논문을 쓰기 위해 사임해야 할 것 같다는 얘기를 하면서, 설교집이 나오면 보내드리겠다고 약속하였다. 5월 초에 설교집(「너와 나는 약속한 사이」, 「부르다가 내가 죽을 노래」)이 출간되어 최 목사님께 보냈더니 7월 중순에 편지가 왔다. 그 설교집 부록에는 도스토예프스키와 관련된 두 편의 글("도스토예프스키 문학의 이해"와 "러시아적 아름다움을 그리며 알료샤에게 보내는 미짜의 편지")이 실려 있었다. 최 목사님은 내 설교집을 읽고 감명을 받았다는 말과 함께 이런 내용의 글을 전해 주었다. 그 일부를 인용하면 이렇다.

"한번은 그를 기념하는 박물관에 들렀습니다. 도스토예프스키의 불멸의 작품들이 세계 여러 언어로 번역되어 전시되어 있었습니다. 그런데 유독 한국어로 된 번역판은 없더군요. 그래서 관장님을 찾아 물어보았습니다. '만일 도스토예프스키의 한국어 번역판 작품을 가져오면 전시하겠는가?' 저의 제의에 원장님은 '반드시 하겠다'고 흔쾌히 대답하였습니다. 그래서 이 문제를 가지고 생각해보다가 이 기회를 도스토예프스키를 사랑하는 목사님께 드리고 싶었습니다. 목사님께서 그의 작품들을 보내주시면 제가 전달하여 그의 기념박물관에 전시하도록 하겠습니다. 세계문학이 도스토예프스키에게 진 빚을 생각하면 이러한 일은 영광이라는 생각이 듭니다. 책을 보내시게 되면 배보다 배꼽이 크니까 선편으로 보내시길 바랍니다. 항공으로는 우송료가 꽤 비싸더군요. 저는 목사님께서 훗날 이곳에 오실 때에 도스토예프스키의 살아간 삶의 파편들을 보여드리기 위하여 지금 많이 노력하고 있습니다."

이 편지를 읽으면서 내 가슴은 뛰기 시작했고, 이 일을 꼭 성사시키리라고 마음먹었다. 그런데 바로 그 어간에 출판사 〈열린 책들〉에서 도스토예프스키 전집이 곧 출판될 예정이라는 소식을 들었다. 나는 이 전집이 나오기를 기다렸다. 그해 7월 터키-그리스 성지순례를 다녀온 후 매년 여름과 겨울에 있는 〈금요신앙강좌〉에서 난 "도스토예프스키와 러시아"라는 제목으로 강좌를 하였다. 그리고 8월에 소망교회를 사임한 후 9월에 미국 프린스턴에 박사학위논문을 쓰기 위해 출국하였다. 4개월 후 한국에 다시 돌아와 출판사에 문의했더니 그 전집이 아직 나오지 않았다는 말을 들었다. IMF(국제통화기금) 사태 때문에 책 출판에 어려움이 있어서 그런가 생각하고 논문을 쓰면서 계속 그 전집이 나오기를 손꼽아 기다렸다(실은 앞서 언급한 대로 한 번역자가 원문이 아닌 중역을 한 것이 드러나 번역자를 다시 교체함으로 지연되었다).

그러다가 99년 8월에 박사학위를 마치고 논문을 책으로 엮어 최 목사님께 보내 드렸더니 9월에 답장이 왔다. 보내주신 책을 잘 받았다는 말과 함께 이런 말을 써서 보내왔다. "지금 러시아는 가을의 정취를 한껏 발산하고 있습니다. 목사님이 좋아하시는 도스토예프스키의 묘지에도 가을 낙엽의 정경들이 아름답게 펼쳐져 있습니다." 이 편지를 받고 나는 도스토예프스키가 다시 생각이 나서 출판사에 연락을 했더니 아직도 못 나오고 있다는 말을 들었다. 아직까지도 박물관에서는 책을 보내주기를 손꼽아 기다리고 있다고 하는데 책을 보내지 못하고 있는 것이 참으로 안타까웠다.

그런데 올해 1월 어느 날 한 일간지를 보다가 〈열린 책들〉의 홍지웅 사장 이야기가 실렸다. 거기서 도스토예프스키 전집 25권이 4-5월경에 출판될 예정이라는 소식을 알게 되었다. 마침 최 목사님이 안식년을 맞아 한국에 나와 있어 함께 출판사를 찾아갔다. 사장님은 뵙지 못하고 편집장과 얘기를 나누게 되었다. 편집장은 책 출판이 2년여 늦어지게 된 까닭을 설명해 주었다. 한 번역자가 원역이 아닌 대역에 크게 의지한 것이 발견되어 번역자를 교체하다 보니 이렇게 늦어졌다는 것이다. 나는 그 동안에 있었던 일을 말하면서 내 설교집과 편지 사본들을 보여주면서 전집이 나오면 러시아에 보낼 예정이라는 말을 남기고 나왔다.

드디어 기다리던 전집이 5월 말경에 나왔다. 이 전집은 도스토예프스키 소설 전체를 번역한 것으로, 번역 대본은 권위 있는 러시아 〈쁘라브다〉 판 전집과 〈나우까〉 판 전집을 대본으로 사용하였다. 수억 원의 돈을 투자하여 7년여에 걸쳐 완성된 이 전집은, 러시아 문학을 전공한 30여명의 번역자들의 번역과 7회 이상의 교열을 거쳐 완벽한 작품을 이루어 낸 문학출판사상 획기적 사건이었다.

전집이 나오기를 기다리던 중학교에서 강창호 선생을 알게 되었다. 강 선생은 러시아에 유학하여 음악을 전공한 후 대전 신학대학교에 출강하고 있었다. 내 뜻을 안 강 선생은 출국에 필요한 러시아 비자와 항공권 예약을 하는 데 도움을 주어 무사히 출국할 수 있게 되었다. 강 선생은 나와 함께 가고 싶어 했으나 사정상 못 가게 된 것을 못내 아쉬워했다.

6월 말경 방학과 더불어 서울에 올라온 나는 홍지웅 사장님을 출판사 사무실에서 만났다. 홍 사장님은 이미 편집장을 통해 나를 알고 있었다. 나는 이 일로 함께 러시아에 갔으면 좋겠다는 의사를 타진했으나 사장님은 지금 마음의 여유가 없어 기회가 닿으면 다음에 가겠다고 하시면서 내게 "대신 수고해 달라"는 말을 하면서 전집 한 질을 기증해 주었다. 나 또한 이 일을 하는데 책이 필요하기에 전집 한 질을 샀다.

7월 3일 11시 30분, 20kg이나 되는 책 전집 한 박스(box)와 두 개의 여행 가방을 싣고 모스크바행 비행기에 올랐다. 거의 9시간 걸려 모스크바에 가는 기내에서 나는 많은 생각을 했다. "내가 이렇게까지 할 필요가 있나?" 하는 물음을 자신에게 던져 보았다. 이 일은 내가 아니더라도 다른 사람이 해도 되고 꼭 내가 해야 한다면 항공이나 선편으로 보내는 쉬운 방법도 있지 않은가. 그리고 솔직히 말해 이 일은 내가 할 것이 아니라 출판사에서 하든지 아니면 러시아 대사관에서 해야 하는 일이 아닌가(아닌 게 아니라 전집을 전달하고 난 후 이재춘 러시아 대사님이 자신도 이 일을 해야겠다고 전부터 생각하고 있었는데, 내가 했다는 소식을 전해 듣고는 고맙다는 말을 전해 왔다).

그러면서 나는 이런 생각을 했다. 누군가가 내게 묻기를 "당신은 뭣하러 일을 그렇게 힘들게 하느냐(바보같이)?"라고 묻는다면 나는 화려한 수식어도, 장황한 설명도 필요 없이 이렇게 대답하리라. "사랑하기 때문이라고. 도스토예프스키를 사랑하고, 그가 사랑한 러시아를 나도 사랑하는 까닭에, 달려가 만나고 싶고, 만나서 부둥켜안고 싶은 거라고."

모스크바 공항에 현지 시각 오후 4시 10분에 도착해 입국 수속을 하려고 중간쯤에 줄을 섰는데, 거기서 한 자매님을 만났다(이 자매님은 현재 모스크바 대학에서 '파스테르나크'로 박사학위 논문을 쓰고 있는 중이다). 이 자매님과 얼마나 열심히 얘기를 했던지 뒷줄에 있던 사람들까지 이미

다 나간 지도 모르고 얘기에 빠졌던 것이다. 수속을 마치고 나니 5시 40분이었다. 1시간 30분이 걸린 셈이다. 그 순간 나는 '아차, 내 짐' 하는 생각이 들어 짐을 찾았는데, 저 구석에 나동그라져 있는 것을 보고는 안도의 한숨을 내쉬었다. 내가 잠시 '여자'(?)에 정신이 팔려 고귀한 (?) 사명을 한 순간 잊어버린 것이다.

장규대 목사님이 정 집사님과 함께 2시간 전부터 나를 기다리고 있었다. 비행기를 갈아타야 하기에 상트 페테르부르크로 가는 공항으로 향했다. 그런데 오후 9시 비행기를 비행기 고장으로 3시간이 지연된 12시에 타게 되었으니 모스크바 공항에 내린 지 무려 8시간을 보낸 셈이 되었다. 짐 무게가 초과되어 추가요금을 물어야 했고, 더욱이 오래 기다리면서 짐 잃어버릴까 정신 바짝 차려야 했다. 참으로 힘들고 어려운 길이었다. 새벽 1시 15분에 페테르부르크 공항에 도착하니 최 목사님과 임범창 선교사님이 나를 기다리고 있었다. 새벽 2시에 사택에 도착했다. 다음 날 관장님과 전화 통화를 해서 7월 6일 11시에 만나기로 약속하였다.

만나기로 한 그날은 앞이 안 보일 정도로 비가 억수같이 쏟아졌다. 차 트렁크에 전집을 싣고 예정된 시간에 책을 전달하기 위해 빗길을 달렸다. 전집을 전달받은 관장님은 너무나도 좋은 선물을 받고 말로 표현할 수 없는 기쁨과 감사를 전한다고 하셨다. 그러고는 이 전집을 가장 좋은 곳에 전시해 놓겠다고 약속하셨다. 관장님을 비롯한 박물관의 직원들과 함께 기념사진을 찍었다. 7월 12일에 나는 관장님과 최 목사님과 함께 저녁 식사 시간을 가졌다. 이 자리에서 관장님은 영어와 러시아어로 된 〈감사 편지〉를 내게 전해주었다. 그 편지의 내용은 이렇다.

– 도스토예프스키 박물관에 전집을 기증하면서 박물관장과 함께 –

КОМИТЕТ ПО КУЛЬТУРЕ АДМИНИСТРАЦИИ САНКТ-ПЕТЕРБУРГА
ЛИТЕРАТУРНО-МЕМОРИАЛЬНЫЙ МУЗЕЙ Ф.М. ДОСТОЕВСКОГО

Санкт-Петербург, Кузнечный пер. 5/2
Тел.: (812) 311-1804
Факс: (812) 112-0003
E-mail: Ashimbaeva@md.spb.ru

The administration of the Dostoevsky Literary Memorial museum expresses their sincere gratitude and appreciation to Professor Park Horyong and Mr. Choi Young-mo for their valuable gift – a 25 volume collection of works by the classic of Russian literature, a genius writer, – Fyodor Mikhailovich Dostoevsky translated into Korean language. Skillfully prepared and beautifully designed volumes of this collection will definitely make an essential part in the Museum's exposition "Dostoevsky and the World's culture". Currently extensive works are being carried out in the exhibition's preparation. The exhibition will represent the materials, that reveal perception of the spiritual heritage of Dostoevsky in different national cultures including Korean.

With best regards and sincere appreciation,

Director of the Museum

NATALIA T. ASHIMBAEVA

"도스토예프스키 문학 기념박물관의 직원들은 박호용 교수님과 최영모 목사님으로부터 귀중한 선물 - 러시아 문학의 고전이요 천재 작가인 표도르 미하일로비치 도스토예프스키의 작품 25권 전집 한국어 번역판 -을 받은 것에 대해 심심한 감사를 전합니다. 이 전집은 책 장정도 기술적으로 아름답게 잘 만들어져서 박물관의 핵심 전시관인 '도스토예프스키와 세계문화'에 전시하기에 꼭 알맞습니다. 현재 전시관의 확장공사가 진행중입니다. 그 전시관에 이 전집을 전시할 것이며, 이 일은 한국을 포함한 다른 나라 문화에 도스토예프스키의 영적 유산을 잘 드러내게 될 것이라고 믿습니다. 진심으로 감사의 마음을 전합니다."

박물관장 나탈리아(Natalia T. Ashimbaeva) 드림

- 서울장신학보(2000.9.20.), 대전신학대학보(2000.11.9)

5. 러시아 정교회와 이콘(ICON)의 문제

1) 동방 정교회

(1) 기독교회 분열의 역사

① 지리적으로 서방교회는 이탈리아의 로마를 포함한 서쪽에 있는 교회(라틴교회), 동방교회는 이탈리아 동쪽에 있는 교회(희랍교회). 동방 교회는 330년대에 로마제국의 수도가 로마로부터 콘스탄티노플(원래 는 비잔티움, 지금은 이스탄불)로 천도한 이후 동로마 제국인 콘스탄티노 플을 중심으로 세워진 교회.

② 동방 정교회는 동방 정통교회(Eastern Orthodox Church)의 약칭 으로 '정통교회'라고 부르는 이유는 고대 일곱 에큐메니칼 공의회들의 교리 결정들(325년의 니케아 공의회의 삼위일체론, 381년의 니케아-콘스탄 티노플 공의회의 성령론, 451년의 칼케돈 공의회의 기독론 등)을 중요한 전통

교리로, 그리고 성경 해석의 가장 올바른 길잡이로 여기기 때문.

③ 기독교회는 약 5백 년 간격으로 분열의 역사를 이루어 왔음. 1세기 예수의 출현과 초기 기독교회의 탄생 이후 기독교는 세 문화(셈계, 희랍계, 라틴계)로 형성됨. 첫 분열(5-6세기)은 451년의 칼케돈 기독론과 견해를 달리 하는 시리아 셈계의 5개 단성론파(Monophysites) 교회들(이집트의 콥틱[Coptic], 아르메니아, 시리아의 자코바이트[Jacobite], 에디오피아, 페르시아의 네스토리우스)에 의해 이루어짐. 두 번째 분열(1054년)은 라틴계(로마 가톨릭)와 희랍계(동방 정교회)의 분열. 세 번째 분열(1517년)은 서방교회(라틴계) 내의 루터의 종교개혁에 의한 프로테스탄트와 로마 가톨릭의 분열. 그 후 5백 년이 다 되어가고 있는 이 시점에서 기독교 3대 종파는 단결(교회일치운동)이 절실히 요청되는 상황에서 통합을 모색.

(2) 동·서방교회 분열의 역사

① 로마 시대 콘스탄틴 황제는 제국을 5개의 집정 관할구로 나눔(로마, 콘스탄티노플, 알렉산드리아, 안디옥, 예루살렘). 이들 지역은 다른 지역의 주교들보다 더 큰 권위를 가짐.

② 1054년 여름 콘스탄티노플 성 소피아 대성당에 움베르트 추기경과 두 명의 로마 교황 사절단이 성당 안 지성소에 들어와 제단 위에 파문 칙서를 던져 놓고 나감. 한 부제(Deacon)가 그 칙서를 들고 뒤좇아 갔으나 추기경은 거절함. 이에 콘스탄티노플 총대주교 체룰라리우스가 선고한 로마 교황에 대한 파문 사건은 돌이킬 수 없는 분열을 가져옴.

③ 11세기 이전인 863년에 콘스탄티노플의 포시우스 총대주교를

교황이 파문한 사건이 있었음. 동서방교회의 분열은 길고도 복잡한 과정이 있는데, 분열의 결정적 요인은 두 가지 문제(교황권과 필리오케)에 있음. 첫째, 서방교회는 로마가 다른 4개의 관할구보다 우위에 있다고 주장하면서 교황은 서방 뿐만 아니라 동방의 총대주교들과 불화가 생김. 둘째, '필리오케'(Filioque) 문제, 니케아-콘스탄티노플 신조는 '성자로부터'(라틴어로 Filioque)라는 추가문을 삽입시켜 "성령은 성부와 성자로부터 좇아나시며..."라고 읽어 온 것이 문제가 됨.

(3) 기독교 3대 종파의 특성(강조점)

① 개신교(개혁교회): 바울의 기독교(종교), 성경(예수 그리스도) 강조.

② 로마 가톨릭: 베드로의 기독교(종교), 성례전(교황제) 강조.

③ 동방 정교회: 전통(성모 성상) 강조. 베드로와 바울을 동시에 강조. 가령 상트 페테르부르크(1713-1918년까지 러시아의 수도)에 있는 베드로-바울(피터 폴) 요새, 네프스키 수도원의 베드로와 바울 성화(베드로는 오른손에 천국 열쇠를, 왼손에 닫힌 성경을, 바울은 오른손에 열린 성경책을, 왼손에는 검을 들고 있음)가 그 증거임.

2) 러시아 정교회

(1) 주후(AD) 988년 키예프 공국(올레크에 의해 882년 '키예프 루시' 탄생)의 블라디미르 대공(Vladimir, 재위 980-1015년)은 세례를 받고(비잔

틴 제국교회) 기독교(그리스 정교)를 국교로 정함. 비잔틴 황제의 누이를 왕비로 맞이함. 러시아 정교회는 988년부터 1449년까지 콘스탄티노플 총주교 휘하의 한 부주교 관구로 있었음.

(2) 996년 키예프에 첫 교회당(십일세 교회) 세워짐. 1039년에 야로슬라브(동서방교회 분열의 해인 1054년 사망)는 키예프에 성 소피아 성당 세움. 1045년에 노브고로드에 성 소피아 성당 세워짐. 이 두 건축물은 비잔틴의 성 소피아 성당의 영향을 받은 뛰어난 건축물.

(3) 러시아의 제2의 도시였던 노브고로드 공국은 12-13세기에 전성기를 이루는데, 민회(베체) 중심의 공화제를 수립함. 노브고로드는 네바 강에서 스웨덴을 크게 무찔렀다 하여 '네프스키'(러시아어로 '네바의'라는 뜻)라는 별명을 얻은 알렉산더 네프스키(성 페트로부르크에 네프스키 대로와 수도원이 있음)와 노브고로드 시민들의 영웅적인 투쟁 이야기는 유명함. 1478년에 모스크바 공국 이반의 침공으로 모스크바 공국에 병합됨. 1988년 러시아 정교회 천년을 맞아 노브고로드에 러시아 정교회 천년 기념탑이 세워짐. 유리에프(Yuryev, St. George) 수도원이 유명함 (1119년에 세워짐).

(4) 수즈달(모스크바 동북부)공국 안의 한 마을 모스크바는 1271년 알렉산더 네프스키의 막내 아들 다닐에 의해 모스크바 공국이 세워짐. 타타르족(몽골을 타타르로 생각함, 14세기 이후 이슬람으로 개종)의 러시아 침공('타타르의 멍에'; 1240년부터 240년간 러시아 지배)으로 주교세는 동북부 지방으로 옮겨졌고, 키예프 주교좌는 1381년에 모스크바로 옮겨짐. 14세기부터 수도원 운동이 활발하게 일어남. 그중 가장 유명한 것은 1340년경에 라도네츠의 성 세르기우스(1314-1392)가 세운 모스크바

근교(자고르스크, 현재는 세르기예프 파사드)에 트로이체(성 삼위일체) 수도원임. 이 수도원은 러시아 정교회의 메카가 됨. 여기에 보리스 고두노프(러시아 군주, 1552-1605)의 무덤과 안드레이 루블료프가 그린 '삼위일체' 이콘이 있음.

(5) 1453년 콘스탄티노플 함락 후 1598년 총주교좌의 칭호를 받은 모스크바 교회(다른 4개의 총주교좌는 모두 오스만 투르크의 지배하에 들어감)는 터키 지배하에 들어간 콘스탄티노플(제2의 로마)를 대신해 '제3의 로마론'이 대두함. 이는 종말론적인 이데올로기로서 비잔틴 제국의 멸망과 함께 나타났는데, 모스크바의 번영을 로마의 흥성에 비유한 것임.

(6) 모스크바 크레믈린('성벽'이라는 뜻)과 붉은 광장 한편에 자리잡은 바실리 대성당은 15세기 말부터 16세기(이반 3세, 바실리 3세, 이반 4세 - 러시아 전제 권력의 확립기)에 세워짐. 크레믈린 안에는 우스뻰스키(성모 승천) 성당, 블라고베시쳰스키(수태고지) 성당, 대천사 성당(이 안에 역대 왕들의 무덤이 있음)이 있음. 이 시기에 정착한 성당의 양파 모양('성령의 불꽃' 상징)의 돔(꾸뽈)은 이슬람 건축의 영향을 받은 것. 이반 뇌제(4세)는 1552년 킵차크 한국의 후예인 카잔 한국을 멸한 후 위대한 승리를 기념하는 바실리 대성당을 세움(1560년 완공). 바실리 대성당은 탑(천막형 돔) 모양의 본체와 8개(양파 모양의 돔)의 교회로 되어 있음 - 러시아 전통적인 목조건축물과 비잔틴과 서유럽의 석조건축물을 결합시킨 러시아의 상징적 건축물.

(7) 1652년 니즈니 노브고로드(모스크바 동남쪽) 출신인 니콘(Nicon, 1605-1681)은 새 총대주교로 선출되면서 개혁그룹과 피할 수 없는 싸움을 하게 됨. 개혁그룹은 러시아식 개혁을 택한 반면, 헬레니즘 숭배

자(이것은 당시 정교회의 일치를 위한 불가피한 선택)였던 니콘은 그리스식 개혁을 추진함("나는 러시아인이고 러시아인의 아들이다. 그러나 나의 신앙과 종교는 그리스적이다"). 특히 1653년 십자가 성호 긋는 방식(러시아인은 두 손가락을 사용했는데, 이제부터는 세 손가락을 사용해야 한다)은 개혁파의 격분을 일으킴. 결국 1654년 교회가 둘로 분열되는데, 니콘식 예배모범서를 거부한 사람들을 '라스콜리니키'(Rascoliniki, 분리주의자 - 「죄와 벌」의 주인공의 이름이 이와 관련됨) 또는 구신자들(Old Believers)이라고 불리게 됨. 또한 니콘은 교회(사제주의, sacerdotium)가 국가(제국주의, imperium)를 관장하도록 하는 두 번째 목표 추구함.

(8) 피터(표트르) 대제(재위 1682-1725)는 니콘식의 개혁을 반대하고 1721년 총대주교직을 폐지하는 「성직자 규칙서」를 출판. 이로써 18세기 초에 표트르 대제의 개혁에 의해 교회가 국가의 한 기관으로 전락하면서 러시아 교회는 영광의 시대를 마감함.

(9) 1917년 레닌(1870-1924)의 공산주의 혁명(이는 정교회가 그 사명을 다하지 못함으로 생긴 필연적 결과) 이후 70년 동안 반종교적 정권(특히 스탈린 시대)에 의해 숱한 고난과 박해를 받음. 이데올로기가 러시아의 신앙을, 공산당이 교회를, 당 지도자들이 사제의 역할을 대신함. 소련 연방 15개 공화국의 수십만 교회당이 문을 닫고 교회 건물은 공산당 사무실로 사용됨. 교인들과 사제들은 시베리아 강제수용소로 끌려감.

(10) 1986년 이후 고르바초프 대통령에 의한 글라스노스트(Glasnost, 개방), 페레스트로이카(Perestroica, 개혁) 정책에 의해 종교의 자유 허용. 1988년 러시아 정교회 천년 축제가 거행됨. 1917년 이후 소련 내의 당과 사물들에 레닌의 이름을 붙여놓았던 것들을 이제 떼어내고 본

래의 이름으로 바뀌어 가고 있음. 가령 '레닌그라드'는 본래의 이름 '성 베드로의 도시'(Saint Petersburg)로 바뀜.

3) 성상(이콘, ICON)

(1) 이콘의 정의

이콘(G-ἰκών, R-икона)이란 동서방의 모든 성화들을 통칭하나 오늘날 이콘이라 함은 주로 동방교회에서 나무관에 묘사한 성화를 지칭함. 이콘은 단순한 그림 뿐만 아니라 그 내면에 아주 깊은 신학과 영성이 담겨 있음. 이콘이란 형상(刑象)을 말하는 그리스어의 이콘으로부터 나옴. 형상의 목적은 불가시적인 것을 가시적인 것으로 보게 해주는 데 있음. 그런 까닭에 이콘은 하나님과 인간의 친밀을 도와주고 하나님의 신비를 명상하도록 이끌어주는 하나님과 인간의 끈임.

(2) 이콘의 기원의 역사

초대 기독교인들은 성상이 사용되기 오래 전에, 그리고 구약성서의 금지 명령과 이방인들의 관행에도 불구하고 복음을 표현하기 위해 미술을 사용함. 그들은 어떤 형태의 물질로 만든 십자가를 지니고 있었을 것임. 카타콤(프레스코, 장례식 비문, 비둘기, 방주, 배 등), 조각상 및 테피스트리(Tapestry; 색실로 무늬를 짜 넣은 주단) 등은 초대교회에서 교육적 목적으로 미술을 사용한 증거를 보여줌. 콘스탄틴의 개종과 더불어 미술에 대한 정치적 후원이 대단히 중요한 요소가 됨. 콘스탄틴에 의해 세워진 성 세풀케르 교회(예루살렘), 유스티아누스에 의해 세워진 성 소피아 교회(537년)는 이 사실을 입증함.

(3) 성(화)상 파괴 논쟁

성상은 동방과 서방 간의 차이를 상징하는 가장 명백하면서도 가장 중요한 요소. 정교회의 삶과 예전과 역사에서 성상은 단순히 거룩한 예술이나 교회의 장식이 아님. 그것은 무엇보다도 "색깔의 신학"임. 동방과 서방의 차이는 심미적 이미지와 학술적 본문들, 즉 서방은 학문적 본문을 강조(어거스틴의 개종 이야기)한 반면, 동방은 미학적 형상을 강조(슬라브족의 개종 이야기)함. 즉 동방은 성상 속에서 말씀을 보기를 원함, 서방은 말씀을 언어적 선포를 통해 듣기를 원함.

성상의 타당성을 둘러싼 고통스러운 논쟁은 교회의 역사와 신학에 대한 흥미로운 사례연구를 제공함. 5-6세기를 걸쳐 기독교 신자들 중 많은 이들이 그림을 통해 영적으로 하나님에 대한 거리감을 극복하고자 함. 그러나 교회에서는 우상숭배의 위험을 염려하여 신자들의 요구에 소극적으로 대처함. 691-692년에 걸쳐 트룰란(Trullan) 공의회에서는 그리스도를 인간의 모습으로 묘사함을 규제함.

① 비잔틴 제국의 레오 3세는726년 성화상을 논박하기 시작하였고 730년 성화상 파괴에 대한 칙령을 반포. 이 사건으로 성화상 논쟁이 일어났고, 이는 843년까지 계속됨. 이로 인해 수많은 이콘들이 파괴되었고, 이콘 공경자들이 박해를 받음. 이에 교황 그레고리 2세와 그레고리 3세는 이콘 파괴의 중지를 요청하고 이콘에 대한 파괴와 비방 행위

에 파문의 벌을 부과함.

② 그러나 레오 3세의 아들 콘스탄틴 5세(741-775) 치하의 동방에서는 이콘에 대한 박해가 더욱 격렬해짐. 그는 754년 히에레아에서 이콘 공경을 반대하는 주교를 338명을 모아놓고 공의회라 명명(그러나 총대주교는 아무도 참석하지 않아 공의회라 할 수 없음). 이 회의에서 이콘 공경은 사탄의 행위요 새로운 우상숭배라고 선언되어 이콘 공경자들이 파문당함. 761년 이래 수도자들은 무자비한 박해를 받아 많은 이들이 순교함. 수도원이 몰수되고 무기고 등으로 바뀜.

이후 콘스탄틴 5세의 아들 레오 4세 치하에서는 좀 완화된 태도를 보이다가 레오 4세의 사망 후 그의 미망인 이레네 황후가 아들 콘스탄틴 6세의 섭정을 맡았을 때(780-790) 결정적 변화가 생김. 787년 가을 니케아에서 개최된 공의회에서 약 350명의 주교들은 754년의 시노두스의 결정 사항을 배척하고 성상 공경을 허용함.

③ 그러나 아르메니아인 레오 5세(813-820)는 815년에 성화상 파괴를 다시 명령하였고 754년의 성화상 공경 반대 결의를 다시 복귀시킴. 이어 콘스탄티노플의 니체포루스 총대주교를 해임, 추방시켰으며 또다시 수많은 수도사들이 처형됨. 이러한 박해는 미카엘 2세(820-829)와 테오필루스(829-842) 황제까지 거의 30년간 계속됨.

세 사람의 성화상 박해자들이 지나간 다음 테오필루스 황제의 미망인 테오도라는 아들 미카엘 3세의 섭정이 되어 콘스탄티노플 총대주교(메토디우스)의 도움으로 843년 콘스탄티노플에서 개최된 공의회에서 이콘 공경을 다시 인정하고 이를 지속적으로 기념하기 위해 사순절 첫 주일을 "정교주일"(正敎主日)로 정함. 이 기념축일은 오늘날까지 기념되고 있음.

(4) 러시아 이콘

① 러시아의 모든 문화적 성과 중 이콘 만큼이나 러시아적 국민감정을 잘 나타내는 것은 없음. 러시아에서 이콘 숭배가 급속히 확산된 배경에는 그 이전의 이교 신앙과도 미묘한 관계가 있음. 이교의 요소(여신 숭배)를 흡수한 이콘을 제작함으로써 이교로부터의 개종을 용이하게 함.

② 러시아의 이콘 제작은 지역과 시대(11-14세기)에 따라 키예프 화파, 노브고로드 화파(러시아 북서부), 프스코프 화파(노브고로드 남부), 블라디미르, 수즈달 화파(모스크바 동북부), 야로슬라브 화파(모스크바 북부)로 이어져 오다가 15세기에 모스크바 화파에 와서 전성기를 맞음.

③ 타타르의 몰락과 더불어 비잔틴과의 문화적 교류가 재개되면서 모스크바로 많은 이콘 화가들이 이주해 왔는데, 그중 그리스의 유명한 '페오판네스'가 있음. 그는 1395년 모스크바에 왔는데, '페오판 그렉'(Feofan Grek)이라는 이름으로 알려지게 됨. 그는 러시아의 이콘 화가 중 가장 유명한 루블료프(1370-1430)의 스승이었다. 페오판 그렉과 루블료프는 러시아 이코노스타시스(Iconostasis; 동방교회 성당 내부에 지성소와 회중석을 분리하는 이콘으로 장식된 칸막이)의 창시자로 간주됨.

④ 루블료프 예술의 특징은 그림자가 전혀 없는 것이 특징적. 그의 그림들은 가볍고 투명한 채색법, 부드럽고 유연한 윤곽선, 우아한 구도 등의 특색을 보여 당시는 물론 오늘에 이르기까지도 많은 이들을 감명 깊게 함. 그의 유명한 이콘 '삼위일체'는 1411년 작임. 1551년에 개최된 모스크바 교회 회의에서 그를 모범적인 화가로 공인하여 이후로 이콘화가들은 그의 모범을 따르도록 함.

안드레이 루블레프 111.76×140.97cm
1411년경 모스크바 트레차코프 미술관

　페오판 그렉과 루블됴프로 대표되는 15세기 전반의 모스크바 화파의 이콘은 회화면에서 기술적으로 뛰어났을 뿐만 아니라 정신적, 영적인 의미에서 현저하게 고양된 것이며, 고요함, 빛, 신과의 교류를 재촉하는 정적주의(靜寂主義, Hesychasm,) 영성의 실천 시기였음(「순례자의 길」, 「필로칼리아」(φιλοκαλία, 4-15세기에 작성된 문서 모음집).

(5) 성당 내부의 이콘의 배치

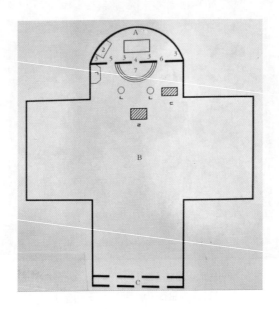

A. 지성소(Bema)　　　B. 회중석(Naos)　　C. 현관(Narthex)
　보좌(寶座)　　　　　ㄱ. 강론대
　예비제단(프로테시스)　ㄴ. 촛대(대형촛대)
3. 이콘 칸막이(Iconostasis)　ㄷ. 독경대
4. 임금문(아름다운 문)　　ㄹ. Proskynetaria
5. 북문
6. 남문
7. Solion(Soleas)

(6) 성화벽(Iconostasis) 출처: 「이콘의 미」(장금선 편저)

임금문
a. a' – 성모영모
b, c, d, e 네 복음사가
2. 최후의 만찬
3. 전례문 작성자, 거룩한 교부
   들이 그려진 임금문의 옆기둥
4. 예수 그리스도

5. 천주의 모친
6,7. 북문과 남문–대천사들, 부제, 성인들
8,9. 그 지역의 성인들
10. 성취의 단(데에시스)
11. 주요 축일
12. 예언자들의 단
13. 선조들의 단

※ 이 성화벽에서 중요한 것은 6번과 7번에 무슨 성화가 그려져 있느냐에 따라
그 성당의 이름이 결정됨. 가령 6번과 7번에 대천사(가브리엘, 미카엘)가 그
려져 있으면 그 성당 이름은 〈대천사 성당〉이 됨.

(7) 이콘 제작과 관련된 러시아의 주요 도시들

- 영동교회 신앙강좌, 2001. 10. 22

제 IV 부 문학 이야기(문학 평론)

– 생텍쥐페리의 〈어린 왕자〉를 떠올리며 –

가장 예쁜 그녀의 이름 – 순종(順從)
가장 멋진 그이의 이름 – 순명(順命)

그대의 이름(2022. 2)

1. 생텍쥐페리(Saint-Exupéry) 문학의 이해

"사막이 아름다운 이유는 사막이 어딘가에 샘을 숨기고 있기 때문이야" - 『어린 왕자』 중에서

1) 생애와 작품

생텍쥐페리(Saint-Exupéry, 1900-1944, 그의 애칭은 생텍스)는 앙드레 말로(A. Malraux, 1901-1976)와 더불어 프랑스 행동주의 작가로 알려져 있다. 말로가 자기의 행동의 장소를 동양에서 찾고 있을 때, 그는 지상이 아닌 공중에서 찾고 있었다.

그는 리용에서 태어나, 12살 때부터 음악에 눈을 뜨고, 제주이트 (Jesuit)계의 학교를 마친 후, 1917년에 파리로 올라와 해군병 학교의 입시에 실패하고 1년간 미술학교에서 건축을 공부하다가 1921년 병역

으로 항공대에 소집되어 조종사훈련을 받았다.

1924년 병역을 필한 후 생활을 위해 직공, 판매원 등의 일을 하였다. 1926년 정기 항공로 조종사(pilot)가 되어 정찰 비행 대원으로 실전에도 참가하였다. 1944년 7월 31일 결국 적지의 정찰 비행을 위해 코르시카의 기지를 떠난 후, 영원히 지중해의 하늘 속으로 사라지고 말았다.

그의 작품인 『남방 우편기』(1928년), 『야간 비행』(1931년), 『인간의 대지』(1939년), 등은 비행사로서의 체험을 결정시킨 것으로 용감하고도 진지한 책임과 성실함, 공통적인 고난과 위험을 겪는 자에게만 느끼는 인간 상호 간의 연대 의식 등을 풍부한 상상력과 섬세한 문체로 표현하고 있다.

그리고 시처럼 아름다운 이야기 속에 깊은 인간 관찰과 신랄한 사회 비평을 담은 『어린 왕자』(1943년)는 어른을 위한 동화로써 인생에서 무엇이 가장 소중한 것인가를 두고두고 생각케 하는 숨은 진리가 담겨 있는 명작이다. 미완성 작품인 『성채』(1948년)는 그의 사후에 출판되었는데, 그의 모든 사상과 경험의, 또는 예지의 총결산이요, 필생의 대작으로 그가 작가로서의 완성을 이룬 작품이다.

이제 그가 탄 비행기를 우리도 타고, 하늘에서 모든 것을 바라보자. 그럴 때, 밤하늘의 반짝이는 별을, 사막의 샘과 바닷가의 모래알을, 가슴 위에 핀 한 송이의 장미꽃을, 성전의 돌 하나의 의미를, 그리고 흐리지 않은 맑은 눈동자로 어린아이와 같은 웃음을 사랑한 그를 이해하게 되리라.

2) 사상

우리가 키르케고르나 니체의 사상을 이해하려면 그들의 생애를 알아야 하듯, 생텍스의 사상도 마찬가지다. 그 이유는 그의 사상이 사유의 관념에서 나온 이론이 아니라, 행동과 깊은 명상에서 나온 체험이기 때문이다.

그는 "인간을 위한 진리란 무엇인가?"라고 묻는다. 그는 삶 속에 있는 본질적인 것은 미리 계산될 수 없다는 사실을 인정하고, 진리란 인간을 인간답게 하는, 인간을 위해 있는 것이라고 분명하게 말하고 있다. 진리를 어떤 논리적 근거를 가지고 설명하는 것을 사실상 부인하고 있다. 그는 형식논리학의 무력한 측면을 보고서, "뭐, 논리학이라고? 그러한 논리학이 삶을 얼마나 파악하고 삶을 얼마나 변호할 수 있단 말인가"라고 말하였다.

야코비(F.H. Jacobi, 1743-1819)가 "삶의 발전만이 진리의 발전이며, 삶과 진리 이 둘은 하나다"라고 말했는데, 니체도, 생텍스도 이 점에 있어 동일하다. 니체가 이 세상에는 많은 눈들이 있듯이 진리도 많다고 보았는데, 생텍스도 어린 양의 진리가 아닌, 타면의 다른 진리는 맹수의 진리로서 존재한다고 말했다. 즉 진리가 결국 삶과 관계되어 있는 것이라면, 삶이란 언제나 구체적이고 개체적이고 독립적인 삶을 의미한다. 따라서 객관적인, 논리적인 진리로 파악할 것이 아니라, 주관적, 관계적으로 파악해야 한다고 보고 있다.

그가 "나는 내 얼굴의 모습을 전부 말하지 않았다"고 한 말을 우리는 믿어야 한다. 그럼에도 불구하고 그가 즐겨 하던 모험을 나도 감행해 보려고 그의 사상을 '부버의 친구'로서, '니체의 아들'로서, '파스칼의 딸'로서 이해하고 고찰해 보려 한다.

(1) 마틴 부버의 친구(만남의 관계와 책임으로서의 삶)

대화, 관계, 만남, 사이의 철학자로 알려진 부버(Martin Buber, 1878-1965)는 『나와 너(Ich und Du)』(1923년)에서 두 개의 근원어(짝말)를 사용하고 있다. 곧 '나-그것'(I-it)과 '나-너'(I-Thou)이다. '나-그것'의 관계는 비인격적, 비대화적 관계이며, '나-너'의 관계는 인격적인 대화의 관계, 만남의 관계다. 그것(it) 없는 나(I)도 존재하지 않으며, 너(Thou)가 없는 나(I)는 결코 존재하지 않는다.

그런데 진정한 관계는 객관적인 경험인 '나-그것'의 관계가 아니라 주체적인 체험인 '나-너'의 관계에서만이 사람은 하나의 절대적인 인격으로서 만나게 된다. 부버는 신을 '영원한 너'(the eternal Thou)로 표현하면서, 각각의 '나-너'의 관계를 통해 '영원한 너'에 이를 수 있다고 하여, 인간과 신과의 대화 관계야말로 그의 '대화'가 갖는 종교적인 면에서의 가장 깊은 의미를 시사한다. 부버는 『사람과 사람 사이』에서 그 무엇에 대하여 관계를 갖는다는 것은 책임을 지는 일이라고 했고, 진정한 대화는 말이 없어도 가능하다고 하여 '침묵의 대화'를 강조했다.

이러한 부버의 사상처럼 생텍스는 『어린 왕자』에서 만남의 절대적 의미와 책임을 말하고 있다. "아니, 난 친구를 찾는 거다. '길들인다'는 건 무슨 말이야? 그것은 '관계를 맺는다'는 뜻이란다."라고 여우가 대답했다. "너희들은 곱긴 하지만 속이 비었어. 누가 너희들을 위해서 죽을 수는 없단 말이야. 물론 내 장미꽃도 보통 행인은 너희들과 비슷하다고 생각할 거다. 그렇지만 그 꽃 하나만으로도 너희들을 모두 당하고 도 남아. 그건 내가 물을 준 꽃이니까... 그건 내 장미꽃이니까." "네가 네 장미꽃을 위해서 허비한 시간 때문에 네 장미꽃이 그렇게도 중요하 게 된 것이다." "사람들은 이 진리를 잊어버렸다. ... 네가 길들인 것에 대해서는 영원히 네가 책임을 지게 되는 거야. 너는 네 장미꽃에 대해 서 책임이 있어."

그가 보살펴 준 장미꽃은 '그의 장미꽃'이었지만, 그 정원의 장미꽃은 '그의 꽃'이 아니었던 것이다. 그것은 부버의 언어로, '너'와 '그것'의 차이라고 볼 수 있다. 매일같이 목숨을 거는 비행사들 사이의 우정을 통해 인간관계를 책임으로 보고, 인간됨을 책임을 아는 것으로 본 그는 이 인간관계에서 출발하여 인간과 신과의 관계를 알아보려 한 것이 그 의 위대한 탐구이며, 그것을 그는 '사랑의 침묵' 속에서 확실히 밝히지 않았다.

(2) 니체의 아들(모험을 통한 영웅적인 삶)

인생은 현실 그대로를 사랑해야 하며, 자기에게 주어진 운명을 감내 해야 한다고 니체(F.W. Nietzsche, 1844-1900)는 말했다. 그는 삶의 상 승을 위해서 고통과 위험을 긍정하고 있는데, 고통은 생산적인 것이라 고 하여, 고통을 줄이고 없애주려고 하는 동정의 도덕에 대해 적극 반 대했다. 또한 위험이 어쩔 수 없이 삶 속에 들어있는 것이라면, 안락보 다는 위험한 삶을 살라고 요구했다.

그는 삶은 언제나 자기 자신을 극복하고 초월해야 하는 것으로 보고, 그러한 이상적인 인간형을 '초인'이라고 하였다. 인간이 위대한 것은 그 자신이 목적이 아니고 '하나의 다리'이기 때문이며, 인간이 사랑스러운 것은 그가 '상승과 하강의 과정'이기 때문이라고 말했다. 즉 인간을 늘 '자기 초월의 과정'으로 보고 있다.

니체가 죽은 그 해에 태어나서(1900년) 니체의 탄생 100주년을 맞는 해에 죽은(1944년) 생텍스는 20세기의 위대한 영웅이자 승리자였다. 그는 열정을 가지고 현재를 생생하게 느끼며 살았다. 미래를 준비하는 것은 현재를 바로 세우는 것이며, 미래를 건설하는 것은 오늘을 위한 하나의 소망을 창조하는 것이며, 인생이란 '현재에의 적응'이라고 하였다. 니체의 영웅은 현재를 초월한 영원 속에 살았지만. 상승의 과정에 대한 하강의 과정을 모르고 살았다. 그러나 생텍스의 영웅은 높은 상공까지 올라갔다가 그가 사는 세속의 현실로 내려와 희생에 의한 사랑을 보여주었다.

그는 위험을 좋아하지 않고 생명만을 사랑했다고 말한다. 이로써 그는 니체를 극복했다. 어린 왕자가 뱀에 물려 조용히 죽을 때도 소리를 내지 않았다. 그러나 그 뒤 큰 반향을 일으키게 되는데, 그의 죽음은 예수의 십자가의 길과 죽음을 연상케 한다.

(3) 파스칼의 딸(사랑에 뿌리를 박은 신앙적인 삶)

"이 무한한 공간의 영원한 침묵이 나를 두렵게 한다"고 파스칼(B. Pascal, 1623-1662)은 말했다. 어린 왕자는 말 없는 이 무한한 공간 앞에서 고독했다. 그래서 외쳤다. "친구가 되어다오. 나는 외롭다. 나는 외롭다."고. 그로 하여금 비행사가 되게 한 무한한 공간에 대한 욕구는 그의 안에 침묵에 대한 욕구를 낳았다. '사랑의 침묵,' 이 말은 『성채』

의 저자를 이해하는 영적 수수께끼이자 열쇠라고 나는 보고 싶다.

　그는 말했다. "사랑은 말이 없다. 나는 사랑 밖에서는 살지 못한다. 나는 사랑으로 밖에는 일찍이 말도, 행동도 하지 않았고 쓰지 않았다." 인생을 사랑에만 걸었던 사람이 사랑은 우선 '협력하는 것'이라고 말한 뒤 사랑은 '순전히 주는 것'이라고 말한다. 사랑의 기초를 세우기 위해 서는 우선 희생부터 해야 한다. 이로써 우리는 복음 신비의 한가운데 그가 들어가 있는 것을 본다. 촛불의 본질은 자기 몸을 태워 주위를 비 춰주는 데 있다고 하여, 그는 자기의 피로써 인류공동체를 건설하려 한 다. 따라서 죽기를 거부하는 것은 사랑을 거부하는 것이다.

　사랑하는 사람은 명상하고, 침묵 속에서 그의 신과 연락한다. 여기 에서 그는 영원한 것 속의 침묵인 신을 다시 찾아내려고 말 없는 기도 를 한다. 따라서 사랑은 '기도의 실천'이며, 기도는 '침묵의 실천'이다. 신의 대답을 기다리는 자는 지각없는 자다. 신의 침묵은 우리의 기도를 (사랑의 실천을) 더 자주 하게 한다.

　그는 자기 자신에 대해 '태양으로 올라가는 것'밖에는 알지 못한다 고, 자기의 생활은 '햇빛을 좇아가는 것'에 지나지 않는다고 말했다. 신 을 향해 지칠 줄 모르고 '노를 저어가면서' 끝까지 기다림 속에 남아 있 는 그의 모습은 신음하며 진리를 추구하는 구도자 파스칼의 모습을 떠 오르게 한다. 그는 『어린 왕자』에 나오는 '여우의 교훈'을 끝까지 지켰 다. "마음으로 밖에는 잘 볼 수 없다. 가장 중요한 것은 눈에 보이지 않 는다"는 교훈을. 은총의 불을 체험한 후, 죽을 때까지 그리스도의 신비 를 가슴에 간직하고 살았던 파스칼처럼, 그는 예수 그리스도에 대해 한 마디도 말하지 않았다. 그러나 그는 사람에게 반드시 해야 할 말이 있었다. "나의 '사랑의 침묵'은 마음으로만 보이는 예수 그리스도였다고."

3) 성탄을 기다리며

내가 생텍쥐페리를 얼마나 이해했는지 모르겠다. 잘못 이해했는지도 모른다. 어쨌든 그는 파스칼처럼 신앙의 깊은 차원 속에 산 사람이었다고 생각한다.

그의 문학은 물질이 정신을 지배하려는 현대에, 정신의 위대함을 보여주고, 목마른 자에게 마실 물을 주려고 했다. 보들레르(C. Baudelaire, 1821-1867)가 "시간의 무거운 짐을 느끼지 않기 위해서는 쉴 새 없이 취해야 한다"고 했듯이, 그는 『어린 왕자』와 『성채』에 취해 있었으리라.

『어린 왕자』의 왕자님은 메시아로 오신 아기 예수님일지도 모른다. 그가 세우려고 한 『성채』의 왕국은 사랑과 자유와 생명이 있는 왕국이며, 곧 하나님의 나라일지도 모른다. 성탄을 '사랑의 명절'이라고 했던 그가 간절히 기다린 것은, 이 땅에 메시아가 다시 오는 것과 하나님의 나라가 건설되는 것이었으리라.

- 동숭교회 청년2부 회지, 『등에』 제5호, 1980.12

2. 괴테(Goethe)와 실러(Schiller)의 우정(友情)

"사람이 친구를 위하여 자기 목숨을 버리면 이에서 더 큰 사랑이 없나니 너희가 나의 명대로 행하면 곧 나의 친구라 이제부터는 너희를 종이라 하지 아니하리니 종은 주인의 하는 것을 알지 못함이라 너희를 친구라 하였노니 내가 내 아버지께 들은 것을 다 너희에게 알게 하였음이라"(요 15:13-15)

눈물에 젖은 빵을 맛보지 않고
괴롭기 한이 없는 여러 날 밤을
울면서 새우지 않은 사람은
하늘의 온갖 힘을 알지 못하리

- 괴테『빌헬름 마이스터-수업시대』중에서 -

이제는 '사랑'이라는 말이
우리들의 구호(口號)다.
그러면 만사가 다 해결된 것이지!
다 해결된 것이지!

- 실러 『군도(群盜)』 중에서 -

고금(古今)을 통해서 '독일 문학의 쌍벽'이라고 하면 누구나 괴테
(Johann Wolfgang von Goethe, 1749.8.28.-1832.3.22.)와 실러(Friedrich
von Schiller, 1759.11.10.-1805.5.9.)를 손꼽을 것이다.

생전에도 상부상조하던 이 두 시인은 사후에도 사이좋게 바이마르
공작가의 가족 묘지에 나란히 안치되어 있을 뿐더러, 바이마르 극장 앞
에 그 나라의 무대 예술을 키운 이 두 사람의 업적을 기리어 세워진 동
상에서조차 한 개의 월계관을 사이에 놓고 괴테는 그것을 실러에게 주
려고 하고, 실러는 수줍어하면서도 그것을 받는 모습으로 서 있다.

우연의 일치이기는 하겠지만 이 두 시인의 부친의 이름이 똑같이 요
한 카스펠이요, 또한 괴테의 모친은 카타리나 엘리자베트이고, 실러의
모친은 엘리자베타 도르테아라는 것도 흥미로운 일이다.

청년 독일파의 서정시인이며 〈로렐라이〉의 작가인 하이네(Heinrich
Heine, 1797-1856)는 "인간으로서의 괴테는 소극적이며, 실러는 적극
적인 인간미를 간직하고 있다고 보겠으나, 시인으로서의 인간 역시 괴
테가 우리 독일 문학의 자랑이 될 것이고, 실러는 우리 독일 민족의 자
랑스런 인간이 될 것"이라고 말했다.

또한 신비한 불꽃을 피우다 간 겨울 나그네 슈베르트(F.P. Schubert,

1797-1828)는 괴테의 시를 사랑했고, 특히 〈미뇽의 노래〉를 애송했다. 그에게 있어 괴테는 가난과 질병과 고뇌의 아픔을 위로해주는 어머니의 품이었고, 슬픔 속에 있을 때마다 레몬꽃이 피는 그 아름다운 남쪽 나라에 대한 무한한 환상은 끝없이 솟아오르는 음악의 샘이 되었다.

한편 고뇌를 넘어 환희에 이른 베토벤(Ludwig van Beethoven, 1770-1827)은 청년 시절부터 실러의 시를 사랑했다. "할 수 있는 만큼의 좋은 일을 하고/ 무엇보다 자유를 사랑하며/ 왕좌의 앞에서라도/ 결코 진실을 배반하지 말자"고 한 베토벤의 정신은 실러의 위대한 정신에서 얻은 것이다. 또한 "환희여, 신(神)들이 내리신 아름다운 불꽃이여/ 낙원의 딸이여/ 넘치는 감격 안고/ 그대의 성전에 들어서노라/ 천상의 환희여..."라고 시작되는 실러의 시 〈환희에 붙여서〉는 베토벤의 일생의 계획인 환희, 비애를 정복하는 환희, 인간을 해방시켜 한층 더 신(神)에게 가까이 가게 하는 환희의 테마로써 〈제9교향곡〉이 되었다.

우정! 그것은 이루기 힘든 '차원 높은 사랑'이다. 10년 연하의 평민 출신 실러와 우정을 나눈 귀족 괴테. 그들은 예술로서도 빛났지만, 역사상 보기 드문 '위대한 우정'으로써 더욱 빛났다. 서로 도와주고 격려하는 우정이 없었다면 그렇게 '위대한 예술'은 탄생 되지 못했으리라.

이 세상에는 값싼 친구 관계도 많고, 연애 관계도 흔하다. 하지만 귀족 괴테와 평민 실러의 우정, 목동 다윗과 왕자 요나단의 우정, 관중과 포숙의 우정, 프랑스 행동주의 작가 생텍쥐페리와 그의 동료 비행사와의 우정, 그리고 남녀 간에 맺어진 『잃어버린 시간을 찾아서』의 작가 프루스트(Marcel Proust, 1871-1922)와 셀레스트의 우정 같은 진실한 우정을 찾아보기가 힘들다. 평생토록 존댓말이 필요 없는 친구가 있다면 그들의 생애는 영원한 삶, 후회 없는 값진 인생을 살았다고 할 수 있으리라. 내가 친구의 가슴에 살아있고, 친구가 내 가슴에 살아있기에.

　사랑하는 형제여! '영원한 너 예수'가 우리와 맺은 위대한 우정을 한 번 깊이 생각해 보자. 그는 영원토록 변함없는 진실한 친구였다. 우리를 친구라 부르시고, 친구를 위해 십자가에 자기 목숨을 버린, 눈물이 나도록 아름다운 우정 이야기, 언제나 그 아름다운 우정 이야기를 생각하며 이 글을 쓴다.

미뇽의 노래 - 괴테 -

그대는 아는가 레몬꽃 피는 나라를
그늘진 잎 사이에 황금빛 오렌지가 불타고
푸른 하늘에선 산들바람 불어오고
도금양은 조용히, 월계수 드높이 솟은
그대여! 그곳을 아는가?
그곳으로, 그곳으로!
오, 내 사랑아! 함께 가고지고.

그대는 아는가 그 집을
둥근 기둥 지붕을 떠받치고
방안이 번쩍이고 온 집안이 빛나고
대리석 조상이 나를 내려다보며
가엾은 아이야, 무슨 일을 당하였느냐고 묻는
그대여! 그 집을 아는가?

그곳으로, 그곳으로!
아, 나의 은인이시여! 함께 가고지고.

그대는 아는가 그 산 그 구름의 길을
노새는 안개 속에 길을 찾아 헤매고
동굴에선 해묵은 용들이 살고 있는
바위는 우뚝 솟고 폭포수 흘러내리는
그대여! 그곳을 아는가?
그곳으로, 그곳으로!
오, 아버지시여! 함께 가고지고.

신조삼장(信條三章) - 실러 -

들어라 이 뜻깊은 세 마디를
한입 건너 두입 퍼져서 가네
이 삼장(三章), 밖에서 들은 것이 아니요
오직 속으로 우러난 진심의 말
이 신조(信條) 저버리는 날
인간(人間)의 위신(威信)은 떨어지리라

비록 쇠사슬에 묶였다 해도
사람은 나올 때부터 자유(自由)의 몸
어리석은 무리들의 고함, 광란(狂亂)의 바보들

그들의 오용(誤用)에 혹(惑)하지 말라
사슬을 풀은 노예나 자유인들
모두 다 겁낼 것 없다오.

아름다운 미덕(美德), 이것은 잠꼬대가 아니외다
설령 좌절굴복(挫折屈伏)의 날이 있다 하여도
인간(人間)이 살아가는 도리(道里)의 으뜸
미덕(美德)은 바로 신성(神性)을 찾는 길
약삭빠른 꾀쟁이는 알지 못해도
순박한 아기네는 밥 먹듯 하는 짓.

인간(人間)의 마음 걷잡을 데 없어도
거룩하신 뜻, 하나님은 계시도다
시간(時間)과 공간(空間)을 저만치서 지켜보는
고귀(高貴)하신 이념(理念)이 조화(造化) 부린다
삼라만상(參羅萬像) 영겁(永劫)의 윤회(輪廻)를 거듭하여도
부동한 성령(聖靈)은 초연(超然)하도다.

뜻깊은 세 마디의 말씀
입에서 입으로 퍼져가리라
비록 밖에서 들은 말이 아닐진대
기왕에 우리 속 마음이 다 아는 것
이 신조삼장(信條三章) 굳게 믿으면
인간(人間)의 위신(威信)은 반석(盤石) 같으리.

괴테가 처음으로 실러를 본 것은 1780년 그가 바이마르 공(公)과 함께 슈투트가르트의 칼 학원을 방문하여 귀빈으로 졸업식에 참석하였을 때, 연달아 상을 받으러 나오는 실러에게 특히 주목하게 되었을 때이다. 그러나 물론 신분이 다른 처지에, 그때에는 아무런 교섭이 생길 수 없었다. 그 후 실러가 바이마르를 방문하였는데 괴테가 이탈리아 여행 중에 있었기 때문에 못 만났다. 그 후 이탈리아에서 돌아온 괴테는 생활이 곤란한 실러를 예나대학에 추천하여 역사학 교수로 취직시켜 주었다. 하지만 아직 두 시인 사이에 정신상의 교류는 이루어지지 않았다.

그것은 이미 고전적인 경지에 있던 괴테가 『군도』의 작가인 실러를 볼 때 자기 자신의 과거의 미숙했던 정열을 생각하게 되므로, 자연 가까이 할 수 없었던 탓도 있었다. 그러나 사실은 그 당시 실러는 『돈 카를로스』를 거쳐 "Sturm und Drang"(疾風怒濤, 질풍노도) 시대를 탈피하고 자기대로 고전의 길을 가고 있었을 뿐 아니라 괴테의 고전 작품 『이피게니아』에 감동하여 깊은 공감을 느끼고 있었다.

그러나 예술과 문학에 있어서 두 사람의 본질적 차이는 현저하였다. 괴테의 예술은 관조에서 출발하고 있기 때문에 자기가 친히 경험한 것이 아니고서는 아무것도 쓰지 못하는 데 비해, 실러의 예술은 항상 이상과 관념에서 출발하여 자유스러운 공상의 세계를 마음대로 나타낸다.

괴테는 인생의 여러 현상을 몸소 체험하여 자기 자신을 그 속에 완전히 담갔다가 거기서 우러나오는 체험을 다시금 예술적으로 형성하는 것, 즉 그는 우선 인생을 겪고 그 인생의 경험으로부터 관념을 발전시켰다. 실러는 그 반대로 먼저 두뇌로 관념을 형성하여 넣고, 그 다음에 거기에 적합한 표현을 찾아서 변증적으로 현상을 전개하였다.

이와 같이 두 시인은 근본적으로 다른 점이 있었으나 그들은 서로 상대방의 부족한 점을 보충하여 비로소 그 위대한 성과를 올릴 수 있었다고 생각한다. 사실 그들은 본질적인 차이로 말미암아 1788-1794년 동안 바이마르에 같이 있었으면서도 별로 가까이 지내지 못했다.

그 당시 실러는 문예지 『계절의 여신』을 위해 저명 인사들에게 협력을 구했는데, 거의 모두가 수락하는 회신을 보내왔다. 피히테(Fichte), 훔볼트(Humboldt) 형제는 물론 노(老) 헤르더(Herder), 괴테(Goethe), 미술사가 마이어(Meyer) 등 쟁쟁한 학자, 시인들이 이 거사에 참여했다. 실러 주위에 있는 사람들은 누차 괴테와 실러를 접근시키려고 했으나 번번이 괴테의 거절로 좌절되었다.

후에 노(老) 괴테가 술회한 바와 같이 그는 실러를 회피해왔다. 실러가 예나에 온 지 5년이 지나도 좀처럼 둘 사이가 가까워지지 않았다. 회의에 참석하는 일이 있으면 다만 사무적인 인사만 간단히 나눌 뿐이었다. 괴테가 실러를 회피한 것은 자기가 하는 일에 실러가 방해가 될 것이라고 생각했기 때문이다. 그는 실러의 저술과 모든 행동에 나타난 드문 성실과 보기 드문 진지한 성격을 존경해 왔다. 다만 그가 주체성이 강하고 목표를 향해 저돌적으로 나가며 주위 사람들까지도 그에게 말려들지 않을 수 없게끔 하는 기백의 소유자이므로 가까이 하지 않는 것이 낫다고 생각했다.

그런데 두 사람의 결합은 우연한 기회에 순조롭게 진행되었다. 1794년 7월에 예나에서 자연과학 회의가 있을 때 두 사람이 만나서 폐회 후 우연히 길을 걸으면서 이야기를 하게 되었다. 그때 실러가 자연과학의 연구방법에 대하여 사람들이 너무나 세부적으로 쪼개서 조각조각으로 다루는 경향에 불만을 표시했다. 괴테도 자연을 구분하여 개별화시키지 않고 그 생명의 움직임 같은 것을 전체적인 면에서 관찰하는 것도 필요하다는 것을 설명하고, 자기 자신의 『식물변형론』에 관하여 상세한 이야기를 했다. 실러는 그의 식물연구의 태도를 완전히 이해하고 나서 "그것은 그러나 경험이 아니고 관념입니다"라고 말했다. 두 사람의 방향은 같더라도 개념에 있어서 그렇게 차이가 있었다.

괴테는 인간도 부분적인 연구가 아니라 전체로서 파악하여 인간의 전형 같은 것을 추구하였는데 그것이 두뇌로서 상상된 것이 아니라 어디까지나 경험을 통한 것이었다. 즉 구체적인 것을 통하여 보편적인 것에 도달하는 것이다. 그러나 그것이 실러에게서는 그러한 과정을 밟지 않고 관념으로서 나타나는 것이었다.

그 후 두 사람 사이에는 경험과 관념에 대하여, 또 예술에 대하여 활발한 의견이 교환되었다. 서로가 상대방을 만만치 않게 생각했고, 자기가 승리자라고 생각하지 않았다. 그리고 앞으로 얼마든지 가슴을 털어놓고 이야기할 것이 많다고 느꼈다. 두 사람의 마음은 서로 접근했고, 굳은 우정이 맺어지게 되었다.

그 후 괴테의 초대로 약 보름 동안 실러가 바이마르의 괴테의 집에서 묵은 일이 있었다. 이 우정은 다방면에 걸쳐서 좋은 성과를 거두게 되었다. 괴테는 실러에게 "그때 예나에서 만난 그날은 참으로 우리의 신시대를 기약한 날이었다"고 말했다. 사실 실러의 자극과 우정이 없었다면 그의 『파우스트』나 『빌헬름 마이스터-수업시대』 같은 대작이 도저히 불가능했을 것으로 짐작된다.

한편 실러는 역사와 철학 연구로 자기 내면의 세계를 구축하였다.

그리하여 지난날 폭풍우와 같은 『군도』의 정열은 깊이 있고 조화 있는 내용의 고전적 양식으로 표현되는 새로운 시심(詩心)의 원숙으로 성장하였다.

4년 후인 1798년 괴테는 실러에게 보낸 편지에서 "그대는 나에게 제2의 청춘을 부여하여 나로 하여금 시인으로 소생시켜 주었습니다. 당시 나는 시인이기를 그만둔 것이나 다름없었습니다"라고 말했다. 실로 1794년의 이 기쁜 사건은 두 시인의 행복이 되었을 뿐 아니라 전 독일인의, 아니 전 세계문학사상 기념일로 축복받아야 할 것이다. 그후 실러가 죽은 1805년까지 그들의 우정은 계속되었다.

1805년 5월, 괴테는 실러 앞으로 연하장을 쓴 것을 자신이 읽어 보았다. 그리고 거기서 '최후(最後)의 신년(新年)'이라는 말을 발견하고 기겁을 하다시피 했다. 그는 다시 펜을 들어 똑같은 구절에 가서 최후라는 말을 피하려고 애썼다. 몇 시간 후 슈타인 부인과 만났을 때 우울한 얼굴을 하고 "금년엔 내가 아니면 실러 어느 한 사람이 세상을 뜰지 모르겠다"고 이야기했다고 한다. 4월 29일 괴테가 병문안 차 찾아왔다. 실러는 처형과 함께 그날 따라 기분이 좋아서 극장에 가려던 참이었다. 괴테는 따라갈 마음이 없어서 대문 앞에서 헤어진 것이 최후의 상면이 되고 말았다.

극장으로 가는 도중 실러는 처형에게 자기 증세를 이야기했다. 다년간 고통받던 왼쪽 가슴 통증이 별안간 멎었다는 것이다. 왼쪽 폐가 완전히 파괴되고 만 것이다. 다음 날부터 병세는 악화되었다. 5월 8일 저녁 때 처형 카로리이네가 병문안을 하자 "점점 나아가요"라고 말하고 "커튼을 열어주세요. 태양을 보고 싶소"라고 말했다. 그는 황홀한 눈으로 저녁노을을 바라보았다. 27년 후 늙은 괴테도 임종이 임박했을 때 실러처럼 햇살이 그리웠음인지 하인 프리드리히에게 "두 번째 창문을 열어라. 좀 더 햇살을(Mehr Licht!)"이라고 했다고 한다.

실러는 "수많은 일들이 내게는 단순하고 명쾌해지고 있다." 그리고 혼수상태에서 다음과 같은 말을 되풀이했다. "심판의 신(神)이여! 심판의 신(神)이여!" 두어 번 신(神)의 이름을 불러 자기 죽음을 오래 끌지 않도록 해주십사 하고 기도했다. 신(神)은 이 기도를 들으셨다. 다음 날 5월 9일 부인과 처형, 그리고 의사가 지켜보는 가운데 조용히 영면(永眠)했다. 다시없는 평화로운 빛이 그의 얼굴에 감돌고 있었다.

실러는 병상에 누운 지 불과 1주일 후에 절명(絶命)했다. 그때 괴테는 벌써 4년째 중환에 시달리고 있었으며, 몇 번 생사의 고비를 넘기고 겨우 병세가 호전되기 시작했을 무렵이었다. 그래서 괴테의 정신적 타격을 염려하여 아무도 실러의 죽음을 알려줄 용기를 갖지 못했다.

그러나 괴테는 주위 사람들의 기색으로 그것을 짐작하고 며칠 동안 침울해 하다가 어느 친구에게 "나는 내가 먼저 죽을 것으로 생각했다. 그런데 지금 나는 가장 친애하는 친구를 잃어버렸다. 그 친구를 잃음으로써 나는 나 자신의 절반을 잃어버린 것이다"라고 편지를 썼다.

실러 옆에서 여러 날 간호를 한 하인의 말에 의하면 실러는 미완성 작품 『데메트리우스』에 대한 이야기를 많이 하고 몇 구절을 낭독해서 들려주기도 했다. 괴테는 후일 친우(親友) 실러를 위하여 그의 미완성의 뒷부분을 완성하려고 힘써 보았으나 결국 그 일은 성공하지 못했다. 그것으로도 이 두 시인의 성격의 근본적인 차이를 엿볼 수 있다.

실러는 그 짧은 일평생을 고난 속에서 항상 드높은 이상을 바라보며 매진한 '아름다운 영혼'을 지닌 시인이었다. 그런 의미에서 그를 구세주 그리스도와 비유하기도 한다. 괴테도 그를 가리켜 "그리스도적 소질을 소유하였다"고 하였고, 아무리 비천한 대상이라도 그가 만짐으로써 미화(美化)되었다고 말하였다.

- 동숭교회 청년2부 회지 〈십자가〉 제2호, 1982.7.

3. 시인(詩人) 윤동주(尹東柱)의 삶과 문학

"이 글을 읽는 이들에게"

시인 윤동주! 나는 그의 이름만 생각해도 가슴이 뛴다. 그만큼 시인 윤동주는 내게 연인 같은 사람이자 내 문학의 샘이었다. 연세대 문과대학 건물을 오를 때마다 길 옆에 〈윤동주 시비〉가 자리하고 있었다. 학연으로 볼 때 연희전문 문과 출신인 윤동주는 연세대 문과 출신인 나에게는 모교 선배가 되는 사람이다. 그런 점에서 동주 형(兄)은 내게 그렇게도 친근하게 느껴졌고, 내가 연세대 출신임을 한없이 자랑스럽게 생각하는 까닭도 시인 윤동주 때문이다.

대학 시절, 시인 윤동주를 있게 한 그의 고향을 가고 싶었다. 그 꿈은 1996년 6월 중국 관광을 할 때 이루어졌다. 민족의 영산인 백두산을 관광한 후 내려오던 길에 연길에 있는 시인 윤동주를 기리는 대성중학교를 방문했다.

– 신혼시절 아내와 함께 〈윤동주 시비〉 앞에서 –

교실에는 윤동주와 관련된 기사들이 가득했다. 그러나 아쉽게도 〈윤동주 생가〉는 방문하지 못했다. 여행에서 돌아와 그때부터 윤동주에 대한 연구를 본격적으로 시작했다. 이 글은 그때 받은 감동을 쓴 글이다(1996.11.15).

그 후 2016년 길림성 연길시에 있는 신학교에서 한 주간 강의하였다(4.11-16). 월요일에서 목요일까지 강의를 마친 후 학교 책임자인 전 선생에게 부탁했다. 하루 시간을 내어 '윤동주 생가'를 방문하고 싶다고. 그러자 전 선생은 쾌히 승낙하셨다. 그리하여 용정시에 있는 '윤동주 생가'를 방문하는 행운을 갖게 되었다. 20년 만에 다시 윤동주를 만나러 간다는 생각에 얼마나 가슴이 뛰었는지 모른다. 전 선생은 윤동주 생가를 가기 전 〈선구자〉 노래에 나오는 일송정과 해란강을 관광시켜 주었다.

　일송정, 해란강, 용두레 우물, 용주사, 비암산이 있는 만주 북간도 용정, 바로 그곳에서 민족사에 별과 같이 빛나는 한 인물이 태어났다. 바로 '별의 시인 윤동주'이다. 비암산을 내려와 윤동주 생가를 찾았다. 마을 풍경은 시인의 고향답게 참으로 아름답고 평화로운 분위기였다. 노르웨이의 작곡가 그리그(Edvard Grieg, 1843-1907)의 음악처럼, '이 같은 아름다운 마을에서 그토록 아름다운 시가 탄생했구나' 하는 생각이 들었다.

　요즘은 매년 한국인들이 많이 찾는 관계로 중국 정부는 '윤동주 생가'를 관광단지로 잘 조성해 놓았다. 윤동주 생가에는 윤동주의 외삼촌인 규암 김약연 선생(1868-1942)이 세운 명동교회가 자리하고 있었다.

－〈중국조선족애국시인 윤동주 생가〉 앞에서 －

그 안에는 일제 치하에서 김약연 선생이 활약한 독립운동 관련 사진들과 윤동주의 친구였던 송몽규 선생(1917-1945)과 문익환 목사(1918-1994)의 사진을 비롯한 많은 기념 자료들이 전시되어 있었다.

전시관을 둘러본 후 시인이 살았던 생가 안에도 들어가 보았다. 지금 볼 때는 초라한 가구, 좁은 방들이지만, 당시로서는 꽤 잘 살았던 집 안이었다. 윤동주 생가를 다 둘러본 후 〈서시〉가 새겨진 목판 액자 하나와 관련 자료 두 개를 샀다.

윤동주 생가 방문 후 이런 생각을 해보았다. 설문조사에서 한국인들이 가장 많이 애송하는 시가 윤동주의 〈서시〉라고 한다. 그 이유는 무엇일까? 그것은 한마디로 '시인의 삶과 시의 일치' 때문이라고 말하고 싶다.

나라를 잃은 일제 치하에서 민족 지도자들은 저마다 조국의 독립을 위한 방법을 강구했다. 이승만 박사(1875-1965)는 '외교독립론'을, 김구 선생(1876-1949)은 '무장투쟁론'을, 김성수 선생(1891-1955)은 '산업입국론'을, 안창호 선생(1878-1938)은 '교육입국론'을, 김교신 선생(1901-1945)은 '성경입국론'을 제시하였다.

그렇다면 시인은 무엇으로 나라를 되찾을 수 있겠는가? 총칼을 들고 나가서 일본군과 싸워 몇 사람을 죽이는 것이 좋은 방법인가? 아니면 외교나 경제, 교육이나 문화 등을 진흥시켜 나라를 찾는 것이 좋은 방법인가? 윤동주는 아니라고 생각했다. 그는 '시인은 시로써 말해야 한다'고 생각했다. 그것이 시인의 정체성이고, 시인으로서 나라를 되찾는 최선의 길이라고 생각했다. 민족의 가슴에 절창(絶唱)으로 남을 시 하나를 쓰는 것, 그것이 나라를 되찾기 위한 시인의 가장 중요한 사명이라고 자각했다. 그리하여 그는 삶과 시가 일치하는 주옥같은 많은 시를 남겼고, 그 대표적인 시가 〈서시〉이다.

일제 치하인 1917년 12월에 태어나 1945년 2월에 생을 마감했으니, 27년 2개월을 살다 간 시인 윤동주. 너무나도 짧은 생애였지만 그의 생애는 민족사에 별과 같이 빛났다. 내선일체(內鮮一體), 창씨개명(創氏改名), 황국신민(皇國臣民)을 강요당하던 그 암울한 시절, 많은 민족 지도자들이 친일로 전향하는 그 부끄러운 시절, 그는 민족의 살 길이 무엇인가를 깊이 고민했다. 하늘을 우러러 부끄럽지 않은 삶이 무엇인지를 고민했다.

이때 그는 우리말, 우리글을 남기는 것이 '민족이 사는 길'이라고 생각하고, 당시 국학(國學)의 요람지(搖籃地)인 연세대학에 유학하여 외솔 최현배(1894-1970) 선생을 통해 조선어와 민족의식을 전수받아 시를 쓰기 시작하였다. 더 공부하기 위해 일본으로 유학 갔다가 이종사촌 형인 송몽규와 함께 민족의식을 고취하는 글을 썼다는 죄목으로 체포되었다. 그 후 후쿠오카 형무소에서 생체실험의 도구가 되어 만 27년 2개월이라는 나이에, 너무도 짧고 슬프게 생을 마감해야 했다.

그 짧은 생을 살면서 그가 부른 노래가 무엇인가? 바로 '별을 노래한 것'이고, 그것이 〈서시〉에 잘 나타나 있다. 일제 치하라는 역사의 캄캄한 밤, 희망이라고는 찾아볼 수 없는 그때, 그래서 전향과 배신을 밥 먹듯 일삼던 그 시절, 모두가 땅을 쳐다보며 한숨과 절망 속에 있을 때, 윤동주는 하늘을 바라보았고, 밤하늘에 반짝이는 별을 바라보았다. 그리고 별을 노래하는 마음으로 원수까지도 사랑하는 마음을 갖고 〈별 헤는 밤〉을 노래했다.

아무리 역사가 어둡고 인생이 캄캄하더라도 별을 노래하는 인생, 별을 바라보는 민족은 결코 망하지 않는다는 것을 피 토하며 역설했다. 바벨론 포로민을 향해 선지자 이사야가 '눈을 들어 하늘을 보라'(사 40:26)고 외쳤듯이, 눈을 들어 밤하늘의 별을 보라고 이 민족을 향해 죽어가면서도 절규했다. 짧은 생애였으나 눈물이 나도록 아름다운 '순결한 혼의 시인'이 노래한 별은 바로 우리 주 예수 그리스도(마 2:10)였고, 그의 십자가였다.

변절과 타락을 강요받던 그 시절, 시인은 많았지만 시인 윤동주는 달랐다. 이 나라 백성은 많았지만 그는 그 누구와도 다른 삶을 살았다. 그리스도인은 많았지만 그는 거룩과 순결에 있어서 뭔가 남달랐다. 그는 칠흑같이 어두운 시절에 밤하늘에 별처럼 빛나는 존재였다. 윤동주 생가를 방문하고 돌아와 〈윤동주를 떠올리며〉라는 시(詩) 하나를 썼다 (앞의 시 부분에 있음).

그 후 나는 교수직을 은퇴하면서 「하나님의 시나리오 조선의 최후」(동연, 2022.2)라는 책을 썼다. 이 책에서 나는 일본 근대화의 선구자가 요시다 쇼인(1830-1859)이라면, 윤동주(1917-1945)는 하나님의 섭리 가운데 제2차 세계대전의 종언의 해인 1945년, 이국땅인 일본에서 어린 양과 같은 죽음을 통해 근대화의 막종을 친 사람임을 밝혔다.

그러면서 단지 '민족시인'으로서만이 아닌 그의 위대함을 두 가지 점에서 찾았다. 하나는 이미 언급한 대로 하나님의 섭리 가운데 시인 윤동주의 죽음은 근대화의 종언(1945)을 알리는 막종의 역할을 했다는 점이다. 또 하나는 일제하에서 민족 말살의 위기상황에서 한민족의 정체성을 김교신 선생이 '성서적 인간형'에서 찾았다면, 시인 윤동주는

'예수적 인간형'에서 찾았다는 점이다(「하나님의 시나리오 조선의 최후」, 211-261쪽 참조). 이제 그에 대해 이야기하자.

모든 탁월한 것은 매우 드물고 또 매우 어렵다 - 스피노자(Spinoza)
결코 평범치 않은 삶(사람, 존재, 시인, 문학) - 민천(旻天) 박호용

1) 시인 윤동주의 생애와 작품

1917 북간도 명동촌 출생
1932 용정 은진중학교 입학
1935 평양 숭실중학교로 옮김
1938 숭실중학교 폐교 후 광명학원 중학부 졸업
1941 연희전문 문과 졸업
      자선시집(自選詩集)「하늘과 바람과 별과 시(詩)」를
      졸업기념으로 간행하려 했으나 뜻을 이루지 못함
1942 일본 도쿄(東京) 릿쿄(立敎) 대학 영문과 입학
      가을 학기에 교토(京都) 도시샤(同志社) 대학 영문과 편입
1943 독립운동 혐의로 일본 경찰에 체포
1945 규슈(九州) 후쿠오카(福岡) 형무소에서 옥사
1946 유작「쉽게 씌어진 시(詩)」가 경향신문에 발표
1955 유고선집「하늘과 바람과 별과 시(詩)」(정음사) 간행
1991 윤동주의 작품 116편을 모두 수록한 완보판(정음사)이 나옴

1917년(1세) 시인 윤동주는 1917년 12월 30일 만주국 간도성 화룡현 명동촌(明東村)에서 본관이 파평(坡平)인 부친 윤영석과 독립운동가요 교육가인 규암(圭巖) 김약연 선생의 누이 김용 사이에 장남으로 태어났다. 윤동주 집안은 1886년 증조부 윤재옥 때에 함경북도 종성에서 북간도의 자동으로 이주, 1900년 조부 윤하현 때에 같은 북간도 지방의 명동촌으로 옮겨와 살게 되었는데, 소지주로서 넉넉한 편이었다. 윤동주가 태어난 명동촌은 외삼촌 김약연 선생이 일찍이 이주해 들어와 개척한 지역으로, 교육과 종교, 독립운동의 신문화 운동이 다른 어느 곳보다도 활발하게 일어났던 곳이다.

　　1910년에는 조부 윤하현이 기독교 장로교회에 다니기 시작하여 입교했고, 윤동주가 태어날 무렵에는 장로직을 맡게 되었다. 덕분에 윤동주는 태어나자마자 유아세례를 받았다. 부친 윤영석은 1895년 음력 6월 12일 출생, 명동중학교 출신으로 김약연 선생의 주선으로 북경에서 유학하고 돌아와 윤동주가 태어날 무렵 명동소학교에서 교원생활을 하였다. 이후 1923년을 전후하여 도쿄에서 유학하고 돌아왔다. 윤동주의 남매는 모두 3남 1녀로 누이 윤혜원과 동생 윤일주, 윤광주가 있다.

　　윤동주와 평생을 같이 했던 친구 송몽규(宋夢奎)는 고종사촌 형이었다. 송몽규는 윤동주의 큰 고모(윤신영)와 크리스천이며 명동학교 조선어 교사이던 송창희(1890- ?) 선생 사이에서 1917년 9월 28일 태어났다. 송창희 선생의 6촌 동생 중에 창빈은 홍범도 부대 소속의 독립군으로 1920년 전사했고, 창근은 일본을 거쳐 미국에 유학하여 1931년 한국인으로는 최초로 미국에서 신학박사학위를 받고 돌아와 목사가 되었다.

　　1925년(9세) 명동촌에 있는 명동소학교에 입학했다. 명동소학교는 김약연 선생이 설립하여 경영하던 규암서숙을 나중에 민족주의 교육을 시행하는 학교로 발전시켜 운영하던 학교로, 원래 소학교와 중학교가 있었지만 중학교는 폐교되고 윤동주가 학교를 다닐 당시에는 소학교만 남아 있었다. 윤동주는 명동소학교에서 조선 역사와 민족주의 및 독립 사상에 대해서 배우고 학교에 행사가 있을 때에는 애국가를 부르며 애국심을 고양시켰다. 그것은 학업 성적에도 영향을 끼쳐 연희전문 1학년 때 한 학기밖에 없었던 조선어(2학기 때부터는 일제의 압력으로 조선어가 폐지됨)가 재학 4년을 통틀어 100점 만점을 받은 유일한 과목이 되었다. 당시 윤동주와 함께 다닌 친구로는 후쿠오카에서 옥사한 고종사촌인 송몽규와 문익환 목사(시인), 외사촌 김정우(시인, 숭실대 교사) 등이 있다.

1928년(12세) 명동소학교 재학 시절에 송몽규와 함께 「어린이」, 「아이생활」 등의 아동잡지를 정기적으로 구독했는데, 두 사람이 다 읽고 나면 동네 아이들이 돌아가며 읽었다. 그 외에 연극 활동을 통해 윤동주는 문학적 재질을 키워 나갔다. 이즈음 명동에는 공산주의 사상이 만연했다.

1932년(16세) 용정에 위치한 캐나다 선교부가 경영하는 미션 스쿨인 은진중학교에 입학했다. 재학 시절 윤동주는 친구들과 함께 교내 문예지를 발간하여 문예작품을 발표하는 한편, 축구 선수로도 활약했고, 〈땀 한 방울〉이라는 제목으로 교내 웅변대회에서 1등을 하는 등 다양한 활동을 펼쳤다. 여기서 윤동주에게 가장 많은 영향을 끼친 사람은 동양사와 국사, 한문을 가르치던 명희조 선생으로 그는 독립사상과 민족의식을 일깨워주었다.

1934년(18세) 12월 24일, 〈삶과 죽음〉, 〈초 한 대〉, 〈내일은 없다〉 등 세 편의 시를 썼고, 이때부터는 작품의 시작(詩作) 날짜를 기록했다.

　　1935년(19세) 은진중학교 4학년 1학기를 마친 윤동주는 평양 숭실 중학교 3학년 2학기에 편입했다. 숭실중학교 기숙사에서 창작활동에 몰두해 10월, 숭실중학교 학생회에서 간행하는 「숭실활천」 제15호에 시 〈공상〉을 개재함으로써 그의 작품이 최초로 활자화되었다.

　　1936년(20세) 3월 말에 숭실중학교가 신사참배 문제로 관에 접수되자 그에 대한 항의 표시로 자퇴한 윤동주는 용정으로 돌아가 광명학원 중학부 4학년에 편입했다. 간도 지방 연길(延吉)에서 발행하던 「카톨릭 소년」지에 '동주(東柱)'란 필명으로 동시 〈병아리〉, 〈빗자루〉 등을 발표했다.

　　1937년(21세) 상급학교 진학문제로 의학을 공부하길 원하는 부친과 갈등이 있었는데, 조부 윤하현 장로와 외삼촌 김약연 선생의 중재로 결국 연전 문과에 진학하기로 결정되었다.

　　1938년(22세) 광명중학교 5학년을 졸업하고, 4월 9일 송몽규와 함께 연희전문학교 문과에 입학했다. 송몽규는 은진중학 시절에 명희조 선생님의 밀명을 받고 중국의 북경과 상해 등지를 다녔다는 이유로 일경의 요주의 인물로 피체(被逮)된 적이 있었다. 그는 용정 대성중학을 졸업한 후 연희전문에서 윤동주와 함께 공부했는데, 계속해서 일경의 감시를 받았다. 윤동주는 당시 연희전문에서 흥업구락부 사건으로 교수직을 박탈당하고 도서관에서 임시로 근무하던 외솔 최현배 선생에게서 조선어와 민족의식을 전수받으며 정신적, 사상적으로 깊은 영향을 받았다. 또한 이양하 선생으로부터 영시(英詩)도 배웠다.

1940년(24세) 8월, 일제의 압력에 의해 양대 민족지 《동아일보》와 《조선일보》가 폐간되었다. 1939년 9월 이후로 시를 쓰지 않다가 그해 12월에 〈병원〉, 〈위로〉 등의 시를 썼다.

1941년(25세) 〈서시〉, 〈또 다른 고향〉, 〈십자가〉, 〈별 헤는 밤〉, 〈새벽이 올 때까지〉 등 여러 편의 원숙한 작품을 쓰는 한편, 연희전문 문과에서 발행한 「문우」지에 시 〈자화상〉, 〈새로운 길〉을 발표했다. 키르케고르, 도스토예프스키, 발레리, 지드, 보들레르, 잠, 릴케, 장 콕도의 작품과 정지용, 김영랑, 백석, 이상, 서정주의 시편에 심취했다. 5월에는 기숙사를 나와 김송(金松)의 집에서 정병욱과 함께 하숙하다가 일본인 형사들의 감시를 피해 9월에 다시 하숙을 옮겼다. 12월 27일, 전시 학제 단축으로 인해서 연희전문 문과를 3개월 앞당겨 졸업했다. 19편으로 엮은 자선시집 「하늘과 바람과 별과 시(詩)」를 졸업기념으로 출간하려 했으나 이양하 교수의 권유로 출판을 후일로 미뤘다. 일제가 2월부터 강제로 창씨 개명을 강요하자 고향 집에서는 일제의 탄압을 못 견딘 데다가 윤동주의 도일(渡日) 수속을 원활하게 하기 위해서 성을 히라누마(平沼)로 개명했다.

1942년(26세) 연희전문을 졸업하고 일본에 갈 때까지 한 달 반 정도 고향집에 머무르면서 키르케고르 작품을 탐독했다. 졸업증명서, 도항증명서 등 수속에 필요한 서류 때문에 1월 19일, 연전에 히라누마(平沼)로 창씨 개명한 이름을 제출했다. 1월 24일에 쓴 시(詩) 〈참회록〉이 고국에서 쓴 마지막 작품이다. 3월에 일본으로 건너간 윤동주는 4월 2일, 도쿄(東京) 릿쿄 대학 문학부 영문과에 입학했고, 송몽규는 4월 1일에 교토 대학 사학과(서양사 전공)에 입학했다. 여름 방학을 맞아 귀국했다가 도호쿠(東北) 제국대학에 편입하기 위해 다시 일본으로 건너갔으나, 10월 1일에 교토(京都) 도시샤(同志社) 대학 영문과에 편입했다.

1943년(27세) 일제가 징병제를 공포하자 문과대학, 고등, 전문학교 학생으로서 학도병에 지원하지 않는 재학생 및 졸업생에게 일제히 징용 영장이 발부되었다. 7월 14일, 첫 학기를 마치고 귀향하려고 차표까지 사놓았으나 교토대학에서 유학 중이던 송몽규와 함께 사상범으로 구속되어, 교토 하압(下鴨) 경찰서에 감금되었다. 송몽규는 그보다 나흘 앞선 7월 10일 먼저 체포되어 있었다. 취조서에 윤동주의 죄명은 '독립운동'으로 기록되었는데, 체포 당시 일본에서 유학하던 중에 썼던 상당한 분량의 작품과 일기를 압수당했다.

1944년(28세) 2월 22일 기소되고, 3월 31일 교토 지방재판소 제2형사부의 재판 결과 '독립운동'의 죄목으로 2년형을 언도받고 규슈 후쿠오카(福岡) 형무소에 수감되었다. 3월 31일, 송몽규도 교토 지방재판소 제1형사부로부터 같은 죄목으로 2년형을 선고받았다.

1945년(29세) 매달 초순에 고향집으로 배달되던 윤동주의 엽서가 2월 중순까지 끊기고 대신에 "2월 16일 동주 사망, 시체 가지러 오라"는 전보가 도착했다. 부친 윤영석이 고인의 당숙 윤영춘과 함께 시체를 인수하러 일본으로 떠났다. 일본에 도착한 부친과 당숙은 송몽규부터 면회했는데, 매일 이름도 모르는 주사를 맞는다는 그는 매우 여위어 있었고, 윤동주도 마찬가지로 주사를 맞아 왔다고 한다(생체 실험).

송몽규도 윤동주가 죽은 지 23일만인 3월 10일 옥사했다. 일본인 간수의 말에 의하면 윤동주는 숨을 거두기 직전에 조선말로 외마디 소리를 질렀다고 한다. 어쩌면 조국의 독립만세를 울부짖으며 윤동주는 마지막 숨을 거두었는지도 모른다. 민족 해방의 날을 6개월 앞두고 만 27년 2개월의 짧고 슬프고 아름다운 생애를 살다 갔다.

한 줌의 재가 된 윤동주의 유해는 아버지의 품에 안겨 고향으로 돌아와 가족과 친지들에 의해 3월 6일, 북간도의 용정 동산에 자리한 교회 묘지에 묻혔다. 장례식에는 「문우」지에 발표되었던 〈자화상〉과 〈새로운 길〉이 낭독되었는데, 그날 따라 눈보라가 심했다고 한다. 봄이 되어 땅이 풀리자 송몽규의 부친이 먼저 검은 오석으로 된 비석에 '청년문사 송몽규지묘'(靑年文士 宋夢圭之墓)라고 새겨서 송몽규의 무덤 앞에 세웠다.

잇따라 윤동주의 집안에서 6월 14일에 윤동주의 묘소에 '시인 윤동주지묘(詩人 尹東柱之墓)라고 새긴 비석을 세웠다. 1990년 북간도의 유지들이 대립자에 있던 송몽규의 묘와 비석을 찾아내 용정 윤동주 묘소 근처로 이장했다. 이로써 살아서 한평생을 같이했던 윤동주와 송몽규는 사후 45년만에 한 장소에서 다시 만나는 행운을 누리게 되었다.

윤동주의 시가 세상에 알려진 사연은 정말 드라마틱 했다. 윤동주가 졸업할 당시 손수 만든 필사본 시고(詩稿) 「하늘과 바람과 별과 시(詩)」 3부를 이양하 교수와 연희전문 2년 후배인 정병욱과 자신이 각각 1부씩을 보관했다. 그런데 정병욱이 보관한 1부만이 기적적으로 살아남아 세상에 알려진 것이다. 그 과정은 이렇다.

학병제는 윤동주가 일본에서 체포된 뒤인 1943년 10월부터 실시되었다. 정병욱은 학병에 나가면서 아주 선견지명이 있는 조치를 해 두었다. 윤동주의 친필 필사본 시고집(詩稿集)을 경남 하동의 고향집에 보관시킨 것이다. 그는 동주가 검거된 반년 후, 학병으로 끌려가게 되자 피차에 생사를 알 수 없는 마당에 그는 동주의 시고를 어머님께 맡기고, 자신과 동주가 돌아올 때까지 소중히 잘 간수하여 주십사고 부탁을 드렸다. 그의 어머님은 그 시고를 명주 보자기로 겹겹이 싸서 마루 밑에 감추어 두었다가 살아 돌아온 아들에게 건네주었다. 그 후 1946년 6월 월남한 동생 윤일주는 정병욱과 만나게 되었고, 그리하여 1948년 1월 유고시집 31편이 정지용의 서문과 함께 정음사(正音社)에서 출판되었다.

2) 윤동주 문학에 대한 고찰

(1) 윤동주 문학에 대한 평가

시인 윤동주는 별칭이 많다. 북간도가 낳은 민족시인(송우혜/「윤동주 평전」의 작가), 영원한 청년시인(이건청/ 한양대 교수), 순결한 혼의 시인(신동욱/ 연세대 교수), 그 외에도 저항시인, 서정시인 등. 송우혜는 말한다. "우리 문학사에서 윤동주와 그의 삶은 이미 하나의 전설이다. 험하고 어두웠던 시절, 수많은 사람들을 오염, 파괴, 타락시켰던 그 사악한 시대의 한복판에서 나날의 삶과 시, 그리고 죽음까지도 눈시리도록 정결하게 가꾸어낸 시인 윤동주, 좋은 추억은 이미 그 자체로 은총이듯 그의 존재와 추억은 한국 문학이 소유한 기쁨, 또는 하나의 구원이다. 순연한 기독교 신앙과 저 국경 밖의 국토인 북간도의 정서가 한데 뭉쳐져 빚어낸 민족의 시인 윤동주."

일제는 그처럼 잔혹하게 스물일곱 살의 젊고 순결한 영혼의 시인 윤동주를 앗아갔지만 윤동주는 그 일제 말기 암흑기에 찬란하게 빛나는 문화유산을 남긴 마지막 한 사람의 시인으로 기억된다. 반대의 주장도 있지만, 그를 민족시인이라고 부르는 까닭은 그처럼 슬프고 아름다운 시인의 삶과 죽음이 일제하 민족의 수난과 비극을 상징하고, 그의 시는 민족의 아픈 상처와 한을 대변하며, 지난 50년간 그리고 앞으로 영원히 민족적인 애송시로, 세월의 벽을 넘어 언제나 겨레의 가슴속 깊이 살아 맥박치리라고 믿기 때문이다.

오무라 마쓰오(大村益夫/ 일본 와세다대학 교수)는 윤동주에 대해 이렇게 말한다. "나는 일제하에 활약했던 많은 문학인들과 해방 후의 여러 작가들의 작품을 섭렵해 왔다. 그러나 어느 문학 작품에서도 윤동주만큼의 강렬한 인상과 감동, 매력은 느끼지 못했다. 나는 일본의 시인 스즈키 미에키치(鈴木三重吉)와 같은 이의 작품도 좋아하지만, 내가 가장 애호하고 있는 것은 윤동주의 작품이다. 중국의 현대시도 많이 읽어봤지만, 선이 굵고 어쩐지 나의 감성에 와 닿지 않는 데가 있다. 윤동주의 작품에 관해 한국의 많은 문학인들이 쓴 해설과 평론을 숙독한 나로서는, 그에다 더 덧붙일 만한 것은 없다. 다만 간단히 한두 마디 언급하자면, 그의 인간과 시 작품이 그렇게 아름답고 감동적일 수 없다는 것이다. 그의 작품은 그에 대한 아무런 예비지식 없이도 누구나 감동할 만큼 탁월하다. 쉬운 표현, 잘 이해할 수 있는 시어의 구사, 동요와 동시적인 데다가 문학적 향기가 짙은 그의 시 속에는 그의 순수하고 순결한 심성이 그대로 녹아 들어 있다. 특히 내가 좋아하는 〈서시〉, 〈자화상〉, 〈별 헤는 밤〉 같은 시는 세계적인 명시라고 나는 보고 싶다. 그의 시 속에 담긴 저항의 소극성은 어딘지 가냘픈 감상에 흐른 면도 있다고 하지만,

나는 오히려 그 나약한 저항적 요소가 더욱 강하게 느껴지는 요소라고 생각된다. 캄캄한 일제하의 암흑기에 윤동주는 한민족에게 그 어둠 속에 빛나는 찬란한 빛줄기였다고 나는 항상 생각해 왔으며, 그의 삶에 대해 존경의 뜻을 지녀 왔다. 윤동주의 시 속에 그저 처절한 저항적인 면만이 부각되어 있다면, 나는 그처럼 그의 시 속에 몰입하고 매료되지는 않았을 것이다. 너무도 아름다웠던 그의 삶의 길과, 그처럼 아름답고 감동적인 그의 시를 감상하고 느낄 수 있도록 내가 한국 문학을 배우고, 한국어를 이해할 수 있게 된 것을 나는 크나큰 보람으로 늘 생각하고 있다."

이건청은 이렇게 말한다. "한 시대의 괴로움을 아름다운 언어로 노래했던 윤동주, 그는 지금 이 땅에 없다. 그러나 그는 사라진 것이 아니다. 하늘을 사랑하고 바람과 별과 시를 사랑하였던 사람, 서강 쪽의 들판과 창내벌을 산책하며 인생의 참뜻을 생각하고 그것을 시 속에 담아 구원(久遠)의 빛으로 치켜올린 사람, 북간도의 산야와 해란강(선구자/ 조두남 작곡, 윤해영 작사) 가를 거닐며 꿈 많던 유년 시절을 보냈던 윤동주, 그는 이제 그 가족에게서만 불리는 시인이 아니다. 그는 한국어로 사유하고 이 땅에 발붙여 사는 모든 사람들의 '시인'이다. 그리고 그를 사랑하는 모든 사람들의 가슴 속에 영원히 살아 있는 것이다."

김우종은 이렇게 말한다. "윤동주의 문학사적 위치는 한마디로 말해서 그가 일제 말 암흑기의 마지막 시인이었다는 것으로 요약될 수 있을 것이다. 우리가 그를 이렇게까지 평가할 수 있는 이유는 일제 말기에 살아 있던 시인이 윤동주 하나뿐이었다는 뜻을 결코 아니다. 오히려 그가 마지막 시인이었다는 것은 해방 직전까지 유일하게 살아남아 있었다는 데 있는 것이 아니라 오히려 그 시기에 이르러서 살아남아 있지 못하고 세상을 떠나 버렸다는 데 있다. 다시 말해서 그는 최종기에 그의 문학과 생명을 바꿈으로써 일제 말 암흑기의 우리 문학을 그 질식 상태에서 구원하고 그 단절의 위기를 극복하는 십자가를 짊어졌다는 데 있는 것이다."

윤동주의 문학사적 위치를 구체적으로 밝혀 나가려면 그가 생명과 바꿀 만큼 문학의 사명 완수가 지난(至難)했던 일제 말기 암흑기란 무엇이냐 부터 따져봐야 할 것이다. 1930년대 초기부터 일제의 패전까지를 크게 일제 말기로 잡는다면 이것은 다시 2단계로 구분될 수 있다. 즉 대다수의 문인을 구속, 투옥하였던 1931년이나 1934년 이전 약 10년간은 현실 비판이 거의 허용되지 못하던 시기라는 의미에 있어서 일제 말 수난기에 해당하지만, 1941년경에 문예지를 폐간시키고 일본어 사용을 강요하며 국문 활동을 거의 전면적으로 억제하던 시기는 그야말로 암흑기에 해당할 것이다. 윤동주가 활동하던 시기는 이처럼 2단계로 구분되는 일제 말기에 있어서 물론 전 단계인 30년대에도 해당하지만 후 단계인 40년대가 더 주요한 활동 시기에 해당한다.

40년대 일제 패전까지의 우리 문학은 문예지 폐간, 국문 사용 억제, 그리고 무수한 지식인의 예비 검속 및 투옥의 공포 분위기로 말미암아 사실상 문학 활동이 전면적으로 불가능해진 시기인 만큼 윤동주의 이 시기의 문학은 그것이 친일문학이 아닌 이상 우리 문학의 거의 유일한 생명이었다고 볼 수 있을 것이다. 그리고 그것이 특히 자유와 정의와 민족의 저항을 표현한 대표적인 문학이요, 시적 기교로서도 매우 우수한 것이었다고 볼 때, 그리고 그가 그 같은 활동을 통해서 해방 직전까지 살아남아 있다가 그로 말미암아 옥사해 버렸다고 할 때 우리는 그를 가리켜 일제 말기 우리 문학의 생명을 어어 나간 최종의 횃불이었다고 해야 마땅할 것이다.

1942년에 이르러 윤동주는 "나의 참회의 글을 한 줄에 줄이자"(《참회록》)고 참회를 거듭하고 "인생은 살기 어렵다는데 / 시가 이렇게 쉽게 쓰여지는 것은 부끄러운 일이다"(《쉽게 쓰어진 시》) 하여 시를 쓸 수 있다는 것조차 부끄러워했다. 이렇게 본다면 윤동주는 일제 말 암흑기를 지성인으로서 어떻게 살 것인가 하는, 너무나 벅찬 일을 한 몸에 안고 순교적 사명감으로 마지막까지 자유와 평화와 사랑과 양심에 봉사하는 시를 썼다. 그러므로 일제 말기의 그 같은 순교적 사명감이 아니고서는 바른 문학은 가능하지 않았던 것이며, 그만큼 사명감이 투철했고, 또 사명의식이 절실히 갈망되던 시기였기 때문에 그의 문학은 그것이 주제를 이루었다고 볼 수 있다.

(2) 대표시 감상

① 초 한 대 (1934.12.24.)

초 한 대
내 방에 풍긴 향내를 맡는다.

광명의 제단이 무너지기 전
나는 깨끗한 제물을 보았다.

염소의 갈비뼈 같은 그의 몸,
그의 생명인 심지(心志)까지
백옥 같은 눈물과 피를 흘려
불살라 버린다.

그리고도 책상머리에 아롱거리며
선녀처럼 촛불은 춤을 춘다.

매를 본 꿩이 도망하듯이
암흑이 창구멍으로 도망한
나의 방에 풍긴
제물의 위대한 향내를 맛보노라.

이 시에 대해 명동소학교(6년)와 은진중학교(3년), 그리고 평양 숭실

학교를 동주와 같이 다닌 문익환 목사는 이렇게 말한 바 있다. 자기가 전에는 그 누구보다도 동주 형을 잘 안다고 생각해 왔는데, 자기가 얼마나 동주 형을 몰랐었는가 하는 것을 깨닫고 놀랐다는 것이다. 이 시는 동주 형이 만 15세기가 되기 엿새 전인 1934년 크리스마스 전날 쓴 것이라는 사실을 발견하고 머리에 철퇴라도 맞은 것 같았다고 술회했다.

이 시를 쓸 때 벌써 동주 형은 자신을 어린 양 그리스도처럼 민족의 제단, 인류의 제단 위에 오를 깨끗한 제물로 보았다는 것이다. 이 무렵 송몽규는 동아일보 신춘문예 작품 모집에 응모하여 꽁트 부문에 당선됐다(작품명은 〈숟가락〉). 이 일로 인해 동주는 마음이 상해 "대기(大器)는 만성(晩成)이지" 하는 말을 했다고 한다. 그러나 이 시를 보고 누가 동주를 만성한 대기랴 하랴!.

문익환은 이 시를 놓고 이렇게 말한다. "중학교 2학년 때에 쓴 〈초한 대〉라는 시에서 시작해서 마지막 시로 남아 있는 〈쉽게 씌어진 시(詩)〉에 이르기까지 윤동주 시에 일관한 것은 "빛의 승리"였다. 집채 같은 어둠도 한 대 촛불 앞에서 매를 본 꿩처럼 도망칠 수밖에 없다는 것을 그는 믿었다. 일본의 군국주의가 욱일승천하던 1934년 크리스마스 전날 밤 중학교 2학년 학생이 이렇게 역사를 달관하다니, 놀랄 수밖에 없다. 일본의 군국주의의 마수가 아무리 드세어도 이 새벽에 탄생할 그리스도 예수의 작은 촛불 앞에서는 밀려날 수밖에 없다는 것을 그는 믿었다. 2천 년 동안 꺼지지 않고 붙는 예수의 촛불, 어린애가 입으로 불기만 해도 꺼질 작은 빛을 어둠의 세력도 이겨 본 적이 없다는 것을 동주는 믿었다(요 1:5). 예수의 작은 촛불을 끄려고 발광하던 히틀러, 무솔리니, 동조(東條)가 꺾이는 것을 동주는 보지 못하고 죽었다. 해방을 여섯 달 앞두고 일본 복강(福岡) 형무소에서 억울한 죽음을 당했다. 그러나 그는 민족의 암흑기를 비추는 빛으로 날이 갈수록 더욱 빛나고 있다. 그는 온몸을 불사르고 남은 위대한 제물의 그윽한 향기를 남기고 갔다."

② 자화상(自畵像, 1939.9)

산모퉁이를 돌아 논가 외딴 우물을 홀로 찾아가선
가만히 들여다 봅니다.

우물 속에는 달이 밝고 구름이 흐르고 하늘이 펼치고
파아란 바람이 불고 가을이 있습니다.

그리고 한 사나이가 있습니다.
어쩐지 그 사나이가 미워져 돌아갑니다.

돌아가다 생각하니 그 사나이가 가엾어집니다.
도로 가 들여다보니 사나이는 그대로 있습니다.

다시 그 사나이가 미워져 돌아갑니다.
돌아가다 생각하니 그 사나이가 그리워집니다.

우물 속에는 달이 밝고 구름이 흐르고 하늘이 펼치고
파아란 바람이 불고 가을이 있고
추억처럼 사나이가 있습니다.

동생 일주 씨에 의하면 동주는 항상 산책과 사색을 통하여 시상을 가다듬었다는 것이다. 동주가 산책길에서 만나는 대상의 관계는 슬픔의 관계였다. 그의 시 〈자화상〉에는 슬픔 속에서 바라본 자신에의 연민이 사랑과 미움과 갈등으로 나타난다. '미운 자기'와 '가엾은 자기' 그리고 '그리운 자기' 속에서 동주는 괴로워한 것이다. 결국은 슬픔을 숙명으로 받아들일 수밖에 없는 완강한 상황 속에서 동주는 하나의 역설을 노래한다. 그것이 〈팔복(八福)〉(1940.12 추정)이라는 작품이다.

③ 무서운 시간(時間) (1941.2.7.)

거 나를 부르는 것이 누구요.

가랑잎 이파리 푸르러 나오는 그늘인데,
나 아직 여기 호흡이 남아 있소.

한 번도 손들어 보지 못한 나를
손들어 표할 하늘도 없는 나를

어디에 내 한몸 둘 하늘이 있어
나를 부르는 것이오.

일을 마치고 내 죽는 날 아침에는
서럽지도 않은 가랑잎이 떨어질텐데……

나를 부르지 마오.

김우종은 이 시를 놓고 이렇게 말한다. 그는 일제의 폭정이 최종적인 극한 상태로 접어든 이 시기에 문득 죽음을 의식했던 것일까? 소위 대동아전쟁의 확대와 강제 징용, 징병, 학도병, 문예지 폐간, 국문 철폐, 일본식 창씨 개명 등 민족의 운명이 마지막 순간에 도달했을 때 그는 문득 죽음을 의식했는지도 모른다. 그는 죽음을 의식하고 별안간 몸부림을 친 것임에 틀림없다. '무서운 시간'이란 죽음의 사자가 오는 시간이요, '나를 부르는 것'은 죽음의 사자다.

그리고 시인은 그 죽음을 무조건 두려워하지는 않는다. 서러워하지도 않는다. '일을 마치고 내 죽은 날 아침에는 / 서럽지도 않은 가랑잎이 떨어질' 뿐이었을 뿐, 다만 무서워한 것은 이 세상에 태어나 그가 해야 할 아무 일도 하지 못하고 돌아간다는 것에 있었다. 그래서 '아직 호흡이 남아' 있는데, '한 번도 손들어 보지 못한 나를' 한 번도 자기를 주장해 보지 못한 나를, 한 번도 그의 사명대로 살아 보지 못한 나를 죽음이 부르는 데 대하여 무서워하고 서러워했던 것이다.

그가 별안간 자기의 사명을, 자기의 이 역사 속에서의, 민족 속에서의 존재를, 선언하게 된 것은 이처럼 문득 죽음을 의식하고 비로소 눈을 떴기 때문이 아닐까? 그래서 그는 다시 〈십자가〉 앞에서 고해를 하고 자신의 갈 길을 물었던 것이다.

④ 십자가(十字架, 1941.5.31.)

쫓아오던 햇빛인데
지금 교회당 꼭대기
십자가에 걸리었습니다.

첨탑(尖塔)이 저렇게도 높은데
어떻게 올라갈 수 있을까요.

종소리도 들려오지 않는데
휘바람이나 불며 서성거리다가,

괴로웠던 사나이,
행복한 예수 그리스도
처럼
십자가가 허락된다면

모가지를 드리우고
꽃처럼 피어나는 피를
어두워 가는 하늘 밑에
조용히 흘리겠습니다.

김우종은 이 시를 '사명시'라고 분류하고 있다. 왜냐하면 그것은 시인의 눈에 비추인 역사적 현실, 민족적 현실에 대한 비판의식에서 싹튼

것이긴 하더라도 그 같은 의식으로 표현된 세계가 무엇이냐 하는 것보다는 그 세계에서 자신이 짊어지고 나가야 할 사명이 무엇인지를 주로 말해 나간 것이기 때문이라는 것이다.

박호영(한성대 교수)은 이 시가 '속죄양 의식'을 나타내고 있다고 말한다. 즉 예수가 모든 인간의 죄를 뒤집어쓰고 희생됨으로써 인류에게 구원을 가져다준 것처럼 식민지 시대의 비극적 현실을 자기희생으로 초극하려는 시인의 승화된 의지를 상징한 이 시의 구절(모가지를 드리우고……조용히 흘리겠습니다)은 속죄양의 모티프를 제공한다는 것이다.

김남조(시인, 숙명여대 명예교수)는 이렇게 말한다. "가능성의 한계에 대한 자각과 또 그것을 넘어서는 '자기의 메시아적 본질'을 추구한 시가 다름 아닌 〈십자가〉라고 보여진다. '자기 내부의 메시아적 본질'의 추구야말로 윤동주 문학의 정수라고 필자는 생각한다. '꽃처럼 피어나는' 청춘의 시인에게서 '십자가의 순교'를 서원하는 고백을 듣는 일은 비극적이고도 아름답다. 두 번 있을 수 없는 일회적인 아름다움이 이 대목에 깃들여 있다. 짧으나 값진 인생을 누리고 간 시인의 생애에 이 시가 뚜렷한 이정표로서 주어진 까닭이리라."

이건청은 이렇게 말한다. "십자가는 순교(殉敎)의 표지이다. 순교란 신앙을 위하여 목숨을 버리는 행위이다. 그렇다면 이 시에서 동주는 무엇을 위하여 순교하고 싶어 하는가. 왜 자신에게 '십자가가 허락'되기를 바라는 것인가. 이런 문제들이 해명되어야, 이 시의 핵심에 도달할수 있을 것이다. 이 시에서 동주는 자신의 정신적 위상을 극명하게 나타내 보여준다. 동주는 자신이 처해 있는 시대적 상황 속에서 좀 더 적극적인 자기발현이 필요하다고 생각했을지도 모른다. 그러나 실제로 자신은 몇 편의 시로 만족할 수밖에 없었고, 더 이상의 무엇도 해낼 수 없는 한계성 때문에 미흡함을 느끼고 있었던 것 같다. 이 시에서 동주의 정신적 위상이 명백히 밝혀져 있는 부분은 네 번째 연이다. '괴로웠던 사나이……십자가가 허락된다면' 여기서 '괴로웠던'과 '행복한'이라는 수식어가 같은 비중으로 쓰이고 있음을 발견한다. 동주는 이 모순을 통하여 자신이 처해 있는 정신적 위상을 정확하게 나타내 보여준다. 즉 현실의 괴로움과 십자가를 통한 영생의 가치를 부여받는 행복감을 그는 노래하고 있는 것이다. 그에게 있어서 현실의 괴로움은 참된 가치에 도달하기 위해 겪어야 할 하나의 과정에 지나지 않는다. 그렇기 때문에 어두워져가는 하늘 밑에 자신의 피를 조용히 흘릴 수 있는 것이다."

⑤ 또 다른 고향(故鄕) (1941.9)

고향에 돌아온 날 밤에
내 백골(白骨)이 따라와 한 방에 누웠다.

어둔 방은 우주로 통하고
하늘에선가 소리처럼 바람이 불어온다.

어둠 속에 곱게 풍화 작용(風化作俑)하는
백골을 들여다보며
눈물짓는 것이 내가 우는 것이냐
백골이 우는 것이냐
아름다운 혼(魂)이 우는 것이냐

지조 높은 개는
밤을 새워 어둠을 짖는다.
어둠을 짖는 개는
나를 쫓는 것일 게다.

가자 가자
쫓기우는 사람처럼 가자
백골 몰래
아름다운 또 다른 고향에 가자.

이승훈(한양대 교수)은 이 시에 대해 이렇게 말한다. 〈또 다른 고향〉
은 고향과 또 다른 고향, 백골과 자아의 대립적 구조로 되어 있다. '백
골'은 화자의 죽음 의식을 표상한다. 쉽게 말하면 그것은 '타향'에서 경
험하는 죽음 의식이다. 이 시는 공간적으로 타향-고향-또 다른 고향을
지향하며, 화자가 백골을 인식하는 것은 고향에 온 날 밤이다. 그 동안
이 시행(내가 우는 것이냐 / 백골이 우는 것이냐 / 아름다운 혼이 우는 것이냐)
에 대해서는 여러 주장들이 나온 걸로 안다.

최근에는 최동호(고려대 교수)에 의해 "나=현재의 자기, 백골=가족들
의 기대대로 살아야 할 자기, 아름다운 혼=이상을 따라 살아야 할 자기
(송우혜)라는 견해가 다시 옹호된 바 있다. 나는 '백골'을 육체적 현실적
자아, '아름다운 혼'은 정신적 이상적 자아를 표상한다고 보는 입장이
며, 따라서 이 시는 타향에서 시달린 화자가 고향으로 돌아왔지만 고향
에서도 죽어가는 자아를 느끼고, 또 다른 고향을 갈망한다고 해석하는
김윤식(서울대 교수)의 주장이 설득력이 있다고 생각한다."

신동욱(연세대 교수)은 이 시에서 화자인 자아로서의 '나'와 견고한 신념의 자아로서의 '백골'로 나타난 신념의 자아와 이상세계 또는 낙원 지향의 자아로서의 '아름다운 혼'의 세 자아로 분화된 사실이 드러나 있다고 보고 있다. 화자는 시적 자아의 내부에서 세속적 자아와 도덕적 자아, 그리고 이상 지향의 세 자아가 통합과 분화의 움직임을 보이고 있음을 알려준다. 아름다운 혼이 아름다운 나라로 간다는 진술은 기독교도로서의 낙원 지향의 의미공간을 설정한 것이며, 그것은 기독교적인 함의를 내포한 어사로 볼 수 있다. 이는 현실에서의 실패를 종교적 차원에서라도 승화시켜 성취해야겠다는 시인의 토로라고 말할 수 있을 것이다.

⑥ 길 (1941.9.30.)

잃어버렸습니다..
무얼 어디다 잃었는지 몰라
두 손이 주머니를 더듬어
길게 나아갑니다.

돌과 돌과 돌이 끝없이 연달아
길은 돌담을 끼고 갑니다.

담은 쇠문을 굳게 닫아
길 위에 긴 그림자를 드리우고

길은 아침에서 저녁으로
저녁에서 아침으로 통했습니다.
돌담을 더듬어 눈물짓다
쳐다보면 하늘은 부끄럽게 푸릅니다.

풀 한 포기 없는 이 길을 걷는 것은
담 저쪽에 내가 남아 있는 까닭이고,

내가 사는 것은, 다만,
잃은 것을 찾는 까닭입니다.   .

이 시는 〈십자가〉가 쓰인 때로부터 정확히 넉 달 후에 창작되었다.
독실한 기독교 집안의 장남인 그에게도 엄청난 신앙적 실족의 체험이
있었던 모양인데, "존재를 깊이 뒤흔드는 신앙의 회의기"(문익환)에 이
시가 쓰였다고 보여진다. 인간의 궁극적 목적은 '현존재의 의미와 가치
를 아는 것'이라고 한다면, 가치 상실자의 현실인식은 '풀 한 포기 없는
이 길'이라는 불모성으로 집약된다. 그러나 '담 저쪽에' 남아 있는 나를
살기 위해 걸음걸이를 계속하지 않으면 안 된다. 송우혜는 말하기를
〈또 다른 고향〉에 이어 나온 이 시에서 "내가 사는 것은, 다만, 잃은 것
을 찾는 까닭입니다"라는 술회는 '지조' 쪽을 택해야 한다는 자기 다짐
의 재확인이었으리라고 말한다. 그리고 나온 것이 저 청신하고 아름다
운 시 〈별 헤는 밤〉이다.

⑦ 별 헤는 밤 (1941.11.5.)

계절이 지나가는 하늘에는
가을로 가득 차 있습니다.

나는 아무 걱정도 없이
가을 속의 별들을 다 헤일 듯합니다.

가슴속에 하나 둘 새겨지는 별을
이제 다 못 헤는 것은
쉬이 아침이 오는 까닭이요,
내일 밤이 남은 까닭이요,
아직 나의 청춘이 다하지 않은 까닭입니다.

별 하나에 추억과
별 하나에 사랑과
별 하나에 쓸쓸함과
별 하나에 동경과
별 하나에 시와
별 하나에 어머니, 어머니

어머님, 나는 별 하나에 아름다운 말 한마디씩을 불러 봅니다. 소학교 때 책상을 같이했던 아이들의 이름과, 패(佩), 경(鏡), 옥(玉) 이런 이국 소녀들의 이름과, 벌써 애기 어머니 된 계집애들의 이름과, 가난한 이웃 사람들의 이름과. 비둘기, 강아지, 토끼, 노새, 노루, 프랑시스 잠, 라이너 마리아 릴케, 이런 시인의 이름을 불러 봅니다.

이네들은 너무나 멀리 있습니다.
별이 아슬히 멀 듯이,

어머님,
그리고 당신은 멀리 북간도에 계십니다.

나는 무엇인지 그리워
이 많은 별빛이 내린 언덕 위에
내 이름자를 써보고,
흙으로 덮어 버리었습니다.

딴은 밤을 새워 우는 벌레는
부끄러운 이름을 슬퍼하는 까닭입니다.

그러나 겨울이 지나고 나의 별에도 봄이 오면
무덤 위에 파란 잔디가 피어나듯이
내 이름자 묻힌 언덕 위에도
자랑처럼 풀이 무성할 게외다.

마광수(연세대 교수)는 이렇게 말한다. 윤동주의 시에 있어 상징적 표현의 근간을 이루는 것은 원초적인 자연물이다. 윤동주 시 전반에 나타나는 자연을 소재로 한 상징적 표현에는 전통적 또는 정통적인 동양적 자연관이 내재해 있다. 상징시로서의 면모를 뚜렷하게 보여주고 있는 윤동주의 작품들 가운데는 자연에서 상징의 소재들을 빌려와 자아와 세계의 관계에 대한 궁극적 관심을 형상화하고 있는 것이 많다. 특히 「하늘과 바람과 별과 詩」라는 윤동주 시집의 표제는 그의 시의 핵심이 자연 표상의 상징을 통한 궁극적 관심의 표출에 있다는 사실을 입증해 주고 있다. 하늘과 바람과 별의 심상은 윤동주 시의 전체에 걸쳐서 나타나는 보편적 심상이다.

이 심상들이 가장 효과적으로 형상화된 작품으로는 〈서시〉와 〈별 헤는 밤〉을 들 수 있다. 윤동주의 다른 작품들과 마찬가지로 〈별 헤는 밤〉에도 별과 하늘, 부끄러움, 죽음, 재생 등의 심상이 복합적으로 제시되고 있다. 그러나 이 시의 상징적 표현의 핵심은 '별'과 '하늘'에 있다고 하겠다.

마광수는 부끄러움의 이미지가 이 시 전체를 지배한다고 말한다. 윤동주의 부끄러움은 〈자화상〉, 〈참회록〉 등의 시에서 보여주고 있는 '들여다보는 행위', 즉 자기 성찰의 결과라고 볼 수 있다. 이 시가 만약 9연으로 끝나 버렸다면 그저 단순한 감상시에 머물러 버렸을 것이다. 그러나 다행히도 마지막 연이 첨가됨으로써 이 작품은 긍정적인 생명력을 얻게 되었다. 체념을 희망과 신념으로 승화시킨 이 시의 전개 기법은 상징적 표현이 효과적으로 사용된 좋은 보기라 할 것이다.

따라서 이 시에 나오는 '별'과 '밤'의 이미지는 한층 중요한 의미를 갖는다. 이 시에 등장하는 '밤'은 낭만적인 분위기를 내포하고 있으면서도 시인에게 불안과 공포를 느끼게 하는 밤이다. 그렇게 '밤'이 불안하고 공포에 가득 찬 현실의 상징이기 때문에, 그러한 가운데서도 마음 속의 '별'을 잃지 않고 간직하고 있었던 시인 윤동주의 맑고 건강한 성품이 더욱 명료하게 드러난다.

이 아름다운 시를 쓴 후, 그는 한 권의 시집을 묶으려는 노력을 시작했다. 지금까지 써 놓은 시 중에서 18편을 뽑았다. 그리고 시집 첫머리에 놓을 〈서시〉를 완성한 것이 1941년 11월 20일. 〈서시〉는 자연히 지금까지의 삶을 되돌아보고 앞으로의 삶에 대한 각오를 총체적으로 담은 내용이 되었다.

⑧ 서시(序詩, 1941.11.20.)

죽는 날까지 하늘을 우러러
한 점 부끄럼이 없기를,
잎새에 이는 바람에도
나는 괴로워했다.
별을 노래하는 마음으로
모든 죽어가는 것을 사랑해야지
그리고 나한테 주어진 길을
걸어가야겠다.

오늘 밤에도 별이 바람에 스치운다.

윤동주의 이 〈서시〉는 너무나도 유명한 시다. 송우혜는 이렇게 말한다. "사람의 생이 갖는 무게, 그 생이 내포한 진실의 무게가 이처럼 청결하고 깊이있게 드러난 예는 아주 희귀하다. 이 시에 이르러서 우리는 '참으로 한 시인이 있다'고 크게 외칠 수 있게 된 것이다."

김우종은 말한다. 이제 윤동주는 사회와 역사를 떠나서 저 혼자만의 서정적인 감각이 주는 쾌감과 그 피난처의 안식에는 그 이상 머무를 수 없게 되었다. 사회나 역사를 보는 눈이 불현듯 밝아지고 나 개인 속의 '나'가 아니라 '역사 속의 나', '민족 속의 나'를 하나의 사명감으로 의식했기 때문이다. 그가 이미 6, 7년 전부터 시를 써 왔으면서도 여기서 〈서시〉라는 이름을 붙인 이유는 바로 그것일 것이라고 말한다.

이어령(이화여대 석좌교수)은 이 시를 이렇게 분석한다. 1행은 하늘과 땅의 대립 공간을 보여주고 있다. 하늘-땅은 서로 붙어 다니는 것으로, 하나는 높고 하나는 낮다. 그리고 시간축으로 볼 때 하나는 불변 영원한 것이고, 또 하나는 변하는 것이며 한정된 것이다. 이렇게 보면《천자문》이 천지현황(天地玄黃)이라는 말로 시작되듯이 이 시는 천지라는 우주 공간, 하늘과 땅이라는 두 공간과, 유한한 시간과 무한의 시간이라는 두 축으로 그 의미의 발판을 만들어내고 있다는 사실을 발견하게 된다. 1, 2행은 하늘과 관련된 것이고, 3, 4행과 대응을 이루고 있다. '잎새'라는 말이 그렇다. '잎새에 이는 바람'을 바라보는 이 시의 화자의 시선은 높은 하늘에서 낮은 지상으로 내려 이동해 온 것이다. 그리고 부끄러움은 괴로움으로 변한다.

하늘과 땅의 관계, 부끄럼 없는 마음과 괴로워하는 마음, 그리고 잎새와 바람의 의미들은 5-8행에서 더욱 발전되고, 그 구조의 틀을 더욱 견고하게 만들어간다. 놀랍게도 5행의 '별'은 하늘의 공간인 1행과 맞물리고 있다. 동시에 그 별은 3행의 잎새와는 대응된다. 하늘과(의) 별의 관계는 땅과(의) 잎새의 관계와 각기 대응을 이룬다. '하늘'은 '별'로, '우러러'는 '노래하는' 것으로 바뀌었다. 또한 땅(잎새)의 축은 어떻게 되었을까. '모든 죽어가는 것을 사랑해야지'의 6행으로 변전된다.

5-8행에서도 1-4행처럼 '나'라는 주어가 나온다. 하늘, 땅 그 사이에 내가 있다. 천지인(天地人). 참으로 오래된 동양의, 한국의 공간이다. 하늘의 길, 땅의 길, 그런데 여기 또 하나의 길이 있다. '나한테 주어진 길'이다. 하늘과 땅 사이에 사람이 있다. 시인이 있다. 윤동주가 있다. 그런데 잎새와 별로 암시되는 그 땅과 하늘 사이에는 바람이 있다. 바람이 모든 것을 바꿔 놓는 힘이요 운명이듯, 시인도 윤동주도 모든 것을 바꿔 놓는 힘이요 운명이다. 잎새에 이는 바람에는 괴로워하지만, 별에 스치우는 바람에는 환희와 사랑의 마음이 있다. 영원을 향한 의지의 길이 있는 것이다.

⑨ 간 (肝, 1941.11.29.)

바닷가 햇빛 바른 바위 위에
습한 간(肝)을 펴서 말리우자,

코카서스 산중(山中)에서 도망해 온 토끼처럼
둘러리를 빙빙 돌며 간을 지키자,

내가 오래 기르던 여윈 독수리야!
와서 뜯어 먹어라, 시름없이

너는 살찌고
나는 여위어야지, 그러나,

거북이야!
다시는 용궁의 유혹에 안 떨어진다.

프로메테우스 불쌍한 프로메테우스
불 도적한 죄로 목에 맷돌을 달고
끝없이 침전(沈澱)하는 프로메테우스.

박호영은 이렇게 말한다. 이 시가 윤동주의 시라는 사실과, 당시가 식민지 시대라는 사실 등을 제쳐놓고라도 동서양의 두 고전《토끼전》과 《프로메테우스 신화》를 혼합하여 썼다는 데에서 우선 특이성을 갖는다. 윤동주는 〈십자가〉라는 작품을 통해서 속죄양 의식을 드러내었듯이, 이 시의 마지막 연은 그것을 보여준다.

이 시는 두 측면을 지니고 있다. 하나는 간을 말리고 그 간을 지켜 지배층 세계와 대응의 자세를 취하려는 토끼의 저항정신의 측면이요, 다른 하나는 고통을 당하며 목에 맷돌을 달고 끝없이 침전하는 프로메테우스의 희생정신의 측면이다. 이 작품은 그의 작품 가운데 보기 드물게 남성적 톤을 지니고 있다. 그리고 이것은 특기할만한 일이다. 왜냐하면 그의 시가 지닌 소극적이며 여성적인 톤이 그의 시를 저항적인 성격을 지닌 것으로 규정짓는 데 많은 망설임을 가져왔기 때문이다.

⑩ 참회록 (懺悔錄, 1942.1.24.)

파란 녹이 낀 구리 거울 속에
내 얼굴이 남아 있는 것은
어느 왕조(王朝)의 유물(遺物)이기에
이다지도 욕될까

나는 나의 참회(懺悔)의 글을 한 줄에 줄이자
- 만 이십사 년 일 개월을
  무슨 기쁨을 바라 살아왔던가

내일이나 모레나 그 어느 즐거운 날에
나는 또 한 줄의 참회록을 써야 한다.
- 그때 그 젊은 나이에
  왜 그런 부끄런 고백을 했던가

밤이면 밤마다 나의 거울을
손바닥으로 발바닥으로 닦아 보자.

그러면 어느 운석(隕石) 밑으로 홀로 걸어가는
슬픈 사람의 뒷모양이
거울 속에 나타나 온다.

송우혜는 이렇게 말한다. 이 시는 오랫동안 '역사의식이 내포된 자기 성찰의 시'라는 정도의 일반적인 평가를 받아왔다. 그러나 윤동주의 시 중에서 가장 구체적인 현실에 의거하고 있는 강력한 저항시가 바로 이 시다. 일제가 강요하는 창씨 개명이란 절차에 굴복한 그 구체적인 삶의 자리에서, 그는 일제에 의해 망한 '대한제국'이란 왕조의 후예로서, 바로 자신의 '얼굴'이 그 '왕조의 유물'임을 절감하면서 '이다지도 욕됨'을 참회한 것이다. 그 욕됨이 얼마나 참담했던지, 그는 지금까지 살아 온 '만 24년 1개월'에 달하는 그의 생애 전체가 지닌 의미 자체를 회의했다. 그는 1917년 12월생이므로 1942년 1월 현재 '만 24년 1개월'이 되었던 것이다. 그의 '참회'는 이처럼 전인적(全人的) 이었다.

김용직(서울대 교수)은 이렇게 말한다. 윤동주의 작품은 아주 독특하게 자기 응시의 자세를 가지고 있다. 자기 응시 또는 인식, 성찰의 다음 단계에서 윤동주는 곧 적지 않게 죄의식을 갖는다. 〈참회록〉이 이런 경우의 한 보기이다. 이 작품에서 우리가 주목해야 할 것은 윤동주가 그의 전 생애를 참회의 자료로 삼고 있는 점이다. '나는 나의 참회(懺悔)의 글을 한 줄에 줄이자.....' 그리고 그와 함께 간과할 수 없는 것은 그런 참회의 정과 자아 성찰의 정도가 정비례 관계에 있는 점이다. 이것은 어딘지 모르게 우리로 하여금 윤동주와 키르케고르의 상관관계를 느끼게 해주는 면이다.

⑪ 쉽게 씌어진 시(詩) (1942.6.3)

창 밖에 밤비가 속살거려
육첩방(六疊房)은 남의 나라

시인이란 슬픈 천명(天命)인 줄 알면서도
한 줄 詩를 적어 볼까,

땀내와 사랑내 포근히 품긴
보내주신 학비 봉투를 받아

대학 노-트를 끼고
늙은 교수의 강의 들으러 간다.

생각해 보면 어린 때 동무를
하나, 둘, 죄다 잃어버리고

나는 무얼 바라
나는 다만, 홀로 침전(沈澱)하는 것일까?

인생은 살기 어렵다는데
詩가 이렇게 쉽게 씌어지는 것은
부끄러운 일이다.

육첩방은 남의 나라
창 밖에 밤비가 속살거리는데,

등불을 밝혀 어둠을 조금 내몰고,
시대처럼 올 아침을 기다리는 최후의 나,

나는 나에게 작은 손을 내밀어
눈물과 위안으로 잡는 최초의 악수.

이 시는 윤동주가 이 민족의 얼에 새겨 놓고 간 마지막 시다. 이 시
가 쓰인 것은 1942년 6월 3일로 되어 있다. 릿쿄 대학 영문과에 입학
하여 여름 방학을 앞둔 때이다. 한국에 대한 일제의 탄압은 극에 달했
으며 일제는 대동아전쟁의 준비에 광분하고 있었다. 이 해 여름 방학
때의 귀향이 동주의 마지막 귀향이 되고 말았다.

송우혜는 이렇게 말한다. 윤동주가 그의 심령을 물어뜯던 향수를 극
복하고 났을 때, 그의 의식에 먼저 다가온 것은 자기와 '일본'이라는 하
나의 실체 속에 놓인 냉엄한 거리에 대한 감각이었다. 그래서 그는 서
슴없이 읊조렸다. '육첩방은 남의 나라'! 한 식민지 청년이 적국이자 종
주국인 나라의 수도에 서서, 자신은 결코 그들의 臣民이 아님을 선언하
는 데는 이 한마디로 족했던 것이다.

3) 결어(結語)를 대신하여 - 결코 평범치 않은 삶(인간)

윤동주의 삶과 문학이 주는 메시지를 나는 〈결코 평범치 않은 삶(인
간)〉이라고 말하고 싶다. 윤동주는 일제하 암흑기를 살면서 자신의 존
재 값을 가장 잘 드러낸 삶을 살다 갔다. 그것은 그가 시인으로서, 이
나라 백성으로서, 그리고 하늘나라 시민인 그리스도인으로서, 그는
〈결코 평범치 않은 삶과 문학 그리고 인간〉으로서 자리매김을 한 것이다.

변절과 타락을 강요받는 그 시절에, 시인은 많았지만 시인 윤동주는 달랐고, 이 나라 백성은 많았지만 그는 그 누구와도 다른 삶을 살았고, 그리스도인은 많았지만 그는 거룩과 순결에 있어서 뭔가 남달랐다.

〈결코 평범치 않은 삶〉이란 말은 일반 보통사람들이 세상을 살다가는 방법과는 다른, 즉 특별한 삶, 탁월한 삶, 위대한 삶, 뭔가 다른 삶, 아무렇게나 살지 않는 삶을 두고 하는 말이다. 이 비밀(요 6:60; 마 13:31; 딤전 3:9,16)을 간직한 자를 가리켜 참된 의미에서 〈그리스도인〉이라고 부르는 것이다. 즉 〈그리스도인〉이란 "하나님께서 세상 사람 중에서 특별히 사랑해서 빼어내어 구별(거룩)한 자"이다. 그러니까 결코 평범한 자가 아니다. 보통사람이 아닌 특별한 존재이다. 그러니까 그의 삶도 결코 보통사람들이 사는 평범한 삶이 되어서는 안 된다. 그의 삶은 세상 사람과 뭔가 달라도 달라야 한다(이 말에 오해가 없기를 바란다. 이 말은 남을 무시하고 목에 힘을 주면서 자기 독선에 빠진 교만한 자가 되라는 그런 의미의 말은 결코 아니다).

예수 그리스도의 33년의 생애 – 그분의 발자취, 그분이 남긴 말씀 한마디, 행동 하나하나는 당시로서는 도저히 이해가 되지 않는 비밀이었다. 초대교회는 바로 그 예수 그리스도를 구세주로 믿는 비밀공동체였다. 이 사실을 모르는 일반 세상 사람들은 밝은 지상에서 세상을 즐기면서 안락하고 행복한 가운데 천수를 누리며 살지, 뭣 때문에 캄캄한 지하동굴인 카타콤에 들어가서 세상을 등지면서 하나밖에 없는 목숨을 서서히 죽여가면서 비참하게 살아가야 하는지를 도무지 이해할 수가 없었다. 왜냐, 그것은 이해할 수 없는 비밀이기 때문이다. 예수 그리스도를 구주로 믿는 단 하나의 신앙 때문에 이러한 삶을 살았다면 이것은 과연 평범한 삶인가. 세상이 이해할 수 있고 감당할 수 있는 삶인가. 바로 이런 이유 때문에 또한 그리스도인은 이상한 자, 교만하고 독선적인 자, 미친 자들로 취급되었고, 또한 바로 여기에 그리스도인이기 때문에 당하는 삶의 비극성이 있는 것이다.

윤동주의 27년 2개월의 삶 - '죽는 날까지 하늘을 우러러 / 한 점 부끄럼이 없기를...'을 노래한 맑고 깨끗한 순결의 삶이 그의 삶이었다면 이것이 어찌 평범한 삶이겠으며, 또한 그의 길이 평탄할 수 있었겠는가. 황사영(1775-1801.11.5.)의 27년의 삶 또한 이와 같다. 정조 임금이 20세 성인이 되면 찾아오라고 했던 그 벼슬길, 출세길을 마다하고 기독교 신앙의 진리 때문에 순교의 길을 몸소 택해서 그 길을 갔던 그 삶을 어찌 평범한 삶이라고 할 수 있으랴!

이러한 삶의 모습이 그리스도인에게 있어서 아주 당연하고 자연스러운 것이다. 그런데 문제는 그리스도인에게 있어서 이러한 삶이 자연스러운 것이 아니라 아주 보기 드문 이례적인 사건이라는 데 문제의 심각성이 있다. 즉 그리스도인들이 세상 사람들과 뭔가 다른 삶을 사는 것이 아니라 거의 다를 바가 없는 삶을 산다는 데 그리스도인의 정체성의 문제와 기독교회의 위기가 있는 것이다.

그리스도인들이 자기 자신의 존재(정체성)를 특별한 존재로 생각하지 않고, 세상 사람들과 별 다를 바가 없는 존재로 생각한다는 것이다. 그러다 보니 세상을 따라 살고 그들과 비슷한 멘탈리티를 가지고 적당하게 세상과 짝하며 살아가는 것을 편하게 여기게 된 것이다. 그런데 이와는 달리 그리스도인이 자기 자신을 철저히 세상 사람과는 다른 존재로 생각하고 산다면 그들처럼 아무렇게나 살아갈 수 없다. 세상 사람들이 부정한 방법으로 산다고 해서 그들을 따라갈 수는 결코 없다. 왜냐, 나는 그들과 다른 특별한 존재이기에. 이러한 의식이 없는 한 결코 세상은 그리스도인으로 인해 달라지지 않는다. 오히려 그리스도인으로 인해 세상은 더 부패하고 타락하게 되어 있다. 왜냐, 하나님이 주신 지혜로 더 큰 악을 교묘하고 위선적으로 행할 수 있기에.

그리스도인은 세상을 역류하는, 거꾸로 거슬러 올라가는 삶을 살아야 한다, 그렇지 않고 현실이 그렇고, 지금까지 내려온 관습이나 관행이 그렇고, 남들 사는 대로 그럭저럭 대충 살아가는 것이지, 뭘 색다르고 특별나게 살겠다고 그러느냐 하는 이 평범한 말이 얼마나 그리스도인과 기독교회 자체를 뒤흔드는 위험천만한 말인가를 심각하게 느끼지 못하는 여기에 오늘 기독교회와 그리스도인의 위기가 도사리고 있는 것이다.

세상 사람들과 별로 다를 것이 없는 구별되지 않은 삶, 즉 보통사람들이 사는 평범한 삶으로는 결코 이 악한 세상을 새롭게, 즉 새 하늘과 새 땅으로서의 새 세상으로 바꿀 수 없다. 비장한 각오로 철저히 다르게, 구별되게, 특별나게, 결코 평범치 않은 삶을 살지 않는 한, 세상은 결코 달라지지 않는다. 세상이 달라지기를 바라지 않는다면 아무렇게나 대충 살아도 좋다. 그러나 세상이 정말 달라지기를 바라고, 신바람 나는 세상, 살맛나는 세상, 하나님이 원하시는 새 세상(사랑과 자유와 정의와 평화가 넘치는 세상)이 되기를 정말 원한다면 결코 평범치 않은 삶, 뭔가 남과는 특별나게 다른 삶의 자세를 가져야 한다. 이를 위해 오늘 우리는 부름을 받았고, 또한 여기에 있는 것이다. 아멘.

- 소망교회 제5지구 구역수련회, 1996.11.15.

제 V 부 예수 사랑의 연가(戀歌)

– 시인 이해인 수녀의 〈해바라기 연가(戀歌)〉를 읊조리며 –
〈루마니아의 환상적인 해바라기 들녘에서 소망교회 교우들과〉

내 평생 열일곱 살 첫사랑
예수 그리스도를 사랑했으므로
난 진정 행복하였네라

– 내 인생의 마지막 말(2022.2)

1. 바울의 예수 사랑 이야기
- 바울과 예수의 연애사건 -

인류 역사가 시작된 이래 지금까지 셀 수 없이 많은 연애사건이 있었음을 말할 필요도 없을 것입니다. 그 연애사건이 세상에 널리 알려진 것들도 있고 두 사람만이 고이 간직한 연애사건도 밤하늘의 별만큼이나 많을 것입니다. 그 가운데 사람들의 입에 오르내리는 비극적인 두 유명한 연애사건이 있습니다. 아벨라르와 엘로이즈의 연애사건, 키르케고르와 레기네 올젠과의 연애사건이 그것입니다.

지금으로부터 8백 년 전쯤인 1200년경 중세기 때 아벨라르라는 39세의 유명한 철학자요 신학자가 있었습니다. 아벨라르는 17세의 총명하고도 몹시 예쁜 엘로이즈라는 소녀를 알게 됩니다. 그 부모의 부탁을 받고 아벨라르는 엘로이즈를 가르치는 가정교사가 됩니다. 선생과 제자의 관계였던 아벨라르와 엘로이즈는 시간이 흐름에 따라 그들의 애정은 깊어갔고 급기야는 연애관계로 바뀌고 맙니다. 그들은 중세기의 엄격한 윤리관습을 깨고 마침내 불륜의 관계를 갖게 됩니다.

이 사실을 뒤늦게 안 엘로이즈의 부모는 아벨라르를 쫓아냈고, 그리하여 사랑하는 두 사람은 눈물을 삼키며 헤어지지 않을 수 없게 됩니다. 더구나 이 사실을 알고 흥분한 청년들이 아벨라르가 자고 있는 방에 몰래 들어가 칼로 그의 남근을 잘라버리는 비극적 사건이 벌어집니다. 그들은 각각 수도원과 수녀원에 들어가 자기들의 잘못을 하나님께 참회하면서 처절하리만치 애끓는 연애편지를 서로 교환하게 됩니다. 보고 싶어도 만나 보지 못한 채 애타도록 서로를 그리워하다가 그들의 사랑은 슬프게 끝나고 맙니다. 그들 사이에 오고간 연애편지가 작은 소책자로 모아져 읽혀지고 있습니다.

또 하나의 유명한 연애사건이 있습니다. 지금으로부터 160년 전인 1830년경, 덴마크의 27세 된 키르케고르라는 한 청년이 있었습니다. 그는 20세기 초에 '실존철학의 아버지'라는 이름을 얻게 된 철학자요 신학자였습니다. 그는 10년 연하의 레기네 올젠이라는 17세의 명랑하고 청순한 한 소녀를 사랑하게 됩니다. 3년간의 연애 끝에 그들은 약혼합니다. 그러나 약혼식이 있던 날 키르케고르는 자기가 약혼한 것을 후회합니다. 그 이유는 자기와 같은 우울한 성격의 남자에게 그토록 명랑하고 아름다운 처녀가 시집오게 되면 그녀는 결국 불행해질 것이라는 그야말로 참사랑의 실존적 고민 때문이었습니다. 그리하여 그는 파혼이라는 실로 엄청난 일을 저지르고 맙니다.

그러고는 하나님과 결혼하기로 작정합니다. 아버지로부터 물려받은 유산으로 책을 쓰는 저술가가 되기로 마음먹고는 42세의 짧은 나이로 생을 마칠 때까지 불타는 정열을 가지고 많은 글을 썼습니다. 그는 자기가 쓴 모든 글을 사랑하는 레기네 올젠에게 바쳤습니다. 그러나 그들의 연애사건도 아벨라르와 엘로이즈의 연애사건처럼 비극적인 사건임에 틀림없습니다.

우리가 가지고 있는 성경에도 유명한 연애사건이 있습니다. 구약 창세기 29장에 나오는 야곱과 라헬의 연애사건이 그것입니다. 야곱의 외삼촌 라반에게는 두 딸이 있었습니다. 형의 이름은 레아요 아우의 이름은 라헬인데, 레아는 눈이 나쁜 데 반해 라헬은 곱고 아리따웠습니다. 야곱은 라헬을 보자 첫눈에 반해 버렸고, 그리하여 외삼촌 라반에게 이런 제안을 합니다. "내가 외삼촌의 작은 딸 라헬을 위하여 7년을 봉사하리니 당신의 딸 라헬을 내게 주십시오." 그 제안이 받아들여져 야곱은 라헬을 얻기 위해 7년 동안 일합니다. 진정 라헬을 연애하는 까닭에 7년을 수일처럼 여기면서 일합니다. 기한이 차서 어느 날 저녁 아내를 맞게 되었는데, 야곱이 아침에 눈을 떠보니 라헬이 아니라 레아였습니다.

야곱은 자기를 속인 외삼촌에게 거센 항의를 합니다. 그러자 라반은 라헬을 줄 터이니 7년을 더 봉사하라는 것이었습니다. 그리하여 야곱은 라헬을 아내로 맞이하고는 7년을 더 봉사하게 됩니다. 결국 사랑한다는 단 하나의 이유 때문에 바보처럼, 바보처럼 값비싼 대가를 기쁨으로 치러야 했던 것입니다.

그런데 이 세상의 그 어떤 연애사건과도 비교가 되지 않는 연애사건, 감동적인 사랑 이야기가 있습니다. 그것은 사도 바울의 예수 사랑 이야기입니다. 그것은 분명코 가장 감동적인 연애사건임에 틀림없습니다.

사무엘상 19장에 보면 목동 다윗과 사울의 아들인 요나단의 우정이 나옵니다. 그들은 서로를 생명처럼 사랑했습니다. 그런데 블레셋과의 전투에서 사울 왕과 요나단이 죽습니다. 이 소식을 들은 다윗은 생명처럼 사랑한 요나단의 죽음을 통곡하면서 사무엘하 1장 26절에서 다음과 같이 애도합니다.

"내 형 요나단이여 내가 그대를 애통함은 그대는 내게 심히 아름다움이라 그대가 나를 사랑함이 기이하여 여인의 사랑보다 더하였도다."

그렇습니다. 목동 다윗과 왕자 요나단은 어느 여인과의 사랑도 따를 수 없는 우정을 서로 나누었던 것입니다. 목동 다윗과 왕자 요나단 사이의 우정이 심히 아름다워 어느 여인과의 사랑도 따를 수 없는 연애보다 진한 사랑의 관계였다면, 바울과 예수와의 관계는 우정을 넘어선 하나의 연애사건, 분명코 영원불멸의 사랑 이야기임에 틀림없습니다.

그 관계는 동성 간의 이성적 사고를 바탕으로 자제하며 거리를 유지하며 사귀는 우정의 관계가 아니라, 감정적, 의지적 열정을 바탕으로 한 격정적인 연애, 바로 그것이었습니다. 그것은 고린도후서 5장 16절의 말씀처럼 서로를 육체대로 알지 아니하고 영적으로 맺어진 혼(魂)의 결합이었습니다. 이제 바울의 예수 사랑 이야기, 바울과 예수의 연애사건을 더듬어 봅시다.

그들의 만남은 이렇게 시작됩니다. 바울이라 불리는 사울이라는 청년은 자기가 믿고 있던 유대교의 열심 당원이었습니다. 그는 자기 조상들이 전통적으로 믿어 오던 유대교와는 다른 교리를 전파하는 무리들이 있다는 소문을 듣게 되자 참을 수가 없어서 예루살렘으로 올라갔습니다. 이미 예루살렘에서는 예수 믿는 자들에게 핍박이 시작되었고, 스데반이라는 집사가 공회에서 예수를 증거하다가 유대인들이 던진 돌에 맞아 죽는 첫 순교사건이 일어났습니다.

천사의 얼굴을 지녔던 스데반은 이렇게 말하면서 죽어 갔습니다. "주 예수여, 내 영혼을 받으시옵소서." "주여 이 죄를 저들에게 돌리지 마옵소서." 이 말은 예수께서 십자가 위에서 한 말씀과 별 다름없는 참으로 놀라운 기도였습니다. 실로 이 기도에 사울은 큰 충격을 받았던 것입니다.

그러나 유대교에 열심이었던 사울은 스데반의 죽음을 마땅히 여겼고, 예수의 도를 좇는 자를 잡아 오려고 예루살렘에서 다메섹으로 가게 되었습니다. 이리하여 다메섹 도상에서 부활한 예수와 핍박자 사울의 만남이 이루어지게 됩니다. 바울이 예수를 만나던 날, 그 만남은 인류 역사상 가장 위대한 만남이었고, 그날은 인류 역사가 바뀌는 위대한 날이었습니다.

사울은 다메섹에 가까이 다다랐을 때 갑자기 하늘에서 강한 빛이 비추자 땅에 엎어지고 말았습니다. 그때 하늘에서 소리가 들려왔습니다. "사울아 사울아 어찌하여 네가 나를 박해하느냐?" 예수를 박해하던 사울, 그의 영혼은 진정 "당신은 누구십니까?"라고 묻지 않을 수 없는, 내면의 갈등을 가진 고뇌하는 영혼이었습니다. "당신은 누구십니까?"라는 외침은 그야말로 사울이 그토록 목마르게 찾아 헤매던 그것을 위해 전부를 걸 수 있고, 그것을 위해 죽을 수 있는 진리의 대상, 사랑의 대상을 향한 영혼의 절규요 몸부림이었던 것입니다.

"나는 네가 박해라는 예수라." 이 말 속에는 깊은 뜻이 숨겨져 있습니다. "나는 너를 끔찍이도 사랑하기에 너를 대신하여 십자가에 달려 죽었다가 부활한 예수인데. 너는 그것도 모르고 왜 나를 박해하느냐?" 하는 부드러우면서도 안타까운 사랑의 음성이 숨겨져 있었던 것입니다.

사울은 땅에서 일어났으나 아무것도 볼 수 없게 됩니다. 빛 되신 예수 그리스도의 강렬한 사랑의 빛에 그만 소경이 되고 만 것입니다. 사울은 사흘 동안 보지 못하고 식음을 전폐하게 됩니다. 사랑의 열병을 앓기 시작한 것입니다. 사랑하므로 병이 난 사람처럼 그는 그리스도의 십자가 사랑 안에서 사랑의 열병을 앓게 된 것입니다.

예수와의 첫 만남에서 바울은 예수 그리스도의 얼굴에 나타난 하나님의 영광을 보았습니다. 더욱이 한 영혼을 불쌍히 여기시는 예수의 연민의 눈동자와 부딪치는 순간 그는 예수께 완전히 사로잡히고 말았습니다. 활활 타오르는 주체할 수 없는 희열에 몸을 떨었습니다. 바울은 생을 마칠 때까지 그 사랑의 눈빛을 잊을 수가 없었습니다. 그 순간은 핍박자 사울이 첫사랑의 뛰는 가슴을 부둥켜안고 일생을 예수의 이름을 전하는 전도자 바울로 바뀌는 순간이었습니다.

이제 바울은 예수 이외에는 아무것도 보이지 않는 사랑의 소경이 되었습니다. 예수의 아름다움과 그리스도의 향기에 도취되어 미쳐도 크게 미친 사랑의 미치광이가 되고 말았습니다. 하나만 알고 둘은 모르는 바보처럼 예수 하나 밖에 사랑할 줄 모르는 사랑의 바보가 되었습니다. 자기의 전부를 준 예수에게 자기의 전 존재를 건 사랑의 도박꾼이 되었습니다. 사랑하므로 병이 났고 사랑 때문에 열병을 앓는 사랑의 열병을 앓는 환자가 되고 말았습니다. 예수 그리스도의 사랑에 전율하면서 예수 그리스도의 심장으로 죽는 날까지 그 첫사랑의 감격을 노래한 사랑의 시인이 되었습니다. 끝내는 예수에 대한 불타는 사랑 때문에 자기 목숨까지도 바친 사랑의 순교자가 되었던 것입니다.

진정코 예수와의 해후는 하나의 감동적인 연애사건이었습니다. 예수를 생각만 해도 그의 가슴은 뛰었고 예수의 십자가를 바라볼 때면 십자가 보혈의 피에 그의 가슴은 뜨거워져 사랑으로 부글부글 끓었습니다. 예수만이 그의 영원한 사랑이었고 무한한 기쁨이었습니다. 예수는 그의 사랑하는 어여쁜 신부였습니다. 예수는 이 세상에 그 어느 꽃과도 비교할 수 없는 샤론의 꽃이었습니다. 가시나무 가운데 백합화였습니다. 비루하고 천박한 세속적 사랑이 아닌 예수와 바울이 한 사랑은 거룩한 사랑, 숭고한 사랑이었습니다.

이제 예수를 만남으로 완전히 달라진 바울의 예수사랑 이야기를 시작해 봅시다. 바울은 그리스도 안에서 삼위일체 되시는 사랑의 하나님을 발견하고, 그 안에서 삶의 근거와 목적과 방법을 깨쳤습니다.

바울의 삶의 근거는 〈예수님 때문에〉였습니다.
바울의 삶의 목적은 〈하나님을 위하여〉였습니다.
바울의 삶의 방법은 〈성령님에 의해서〉였습니다.

다시 말하면 그리스도 안에서 주님 때문에, 주님을 위하여, 주님에 의해서라는 주님에 대한 불타는 애정이 그의 삶의 근거와 목적과 방법이 되었습니다.

첫째로, 바울의 삶의 근거는 '예수님 때문에', '예수님의 까닭없는 사랑 때문에'였습니다. 율법을 다 지키고 선을 행함으로 그가 의로움을 얻은 것이 아니라 예수님 때문에, 예수님의 까닭없는 사랑 때문에 의롭게 되었던 것입니다. 주님은 그것을 십자가의 사랑으로 보여주셨습니다. 십자가의 사랑이 죄와 죽음 속에 있던 바울을 살려낸 것입니다. 그 십자가는 죄인 중의 괴수인 바울을 위해서 예수가 대신 짊어진 사랑의 십자가였습니다. 죄수처럼 홍포를 입으시고 가시관을 쓰신 예수는 십자가 위에서 피를 철철 흘리면서 '내가 너를 사랑한다'며 죽어 갔습니다.

죽음으로 보여준 십자가의 그 까닭없는 사랑이 돌처럼 굳었던 바울의 가슴을 움직여 그를 감격시켰습니다. 사랑이 기적을 일으킨 것입니다. "나의 나 된 것은 하나님의 전적인 은혜였습니다"라고 고백할 수밖에 없도록 그 사랑은 값없이 베풀어 준 한없이 큰 하나님의 은혜였습니다. 바울은 십자가에 나타난 그리스도의 사랑의 넓이와 길이와 높이와 깊이를 깨달았던 것입니다.

바울은 주님의 까닭없는 은혜와 사랑에 의해 사랑의 빚진 자가 되었습니다. 그 빚은 한평생 감사의 눈물로도, 피땀을 흘리며 수고하여도, 일생을 헐떡거리며 달려도 다 갚지 못할 사랑의 빚이었습니다. 그 큰 사랑의 빚을 갚는 것만이 예수의 사랑에 보답하는 길이었습니다. 주님의 은혜와 사랑을 헛되이 받지 않기 위해 바울은 예수의 이름을 다른 사람에게 자랑하지 않을 수 없었습니다. 그것이 예수가 가장 기뻐하는 일이었기 때문입니다.

그리하여 바울은 사람들의 메마른 가슴에 십자가의 사랑을 전하기 위해 기쁜 소식을 가슴에 품고 남선북마(南船北馬), 동분서주(東奔西走) 하였습니다. 온 세계가 그리스도 안에서 하나로 통일될 것을 꿈꾸며 미친 듯이 내달았습니다. 예루살렘에서 수리아 안디옥으로, 구브로로, 베가로, 그리고 밤빌리아, 루스드라, 더베, 이고니온, 비시디아 안디옥,

드로아, 네압볼리, 빌립보, 데살로니가, 베뢰아, 아덴, 고린도, 그야말로 소아시아와 마케도냐의 모든 도시를 미친 듯이 돌아다니며 예수의 이름을 알렸습니다. 그리고 로마로 나아가서 그 당시의 땅 끝인 서바나까지 예수의 이름을 전하고자 하였습니다.

오직 예수님 때문이었습니다. 십자가에서 보여주신 예수님의 까닭 없는 은혜와 사랑 때문이었습니다. 이제 '예수님의 사랑 때문에'는 '예수님을 사랑하는 까닭에'로 바뀌었습니다. 이제는 예수님이 기뻐하는 일이라면 어떤 역경과 고난도 기쁨으로 참아내야 했습니다. 산을 진정으로 사랑하는 사람은 산이 주는 위험과 고통도 함께 사랑해야 하듯이, 예수님을 사랑하는 까닭에 당해야 하는 위험과 고통도 사랑해야 했습니다. 경건하게 살고자 하는 자는 핍박을 받듯이, 바울은 자기 몸에 예수의 흔적을 지니고 있었습니다. 이 흔적은 그가 예수님 때문에 당해야 했던 핍박과 고난의 표시였습니다.

진실로 하나님 나라에 들어가려면 많은 환난을 당해야 하는 것은 당연한 것이었습니다. 그리하여 그는 옥에 갇히기도 하고 매도 수없이 맞았습니다. 파선을 당하여 온종일 바다에서 표류하기도 했습니다. 복음을 전하는 동안에 강물의 위험, 강도의 위험, 동족의 위험, 이방인의 위험, 도시와 광야의 위험, 바다의 위험, 거짓 형제의 위험을 당해야 했습니다. 또한 주리고 목말랐고, 여러 번 굶고 추위에 떨며 헐벗었습니다. 이런 것을 제쳐 놓고라도 그는 그리스도를 위해 세워놓은 여러 교회에 대한 걱정 때문에 매일 같이 고통을 당해야 했습니다.

이러한 모진 고난을 바울은 오직 주님 때문에, 주님을 사랑하는 까닭에 겪어야 했던 더없이 행복한 고난으로 여겼습니다. 현재의 잠시 받는 고난은 장차 나타날 영원한 영광과 족히 비교할 수 없는 것이라고 믿었습니다. 그는 이와같이 확신했습니다. "누가 나를 그리스도의 사랑에서 끊을 수 있으리요 환난입니까 곤고입니까 박해입니까 굶주림입니까 헐벗음입니까 위험입니까 칼입니까 그 어떤 것도 나를 우리 주 예수 그리스도 안에 있는 하나님의 사랑에서 끊을 수 없습니다."

둘째로, 바울의 삶의 목적은 '하나님을 위하여', '하나님의 영광을 위하여' 였습니다. 바울은 예수를 만난 후 참사랑과 진리가 예수 안에 있는 것을 발견하고 하나님을 위하여, 하나님의 영광만을 위하여 살기로 그의 삶의 목적을 정했습니다. 극히 값진 진주 하나를 만나매 가서 자기의 소유를 다 팔아 그 진주를 산 장사꾼처럼, 바울은 그의 보배인 주님을 위하여, 주님의 영광을 위하여 자기의 전 생명을 주고 그 보배를 샀습니다.

예수님이 아버지를 위하여, 아버지의 영광을 위하여, 아버지의 뜻을 따르려고 십자가에서 죽기까지 순종했던 것처럼, 바울은 예수를 만난 후 그의 사랑 안에서 십자가의 순종을 배웠습니다. 고난의 잔을 마셔야 하느냐 피해야 하느냐 하는 선택의 기로에 설 때마다 자신의 뜻을 꺾고 아버지의 뜻을 따랐던 예수님의 순종의 삶에서 바울은 삶의 목적을 깨달았습니다. 이후로는 자기 중심으로 살아가는 것이 아니라 하나님의 영광을 위하여 철두철미하게 하나님 중심, 그리스도 중심으로 살아가게 되었습니다.

바울은 다음과 같은 엄청난 말을 토해냅니다. "내가 그리스도와 함께 십자가에 못 박혔나니 그런즉 이제는 내가 산 것이 아니요 오직 내 안에 그리스도가 사신 것이라 이제 내가 육체 가운데 사는 것은 나를 사랑하사 나를 위하여 자기 몸을 버리신 하나님의 아들을 믿는 믿음 안에서 사는 것이라."

이제 예수가 바울 안에, 바울이 예수 안에 살게 된 것입니다. 예수의 인생이 바울의 인생이 되었고, 바울의 인생이 예수의 인생이 되었습니다. 십자가에 달리신 예수 그리스도의 살과 피를 먹고 마신 후 바울과 예수는 하나가 된 것입니다. 이제 바울은 자기의 몸은 자기의 것이 아니라 예수 그리스도의 십자가의 핏값으로 산 주님의 것이기에 주님의 삶을 대신 살면서 그의 영광만을 드러내고 그에게 모든 영광을 돌리는 삶을 살아가게 된 것입니다.

이제 자기의 시간은 없고 오직 주님의 시간만이 남게 되었습니다. 자기의 몸을, 자기의 시간을, 오직 주님만을 위해서 지치도록 수고하고 봉사하는 것, 그것이 그의 삶의 목적이 된 것입니다. 만물이 주께로부터 나왔고 주께로 돌아가기에 주의 것인 자기 몸으로 여한이 없이 주님을 사랑하다가 순교로서 주님에 대한 사랑의 한평생을 마감하고 주님과 함께 부활의 영광에 참여하는 것을 최고의 기쁨으로 삼았습니다.

그러기에 바울은 사람에게 환심을 얻으려고 비굴하지 않았고, 세상적 기쁨을 구하려고 애태우지 않았으며, 인간적 헛된 영광에 마음을 빼앗기지 아니하고, 정욕과 욕심을 십자가에 못 박았습니다. 그리고 오로지 먹든지 마시든지 무엇을 하든지 주님의 마음에 들고, 주님을 기쁘게 하고, 주님의 영광만을 위해 살았습니다. 주께 자기의 생을 다 맡기고 다 바치기로 하였던 것입니다. 주님께만 온전히 충성을 다하기로 결단하고 그 길로만 달려갔던 것입니다.

예수를 만난 후 이전에 소중하게 생각했던 모든 것을 분토처럼 여겼습니다. 이제는 주 예수보다 더 귀한 것은 아무것도 없게 되었습니다. 로마시민권도, 그 유명한 가말리엘 문하에서 배웠다는 자랑도, 그 높은 학문도, 율법에 흠이 없는 바리새인이라는 것도, 선택받은 히브리 백성이라는 것도, 삼층천에 올라갔었다는 신비 체험도 다 버렸습니다. 세상 즐거움 다 버리고 세상 자랑 다 버린 예수처럼 말입니다. 오직 예수만이 변함없이 사랑할 만한 대상이었고, 하늘의 시민권을 가진 것으로 만족하였고, 그리스도를 아는 것만이 가장 고상한 일이었습니다.

세상 사람들이 생명처럼 아끼는 재물도, 명예도, 권세도, 학문도, 결혼도, 사랑스런 아내와 토끼 같은 자식도, 아담한 집도, 성공이나 출세도, 세속적 쾌락이나 행복마저도 그에게는 궁극적 가치나 관심의 대상이 될 수 없었습니다. 오직 궁극적 가치나 관심은 주님을 위하여, 주님의 영광만을 위하여 그리스도를 알고, 그리스도를 사랑하고, 그리스도와 하나가 되는 것이었습니다.

그것을 붙들려고 그는 오직 하나의 푯대만을 향하여 줄달음쳤습니다. 뒤를 돌아보지 않고 하나의 초점(Focus)만을 향해 달려갔습니다. 승리의 면류관을 얻기 위해 결승점을 향해 달리는 선수처럼 그는 달리고 또 달렸습니다. 바울은 하나의 진실만을 사랑하고 하나의 목표만을 향하여 똑바로 달려간 이 세상에서 가장 신념이 투철한 하나님의 사람이었습니다.

다만, 그에게 돈이 필요했다면 그리스도의 몸 된 교회를 세우는 데 있었습니다. 학문이 필요했다면 복음을 전하는 그리스도의 편지가 되기 위해서였습니다. 건강이 필요했다면 그리스도의 사신으로서 주님의 일을 더욱 열심히 하기 위해서였습니다. 의사 누가나 신실한 일꾼 디모데와 같은 동역자가 필요했다면 그것은 주님의 일을 함께 더욱 잘하기 위해서였습니다. 진정 일체가 주님을 위한 것뿐이었습니다. 그리고 날마다 죽는 삶을 살았던 것도 자신을 그리스도에게 복종시키기 위해서였습니다. 나아가 그의 남은 생애는 그리스도의 남은 고난을 그의 몸에 채우는 것이었습니다.

그는 자기의 신앙을 이렇게 고백합니다. "십자가에 달리신 예수 그리스도만이 나의 자랑이요 나의 전부입니다." 따라서 "나는 살아도 주를 위하여 살고 죽어도 주를 위하여 죽나니 사나 죽으나 나는 주의 것이로라."

셋째로, 바울의 삶의 방법은 '성령님에 의해서', '성령님의 능력에 의해서'였습니다. 예수와 만난 후 바울은 일생을 성령님에 이끌려 산 '영의 사람'이 되었습니다. 예수를 만난 후부터 그는 영의 눈이 뜨여져 신앙의 안목으로 새롭게 세상을 보게 되었습니다.

전에는 나무에 달린 자는 저주받은 자라고 믿었던 저 부끄러운 십자가가 이제는 자랑스러운 십자가가 되었습니다. 수치와 저주와 무기력의 상징이 영광과 구원과 능력의 상징으로 바뀌었습니다. 골고다 언덕 험한 십자가에 영광이 있고 구원이 있고 능력이 있음을 보게 된 것은 위대한 역설이 아닐 수 없습니다.

육의 눈으로 볼 때 십자가는 어리석고 약하고 패배한 멸망과 죽음의 십자가였으나, 영의 눈으로 볼 때 십자가는 하나님의 지혜와 하나님의 능력과 하나님의 승리가 감추어진 부활과 생명의 십자가였습니다. 세상적인 안목으로 볼 때 주님의 제자들은 별 볼 일 없는 자들이었습니다. 그러나 영의 눈으로, 신앙의 안목으로 볼 때 그들은 이 세상을 변화시킨 위대한 일을 한 사람들이었습니다.

주님은 지혜로운 자, 문별 좋은 자, 의인, 강한 자를 부끄럽게 하려고 세상에서 미련하고 천하고 죄 많고 약한 자들을 제자로 선택했습니다. 부족한 자를 들어서 귀하게, 연약한 자를 붙잡아 강하게 쓰신 것은 참으로 알 수 없는 십자가의 역설이요, 사랑의 파라독스(paradox)였습니다. 성령님의 역사가 아니고서는 달리 설명할 길이 없습니다.

사랑하는 이로부터 받은 성령의 능력은 바울의 일생을 통해 크게 역사하였습니다. 바울은 그의 몸에 여러 육체의 가시들을 가지고 있었던 심히 연약한 자였습니다. 이러한 육체의 가시들이 주님을 사랑하는 일에 방해가 된다고 여겨져 그것들을 없애 달라고 전력을 다해 간절히 세 번씩이나 간구하기도 했습니다. 그러나 주님의 대답은 "내 은혜가 네게 족하도다 이는 내 능력이 약한 데서 온전하여진다"고 말할 뿐이었습니다.

이제는 자기의 능력으로 일하고 사랑하는 것이 아니라 사랑하는 연인 예수 그리스도의 영인 성령님의 능력과 도우심으로 일하고 사랑하라는 것이었습니다. 그것은 실로 엄청난 역설이었습니다. 바울은 이제 그리스도를 위하여 자기의 약한 것들과 능욕과 궁핍과 박해와 곤고를 도리어 크게 기뻐하게 되었습니다. 그 까닭은 그가 약할 그때가 곧 그리스도의 능력이 나타나는 가장 강한 때이기 때문이었습니다.

십자가의 역설인 성령님의 능력 속에서 그는 이 세상을 이기는 일체의 비결을 터득했습니다. 능력 주시는 자 안에서 모든 것을 할 수 있다는 사실을 깨달았습니다. 그리하여 그는 가난한 자 같으나 남을 부요하게 하는 자로 살았습니다. 연약한 자 같으나 강한 자로 살았고 아무것도 없는 자 같으나 모든 것을 가진 자로 살았습니다.

전에는 어두움에 거했던 그가 성령님 안에서 크게 변하여 새사람이 되었습니다. 사망에 이르는 육신의 생각을 버리고 영의 인도함을 받는 성령충만한 신령한 사람이 되었습니다. 성령으로 시작했다가 육체로 마치는 일이 없도록 그는 늘 십자가를 바라보며 믿음 안에 거했습니다. 그리고 깊은 영적 죽음의 잠에서 깨어나 다시 오실 그리스도를 간절히 고대하였습니다. 그날까지 사탄의 공격을 물리칠 하나님의 전신갑주를 입고 선으로 악을 이기며 살았습니다.

모든 일을 성령님 안에서 선으로 행했고 낙심하지 않았습니다. 때가 되면 모든 것이 합력하여 더 좋은 것으로 거두리라고 믿었기 때문입니다. 순리로 쓸 것을 역리로 쓰며 탐욕과 부정과 음란으로 가득 찬 이 죄악 세상에서 바울은 하나님과 사람 앞에서 깨끗한 양심을 갖기에 힘썼습니다. 이 세상을 본받지 않고 예수 그리스도의 마음인 겸손과 순종을 닮고 본받는 일에 전심전력하였습니다.

그리스도 예수의 영인 성령님이 그와 함께 하면 슬픔이 변하여 기쁨이 되었고 환난도 축복이 되었습니다. 고독과 고통만이 깃든 차디찬 감옥에 죄인처럼 갇혀도 주 안에서 참 평화를 누리면서 항상 기뻐하고 쉬지 않고 기도하며 범사에 감사 찬송하였습니다. 성령님이 그와 함께 하심으로 좁은 길을 걸으면서도 밤낮 기뻐하였습니다.

진실로 예수의 영인 성령님 안에서 그는 아무것도 부러울 것도, 두려울 것도, 부족한 것도 없이 자유함 속에서 믿음의 비밀을 지키며 복음을 담대히 알렸습니다. 즐거워하는 자들과 함께 즐거워하고 우는 자들과 함께 울면서 말입니다.

그러나 무엇보다도 성령님의 가장 큰 은사는 사랑이었습니다. 예수의 영, 그리스도의 영인 성령님은 그의 가슴에 사랑을 불질러 놓았습니다. 성령님은 사랑의 영, 사랑의 바람이었습니다. 성령님의 바람이 불어올 때면 그는 사랑에 불타는 가슴이 되어 사랑을 노래하는 시인이 되었습니다. 사랑의 화신인 예수 그리스도의 영에 사로잡힌 바울은 이 세상에서 가장 아름답고 영원한 사랑의 노래를 불렀습니다.

천사의 말을 하는 사람도 사랑 없으면 소용이 없고, 심오한 진리 깨달은 자도 사랑 없으면 아무 소용이 없습니다. 내가 가진 모든 것으로 구제하고 내 몸을 불살라 내어주더라도 사랑이 없으면 아무 유익이 없습니다.

사랑은 오래 참습니다. 사랑은 온유합니다. 사랑은 자랑하지 않습니다. 사랑은 교만하지 않습니다. 사랑은 자기의 유익을 구하지 않습니다. 사랑은 성내지 않습니다. 사랑은 진리와 함께 기뻐합니다.

예언도, 방언도, 지식도 다 폐하지만 사랑은 영원하고 사랑은 결국 승리합니다. 사랑은 불가능을 가능케 합니다. 이 세상의 모든 사랑은 부분적이지만 주님의 사랑이 우리 안에 들어올 때 그 사랑은 완전합니다.

사랑이 없을 때 나는 미숙한 어린아이였습니다. 그러나 내가 그리스도의 십자가 사랑, 그 크신 하나님의 사랑을 체험하고 난 후 나는 성숙한 어른이 되었습니다. 주님의 사랑이 나로 하여금 어른이 되게 한 것입니다. 믿음도 중요하고 소망도 중요합니다. 그러나 그보다 사랑이 더 중요하고 사랑이 더 좋습니다.

진실로 그리스도의 몸 된 교회에 보낸 그의 모든 편지들은 예수 그리스도를 향한 연애편지이자 아름다운 영혼의 고백이었습니다.

예수를 만난 후 성령님의 인도하심에 따라서 살았던 바울은 아시아에서 예수의 이름을 전하고자 했으나 예수의 영인 성령님이 그 길을 막자 방향을 바꾸어 마케도냐로 갔습니다. 선교 말기에는 예루살렘에 올라가면 유대인에 의해 어려움을 당하리라는 것을 알고 있었습니다. 그렇기에 그의 동역자들은 바울이 예루살렘에 올라가는 것을 말렸습니다. 그러나 그는 단호히 말했습니다.

"보라 이제 나는 심령에 매임을 받아 예루살렘으로 가는데 거기서 무슨 일을 만날지 알지 못하노라 오직 성령이 각 성에서 내게 증거하여 결박과 환난이 나를 기다린다 하시나 내가 달려갈 길과 주 예수께 받은 사명 곧 하나님의 은혜의 복음을 증언하는 일을 마치려 함에는 나의 생명조차 조금도 귀한 것으로 여기지 아니하노라."

예수를 사랑하는 까닭에 바울에게 있어서 사랑은 곧 사명이었고, 그 사명은 죽어서라도 완수해야 했습니다. 그리하여 바울은 예루살렘으로 올라갑니다. 예루살렘으로 가는 그 길은 그의 연인 예수가 걸어갔던 그 십자가의 길이었고, 그 길은 곧 죽음의 길이었습니다.

예루살렘에서 유대인에게 붙잡힌 바울은 재판을 받으려고 로마로 호송됩니다. 그리고는 네로 황제의 기독교 박해 때에 순교로서 그의 최후를 마칩니다. 참으로 멋지게 살다 간 한 위대한 생애였습니다. 이리하여 한편의 감동적인 바울의 예수 사랑 이야기, 바울과 예수의 연애사건은 끝이 납니다.

예수는 바울에게 이렇게 묻습니다.
"네가 진정으로 나를 사랑하느냐?"

바울은 이렇게 대답합니다.
"사랑하는 이여,
내가 당신을 사랑하는 까닭에
사랑의 선한 싸움을 다 싸우고
소망 속에서 미친 듯이 달렸고
단 하나의 믿음을 지켰노라."

그 대답은 한평생 예수만을 사랑하다가 죽은 한 연인의 믿음과 소망과 사랑의 고백이자 최후 승리의 노래였습니다. 진실로 허망한 인생에서 허망하지 않는 유일한 길은 '오직 예수 그리스도를 사랑하는 길'이라고 확신했던 인생의 승리자 바울은 이런 말로 그의 마지막 말을 대신합니다.

"주와 함께 살면 주와 함께 죽고
주와 함께 죽으면 주와 함께 영원히 살리라"
할렐루야 아멘!!

- 1990년 6월의 마지막 날

2. 내 영혼의 알료샤 (시편 73:25-28)

이 시간 여러분과 나눌 말씀의 제목은 〈내 영혼의 알료샤〉입니다. 사랑하는 학우 여러분! 여러분은 가슴 깊은 곳에 숨겨둔 사랑하는 연인이 있는지요. 그 연인을 생각하면 눈부신 아름다움으로, 사무치는 그리움으로, 견딜 수 없도록 가슴 설레이는 사랑스러움으로 남아 있는 그런 사랑의 대상이 있느냐는 겁니다.

단테와 영원한 연인 〈베아트리체〉

여러분은 「신곡(神曲)」의 작가인 단테(Dante, 1265-1321)를 잘 아실 겁니다. 단테에게는 영원한 연인 '베아트리체'(Beatrice)가 있었습니다. 단테는 아홉 살 때 동갑내기 소녀 베아트리체를 알게 되었습니다. 단테는 그녀를 처음 본 순간 완전히 반해 버립니다. 그녀를 처음 본 순간의 감정을 그는 이렇게 쓰고 있습니다.

"내 마음속에 눈부시게 아름다운 여인이 내 앞에 처음으로 나타났다. 그녀는 인간의 딸이 아닌, 신의 딸처럼 보였다." 이렇듯 단테는 그녀의 아름다움에 전율했던 것입니다. 그 후 9년이 지난 열여덟 살 때 그는 그녀를 다시 만나게 됩니다. 그때 그들은 서로 인사를 나누었을 뿐인데 그때부터 단테는 완전히 사랑에 빠져 버립니다.

그러나 베아트리체는 4년이 지난 22세의 나이에 부유한 금융가의 한 청년과 결혼하게 됩니다. 이로 인해 단테는 마음의 상처를 받게 됩니다. 더욱이 베아트리체가 결혼한 지 3년 후인 1290년 25세의 나이로 요절하자 단테는 깊은 실의에 빠지고 맙니다. 영원한 연인 베아트리체의 죽음을 경험한 단테는 "일찍이 어떤 여인에게도 쓴 적이 없는 시를 써서 그녀에게 바치겠다"는 결심을 하게 됩니다. 세계 문학의 고전인 「신곡」은 이렇게 해서 탄생한 것입니다. 아홉 살 때 만난 소녀 베아트리체에 대한 영원한 사랑이 불멸의 작품 「신곡」의 원동력이 되었던 것입니다.

도스또옙스끼와 영원한 연인 〈알료샤〉

이탈리아의 문호 단테에게는 영원한 연인 '베아트리체'가 있었다면, 러시아의 문호 도스또옙스끼(1821-1881)에게는 영원한 연인 '알료샤'(Alyosha)가 있었습니다. 도스또옙스끼는 「죄와 벌」에서 영원한 구원의 여성인 〈소냐〉를 창조했습니다. 그런 그가 최후의 대작인 「카라마조프가의 형제들」을 쓰고 나서 60세의 일기로 생을 마치게 됩니다. 이 작품은 삼형제인 미쨔, 이반, 알료샤 이야기를 그린 작품입니다.

그런데 이 작품에서는 알료샤가 주인공으로 제대로 그려지지 못한 채 미완성으로 끝나 버렸습니다. 그래서 도스또옙스끼는 그 작품의 제2부에서 13년 뒤의 알료샤의 일생을 그린 「위대한 죄인의 생애」를 쓰려고 계획했습니다. 그러나 「카라마조프가의 형제들」이라는 대작을 완성한 후 3개월 만에 작고하고 맙니다. 따라서 그 계획은 이루어지지 않았습니다.

저는 대학시절, 도스또옙스끼에 심취했습니다. 특히 「카라마조프가의 형제들」을 읽고 큰 감동을 받았습니다. 그런데 이 작품이 미완성으로 끝난 작품인 것을 알고는 매우 안타까웠습니다. 그래서 미완성의 작품에 단 일보라도 참여하고 싶은 생각에 「카라마조프가의 형제들」에 나타난 도스또옙스끼의 사상을 기초로 해서 편지 형식으로 된 글을 하나 써 보았습니다. 그것이 "러시아적 아름다움을 그리며 알료샤에게 보내는 미쨔의 편지"라는 글입니다. 도스또옙스끼가 「위대한 죄인의 생애」의 주인공 알료샤를 통해 그리고자 했던 인물은 다름아닌 〈예수 그리스도〉였습니다. 마찬가지로 제가 이 편지 형식의 글을 통해 말하고 싶었던 것은 "내 영혼의 알료샤"였고, 그분은 다름 아닌 〈예수 그리스도〉였음을 말하고 싶었던 것입니다.

시인의 절절한 신앙고백, 사랑의 고백

오늘의 본문으로 돌아가 봅시다. 150편으로 되어 있는 시편은 모세 오경처럼 다섯 권의 책으로 구성되어 있습니다. 그중에서 오늘의 본문을 담고 있는 시편 73편은 정가운데에 해당하는 제 삼권의 첫 시입니다. 오늘의 본문은 〈아삽의 시〉로 되어 있는 제삼권의 첫 시의 결론 부분입니다.

이 시의 결론 부분에서 시인은 지금 〈하나님〉을 향해 사무치는 절절한 사랑의 고백, 신앙고백을 하고 있습니다. 그런데 주를 향해 이 같은 사무치는 절절한 신앙고백, 사랑의 고백이 있기까지에는 시인을 견딜 수 없도록 만든 고통스러운 현실이 있었습니다.

시인은 그 현실을 이렇게 토로하고 있습니다. 2-3절입니다. "나는 거의 넘어질 뻔하였고, 나의 걸음이 미끄러질 뻔하였으니/ 이는 내가 악인의 형통함을 보고 오만한 자를 질투하였음이로다." 시인은 지금 "하나님이 선하신 하나님이시라면 어떻게 악인이 형통하고, 오만한 자가 높은 곳에 앉아 있을 수 있느냐"라며 답답한 마음을 토로하고 있는 것입니다.

그러면서 시인은 12-13절에서 이렇게 탄식합니다. "볼지어다 이들은 악인이라도 항상 평안하고 재물은 더욱 불어나도다/ 내가 내 마음을 깨끗하게 하며 내 손을 무죄하다 한 것이 실로 헛되도다." 그러다가 시인은 하나님의 성소에서 깨달음을 얻게 됩니다.

그래서 17-19절에서 이렇게 고백합니다. "하나님의 성소에 들어갈 때에야 그들의 종말을 내가 깨달았나이다/ 주께서 참으로 그들을 미끄러운 곳에 두시며 파멸에 던지시니/ 그들이 어찌하여 그리 갑자기 황폐되었는가 놀랄 정도로 그들은 전멸하였나이다."

악인의 형통함이 영원할 것 같이 생각되었지만 순식간에 사라지는 것을 보고 시인은 놀랐습니다. 그러고는 자신의 무지몽매함을 이렇게 고백합니다. 22-23절입니다. "내가 이같이 우매 무지함으로 주 앞에 짐승이오나/ 내가 항상 주와 함께 하니 주께서 내 오른손을 붙드셨나이다."

이같이 악인의 형통함이 오래 가지 못하고, 세상의 헛됨을 깨달은 후에 세상을 보던 눈을 주께로 향하고 주와 함께 하겠다고 마음을 돌이켰을 때, 오늘의 본문 같은 절절한 신앙고백, 사무치는 사랑의 고백을 토해낼 수 있었던 것입니다.

본문 25절입니다. "하늘에서는 주 외에 누가 내게 있으리요 땅에서는 주 밖에 내가 사모할 이 없나이다." 이제부터는 내 눈을 하늘을 향해도, 땅을 향해도 천지간에 내가 사랑하고 사모할 이는 오직 하나님 당신 한 분밖에 없습니다라고 고백하고 있는 것입니다.

26절에서는 내 육체와 마음은 세월이 흐를수록 쇠약해 가지만 하나님은 내 마음의 반석이시요 영원한 분깃이라고 고백하고 있습니다. 여호와 하나님만이 내가 영원히 사모할 흔들림 없는 바위요, 여호와 하나님만이 빼앗기지 않고 사라지지 않는 영원한 나의 기업임을 고백하고 있습니다.

나아가 27절에서는 이렇게 말합니다. "무릇 주를 멀리하는 자는 망하리니 주를 떠난 자를 주께서 다 멸하셨나이다." 세상 것들이 좋아서 주를 멀리하고 다른 신들을 좇아서 주를 배신하고 떠난 자들은 결국 주께서 다 멸해 버리신다는 것을 알게 된 것입니다.

그러고는 마지막 28절에서 이렇게 고백합니다. "하나님께 가까이 함이 내게 복이라 내가 주 여호와를 나의 피난처로 삼아 주의 모든 행적을 전파하리이다." 영원한 복, 참된 복은 여호와 하나님을 가까이 하는 것이라고 고백합니다. 이제는 주 여호와를 자신의 피난처로 삼아 그의 장막 안에 거하면서, 남은 생애는 주님이 행하신 모든 일들을 전하는 증인의 삶을 살다 가겠다고 다짐하고 있습니다. 우리로 말한다면 〈예수의 증인이 되어 선교에 자신의 모든 것을 다 바치겠다〉고 고백하고 있는 것입니다.

이 시를 통해 시인이 말하고자 하는 메시지는 이것입니다. 사람을 보고 세상을 보다가 시인은 낙망했습니다. 그러다가 그가 마음을 성소로 향하고 하나님께 향했을 때 거기서 그는 소망을 발견했습니다. 그러고는 주 여호와 하나님만이 그가 영원히 사모할 "내 영혼의 알료샤"(성전의 지성소)임을 깨달은 것입니다. 그리하여 주님을 마음 깊은 곳에 숨겨둔 연인처럼 영원히 사모하면서, 남은 생애는 그분의 이름을 전하는 선교적 사명을 다하다 가겠다고 노래하고 있는 것입니다.

사랑하는 학우 여러분! 여러분에게 이 시인 같은 "내 영혼의 알료샤"가 있습니까? 그 알료샤가 진정 주님이십니까? 그렇다면 그 알료샤를 향한 당신의 사랑의 고백, 신앙고백은 어떤 색깔입니까? 색이 바랜 누런 색입니까, 희지도 검지도 않은 회색입니까, 아니면 아침햇살 같은 붉은 색입니까?

라마르틴과 영원한 연인 〈샤를 부인〉

프랑스 낭만주의 문학은 라마르틴(Lamartine, 1790-1869)의 「명상시집」에서 시작된다는 것이 문학사의 통설입니다. 그 「명상시집」 안에는 〈호수〉라는 시가 있는데, 이 시가 나온 배경은 이러합니다.

프랑스 동남쪽 알프스 산맥의 기슭에는 '부르제'(Bourget)라는 아주 큰 호수가 있습니다. 이 호수는 길이가 무려 18km, 폭이 3.5km나 된다고 합니다. 26세의 나이인 1816년 10월 초에 라마르틴은 이 호수에 휴양차 간 일이 있습니다. 그런데 그가 투숙하던 옆방에 폐결핵 요양차 파리에서 온 〈쥘리 샤를〉이라는 36세의 부인이 묵고 있었습니다.

라마르틴이 부르제 호수의 북쪽에 있는 〈샤티옹〉이라는 곳으로 용무차 가다가 폭풍을 만나 어려움을 당하다가 가까스로 맞은편 항구에 도착합니다. 그런데 마침 그때 샤를 부인이 탄 보트가 파도에 휘말려 헤어나지 못하는 모습을 보고는 그 보트를 구해줍니다. 이 일로 인해 그날부터 젊은 시인 라마르틴과 10년 연상인 샤를 부인 간의 사랑이 시작됩니다.

이들은 호숫가에서 3주일 동안 꿈같은 사랑의 추억을 갖게 됩니다. 10월 말 두 연인은 헤어졌고, 이듬해 봄 라마르틴은 파리로 가서 샤를 부인을 만나 9월에 다시 부르제 호수에서 재회하기로 약속합니다. 그러나 여름이 되자 샤를 부인의 병세는 악화되어 움직일 수 없는 몸이 되고 맙니다. 끝내 그해 12월 샤를 부인은 안타깝게도 죽고 맙니다.

라마르틴은 사랑하는 연인을 잃고 이제 홀로 호숫가 바위 위에 서서 호수를 바라봅니다. 라마르틴은 "그때 한 여인의 얼굴이 거대한 수면을 가득 채웠다"고 그때를 회상합니다. 호수는 샤를 부인의 얼굴이었던 것입니다. 라마르틴은 1년 전 두 사람이 만나 사랑의 추억을 남겼던 호숫가를 혼자 거닐면서 샤를 부인이 준 빨간 표지의 수첩에 시를 적었습니다. 그 시가 바로 〈호수〉라는 시입니다. 시인은 이 시에서 사랑하는 연인을 잃은 슬픔과 사무치는 그리움을 이렇게 토로합니다.

　영원이여, 허무여, 과거여, 캄캄한 심연이여,
　어떻게 하려는가 너희들은, 삼켜버린 세월을?
　말해다오, 돌려 주려는가? 둘에게서 빼앗아 간,
　저 밤의 숭고한 도취를.

　아, 호수여, 말없는 바위여! 동굴이여! 어둠의 숲이여!
　시간의 손에 상처도 입지 않은가. 젊어가는 너희들이여,
　남겨다오, 아름다운 자연이여, 이 밤에, 적어도 우리들의 추억만은!……
　헐떡이는 바람, 탄식하는 갈대, 호수여, 그 대기의 그윽한 향기,
　귀로 듣고, 눈으로 보고, 숨쉬는 일체의 것,
　말하여다오, "둘은 사랑하였다고. 그 옛날에!"

노발리스와 영원한 연인 〈쏘피이〉

　프랑스의 낭만주의 시인 라마르틴에게 10년 연상의 영원한 연인 〈샤를 부인〉이 있었다면, 독일의 낭만주의 시인 노발리스(Novalis, 1772-1801)에게는 10년 연하의 〈쏘피이〉라는 한 사랑하는 소녀가 있

었습니다. 23세의 노발리스는 공무로 어느 지방에 출장갔다가 10년 연하의 소녀 쏘피이(Sophie)를 알게 됩니다. 훗날 노발리스는 고백하기를 "그녀를 만난 최초의 15분 동안에 자기 일생의 운명이 결정되었다"고 말합니다. 그리고 "그녀의 이야기를 할 때마다 시인(詩人)이 되었다"고 술회합니다.

그해 가을, 그는 그녀와 약혼합니다. 그런데 그녀가 갑자기 병에 걸렸고, 그 병은 불치의 병으로 판명됩니다. 1년 반 후인 1797년 3월, 15세의 나이로 쏘피이는 꽃 한번 제대로 피우지도 못한 채 이 세상을 떠나고 맙니다. 사랑하는 소녀 쏘피이의 죽음은 노발리스의 영혼을 빼앗아 버렸습니다. 육신은 이 세상에 있으면서도 영혼은 그녀와 함께 이미 저 세상에 있었고, 실제로 그는 계속해서 죽은 쏘피이와 함께 있는 것으로 믿었습니다.

그는 그녀의 무덤에 엎드려서 아침부터 밤까지, 그리고 밤을 지새우고 아침까지, 그는 시간의 흐름조차 의식하지 못한 채 그렇게 슬퍼했습니다. 그는 3년 후인 28세 되던 1800년도에 그녀에 대한 사모의 정을 노래한 〈밤의 찬가〉라는 장시를 썼습니다. 그러고는 그 이듬해 29세의 나이로 그도 또한 사랑하는 쏘피이 곁으로 떠나갔습니다.

〈밤의 찬가〉라는 그의 시는 그녀에 대한 사랑의 감정과 경건한 기독교 신앙이 융합되어 탄생한 시입니다. 그 한 대목을 소개하면 이렇습니다.

오오, 애인이여! 나를 힘차게 빨아들여 주오.
그리하여 내가 꿈결 속에서, 사랑을 할 수 있도록
나는 그 죽음의 불멸의 흐름을 감각하고

나의 혈액은 그대로 고귀한 진정제 발자암과 에에텔이 되리라.
나는 낮에는 이 세상에서 신앙과 용기에 살 것이며,
밤에는 성스러운 화염(火焰)에 파묻혀 죽으리라

시인들의 가슴에 불을 지르고, 그토록 불붙는 열정을 낳게 한 그 원동력은 무엇입니까? 그것은 다름 아닌 그들의 영혼 속에 잊혀지지 않는 아름다움으로, 사무치는 그리움으로, 견딜 수 없는 사랑스러움으로 남아 있는 사랑하는 대상, 영원한 연인이 있었기 때문입니다.

사랑하는 학우 여러분! 우리가 지금 몸 담고 있는 학교나, 우리가 나가서 사역하는 교회나, 우리를 감싸고 있는 사회는, 우리를 한시도 가만히 놔두지 않고 우리를 끊임없이 흔드는 세상입니다. 때로는 학점이 우리를 흔들고, 때로는 돈이 우리를 흔듭니다. 때로는 성공과 출세가 우리를 흔들고, 때로는 자리와 지위가 우리를 흔듭니다. 또한 이성의 유혹과 쾌락이 우리를 끊임없이 흔듭니다. 때로는 악인의 형통함과 불의한 자가 잘 되는 것을 보고 흔들리고 좌절하기도 합니다.
이같이 우리를 끝없이 흔드는 속세의 바람에 흔들리지 아니하고 세속에서 순수하고 순결하게 우리 자신을 지키게 하는 힘은 무엇이겠습니까? 뿐만 아니라 우리의 몸을 팔고, 정신을 흐리게 하고, 영혼을 더럽히고, 우리의 꿈과 비전을 포기하게 하고, 우리를 권태와 무기력과 매너리즘에 빠지게 하고, 공허와 무의미 속에서 넘어지게 하는 이 모든 부정적인 힘들을 능히 이길 수 있는 비결은 무엇입니까?

윤동주와 영원한 연인 〈순이〉

일제 말, 이 나라의 지성인들과 신앙인들은 전향과 변절을 일삼았습니다. 그 부끄러운 시절, 시인 윤동주(1917-1945)는 "하늘을 우러러 한 점 부끄럼이 없기를" 노래했습니다. 그는 일본 후쿠오카 형무소에서 생체실험의 도구로 사용되다가 만 27년 2개월이라는 나이에, 너무도 짧고 슬프게 생을 마감해야 했습니다.

그런 그에게 "순결한 혼의 시인"이라는 별칭이 붙여졌습니다. 그 부끄러운 시절에 부끄럽지 않은 삶을 살아내고, 자신의 영혼을 순결하게 지켜낼 수 있었던 그 비결이 어디에 있었는지 아시는지요. 그것은 그의 가슴 깊은 곳에 숨겨둔 사랑하는 연인 〈순이〉가 있었기 때문입니다.

내 영혼의 알료샤 – 예수 그리스도

사랑하는 학우 여러분, 그리고 신학의 길을 가는 우리 모두에게 〈날 구원하신 예수 그리스도〉 그분보다 더 사랑스럽고 눈부신 아름다움을 지닌 분이 또 어디 있겠습니까? 그러기에 종강예배를 드리고, 성찬을 나누는 이 시간, 예수 그리스도는 〈내 영혼의 알료샤〉라고 고백하는 시간이 된다면 얼마나 좋을까 하는 생각을 해 보았습니다.

진실로 바라기는 그분만이 우리들의 영혼에서 영원히 지지 않는 예수 사랑의 꽃으로, 영원히 꺼지지 않는 예수 사랑의 불꽃으로 남았으면 좋겠습니다. 그리고 모래바람 부는 광야에 홀로 서 있어도 외롭지 아니하고, 그 어떤 세파에도 영혼의 순결과 정열을 잃지 않고 꿋꿋하게 서 있는 예수 사랑의 나무로 남았으면 좋겠습니다.

가수 조용필의 노래에 열광하고, 축구선수 안정환의 골세레머니에 환호하는 소년 소녀 팬처럼, 한평생 〈예수 그리스도의 열렬한 팬〉이 되어 열광적으로 그분을 노래하고 춤추고 사랑하고 그리워하면서, 남은 생애는 예수의 증인이 되어 불붙는 가슴으로 산화해 갔으면 좋겠습니다. 마치 주님의 제단에 번제물로 드려진 한 마리의 양처럼, 예수 사랑에 이 한 몸 불살라 하늘로, 오직 하늘로만 올라가는 향기로운 연기로 산화한다면 그보다 더 큰 영광이 또 있겠습니까?

아니면 저 깊은 산 속 바위 밑에서 예쁘게 피었다가 아무도 모르게 사라져간 이름 모를 들꽃처럼, 가슴 깊은 곳에 예수를 영원한 연인으로 감추고 남모르게 사랑하고 그리워하다가 소리없이 조용히 사라져 간다면, 그 또한 주님이 보시기에 얼마나 아름답고 사랑스러운 모습이겠습니까?

내 영혼의 알료샤 - 예수 그리스도, 이 은혜가 저와 여러분에게 한평생 변함없으시기를 주님의 이름으로 축원드립니다. 아멘.

- 대전신대 채플(종강예배), 2003. 6. 10.

3. 연인 예수에 대한 그리움을 노래한 '요한의 사모곡'

"이 글을 읽은 이들에게"

일전에 소망교회 교우들과 〈요한복음〉으로 성경공부를 한 적이 있다. 그때 어느 집사님이 내게 이런 부탁을 하셨다. "목사님께서 그동안 많은 신학 서적들을 출간하셨는데, 평신도들에게 기독교는 어떤 종교이고, 그리스도인은 어떻게 살아야 하는가에 대한 쉬운 신앙 서적을 써주셨으면 합니다" 하는 것이었다.

난 그동안 많은 각주가 붙은, 그리고 분량이 꽤 되는 두꺼운 학술서를 써 왔다. 그런데 이 같은 부탁을 받고 평신도를 위한 신앙 서적을 써야겠다고 생각했다. 그래서 쓴 책이 『왕의 교체』이다. 이 책은 "기독교는 어떤 종교인가?"와 "그리스도인은 어떻게 살아야 하는가?"라는 두 주제를 요한복음 본문을 가지고 각각 5꼭지씩 10개의 메시지를 담은 책이다.

이 책을 쓰고 나서 난 또 하나의 책을 썼는데, 『왕의 복음』이라는 책이다. '복음'이라는 주제는 평신도만이 아니라 신학생이나 목회자들에게 대단히 기본적이고 중요한 문제가 아닐 수 없다는 생각에서였다. 여섯 개의 복음, 즉 하나님의 은혜의 복음, 성육신의 복음, 하나님의 나라의 복음, 부활의 복음, 십자가의 복음, 재림의 복음에 대해 재미있고도 알기 쉽게 쓰고자 했다.

그래서 생각해 낸 것이 시공간을 초월해서 사도 요한을 서울에 모시고 와서 까치인 내가 질문하고 사도 요한이 대답하는 대화 형식으로 글을 엮었다. 그래서 이 책의 부제를 〈사도 요한 서울에 오다〉로 했다. 이 책은 33개의 항목으로 되어 있는데, 마지막 서른세 번째 대담이 바로 이 글이다.

저는 이 글을 읽을 사랑하는 그대에게 묻고 싶습니다. "그대에게는 가슴 깊은 곳에 숨겨둔 사랑하는 연인, 그 연인을 생각하면 눈부신 아름다움으로, 사무치는 그리움으로, 견딜 수 없도록 가슴 설레는 사랑스러움으로 남아 있는 그런 사랑과 정열의 대상이 있는가?"라고.

까치: 요한복음이 '주님에 대한 사도님의 사모곡'이 아닌가요?

요한: 그렇게 봐주시니 고맙네요.

까치: 사도님 앞에서 외람되지만 요한복음에 대한 제 생각을 말씀드리면 이렇습니다. 플라톤은 "사람이 누군가를 사랑하게 되면 시인(詩人)이 된다"고 말했죠. 단테(Dante, 1265-1321)의 불멸의 작품 「신곡(神曲)」은 영원한 연인 베아트리체(Beatrice)에 대한 연모에서 비롯되었죠.

마찬가지로 요한복음은 갈릴리 호숫가에서 예수를 만난 '첫사랑의 날카로운 추억'을 노래한 요한의 '예수 사랑의 노래'요 영원한 '연인 예수에 대한 요한의 사모곡'이라고 봅니다. 그보다는 예수와 요한이 함께 부른 사랑의 이중창, 그것이 요한복음이라고 생각합니다.

밭에 감추인 보화를 발견한 농부가 자신의 소유를 다 팔아 그 보화를 산 것처럼(마 13:44-46), 요한은 나사렛 예수 속에 감추인 보화를 발견하고 자신의 전부를 주고 그 보화를 사고자 했지요. 이제 요한에게 있어 나사렛 예수는 그의 가슴에 사랑의 불을 질러놓고 간 사나이였지요. "사나이는 자기를 알아주는 자를 위해 목숨을 바친다"는 말이 있지요. 생선 비린내 나는 미천한 어부의 아들이 예수로 말미암아 하나님의 아들이라는 권세(엄청난 신분의 변화)를 얻게 되었으니 어찌 감격하지 않을 수 있겠습니까. 이제 자기를 알아준 예수는 목숨을 바쳐 사랑하고 그를 위해서는 기꺼이 죽을 수 있는 둘도 없는 연인이 된 것이죠.

미친 사람은 공연히 미치지 않죠. 미칠만한 이유가 있어 미치는 것이지요. 메시아 예수의 아가페 사랑이 그를 미치게 했죠(고후 5:14). 요한은 나사렛 예수에 미친 사람이 된 것이죠. 바울이 예수를 우정이 아닌 연정처럼 사모했듯이, 요한은 가슴 깊은 곳에 숨겨둔 연인처럼 나사렛 예수에 대한 연정을 평생토록 은밀하게 키워갔죠. 예수의 품을 생각할 때마다 전류처럼 온몸을 타고 흐르는 첫사랑의 전율에 감전되었죠. 날마다 예수와 함께 깨어나고 날마다 예수와 함께 잤죠. 요한의 인생이 예수의 인생이요 예수의 인생이 요한의 인생이 된 것이죠.

십자가에 나타난 하나님 사랑과 죽음을 이기시고 부활하신 주님을 체험한 요한은 날마다 예수 안에서 천국을 살고 영원을 살면서, 날마다 감격했지요. 예수 안에서 인생의 가장 소중한 모든 것이 있음을 본 요한은 이 세상의 모든 자랑을 다 내려놓고 예수만을 자랑하기로 결심했지요(갈 6:14). 전부를 주고 자신을 사랑한 예수께 자신의 전부를 드리기로 작정했지요. 두 글자 '예수'가 그의 일생의 화두가 되었지요.

이제 인생 전부를 걸고 '무엇을 할 것인가!'(러시아말로 '쉬또 젤라찌!'). 연인에게 바칠 한 권의 책을 쓰기 위한 60년에 걸친 인생 계획이 시작되었지요. 예수께서 십자가 위에서 자신을 화목제물로 바쳤듯이, 요한은 예수의 제단 위에 자신을 완전히 태워 번제로 바치기로 굳게 결심했죠. 한순간이 아닌 일생이라는 번제를!

예수 사랑(예수 복음)에 빚진 자 요한은 그 어느 누구와도 비교가 안 되는 영원한 사랑의 노래, 가장 깊고도 감동적인 노래, 자신의 전 목숨을 걸고 부르다가 죽을 노래를 부르고자 했죠. 일생일대의 사명을 안고 출사표(出師表)를 던진 제갈량(諸葛亮, 181-234)처럼, 요한은 최후까지 살아남아 복음서 집필을 필생의 과업으로 삼았지요.

쇼팽(F.Chopin, 1810-1849)의 피아노 연습곡 No.10이 조국 폴란드에 대한 그리움을 담은 음악이라면, 요한복음은 일평생 나사렛 예수에 대한 그리움을 담은 요한의 음악이지요. 성경이 하나님께서 인간에게 보내신 사랑의 편지이듯이, 요한복음은 요한이 예수와 나눈 사랑의 밀어요, 연인 예수에 대한 요한의 사모곡이자 '예수 사랑의 연가'이지요.

농구황제 마이클 조던은 "사랑하는 농구에게"라는 작별인사를 통해 팬들에게 이런 말을 했지요. "당신은 나의 인생이자 열정 그리고 삶의 원동력이었다." 여기서 당신은 '농구'이지요. 요한에게 있어 당신은 '나사렛 예수'였지요. 요한은 일생을 예수만을 사랑하다 간 '유로지비('바보'라는 뜻의 러시아말)'였지요.

사람은 무엇으로 사는가? '감동'을 먹고 살지요. 특히 '사랑의 감동'이 사람을 변화시키지요. 미천한 어부였던 자기를 하나님 자녀 삼아주시고 특별히 사랑해주신 주님의 아가페적 사랑, 그 사랑의 힘이 이전에도 없고 이후에도 없을 최고의 명작인 요한복음을 탄생시켰지요. 주님의 사랑이 기적을 낳았던 것이죠. 요한은 말하고 싶었죠. "태초에 아가페 사랑이 있었다"고.

천하제일서 요한복음의 탄생은 요한이 천부적으로 천재성을 타고난 결과로 생긴 것이 아니지요. 나사렛 예수를 통해 하나님의 아가페 사랑을 체험한 요한이 오랜 세월을 두고 예수의 내적 본질을 묵상하고, 예수혼을 담아내기 위해 일생을 두고 전심전력한 산물이지요. 범인에 지나지 않는 요한이라는 질그릇에 예수 그리스도라는 보배(고후 4:7)를 담자 하늘의 지혜와 성령의 능력이 임했던 것이지요.

거기에 영원한 연인 그리스도 예수에 대한 불붙는 사랑이 어부 요한을 시인으로 만들었고, 천재로 바꾸어놓는 기적을 낳았던 것이지요. 요한의 천재성은 그가 본래 천성적으로 머리가 탁월하거나 공부를 많이 해서가 아니라 히브리 노예 백성을 '내 소유'(출 19:5), '보배로운 백성'(신 26:18)이라는 보석 같은 최고의 존재로 삼으신 하나님의 은혜에 기인하지요.

"내가 너를 최고의 천재로 사용하노라"고 할 때 요한은 다만 '아멘'으로 응답했을 뿐이지요. 그 결과물로 탄생한 것이 천재성이 유감없이 발휘된 인류 최고의 걸작품인 「요한복음」이지요. 그런 의미에서 요한의 천재성은 우리 같은 보통 사람도 주님께 붙들리기만 하면 최고가 될 수 있다는 참 소망의 언어이지요.

　요한: 저를 이렇게까지 띄워주시니 몸둘 바를 모르겠군요. 까치 선생께 꼭꼭 숨겨둔 제 속마음을 들킨 것 같은 느낌이네요. 요한복음과 관련해서 한 가지만 첨부해서 말씀을 드리지요. 한국에 김수희라는 가수가 부른 〈애모(愛慕)〉라는 노래에는 이런 가사가 있더군요.

　"그대 가슴에 얼굴을 묻고 오늘은 울고 싶어라/ 세월의 강 넘어 우리 사랑은 눈물 속에 흔들리는데/ 얼만큼 나 더 살아야 그대를 잊을 수 있나/ 한마디 말이 모자라서 다가설 수 없는 사람아." 이 가사의 마지막 소절이 제 가슴을 뛰게 했지요.

　내 사랑하는 님은 아무리 가까이 다가서려고 해도 한마디 말이 모자라서 다가설 수 없는 그런 분이셨지요. 그분은 창조주이자 거룩한 하나님이시고, 나는 피조물이자 속된 죄인이니까요. 그래서 이 세상의 모든 아름다운 시어(詩語)를 총동원하여 그분을 표현한들, 어찌 그분의 사랑과 아름다움을 다 표현할 수 있겠어요. 또한 내 몸을 불살라 내어준다 한들, 어찌 그분이 날 위해 흘리신 보혈의 사랑과 비교할 수 있겠어요.

　그래서 요한복음의 마지막 말을 이렇게 적었지요. "예수께서 행하신 일이 이외에도 많으니 만일 낱낱이 기록된다면 이 세상이라도 이 기록된 책을 두기에 부족할 줄 아노라"(요 21:25).

　까치: 아, 요한 사도님은 정말 멋쟁이십니다. 제가 글이 짧아 제 것으로 답송을 못하고, 청마(靑馬) 유치환이라는 시인이 계신데, 그분의 〈행복〉이라는 시로 대신하려고 합니다. 이 시는 그분이 평생을 애틋한 사랑으로 연모한 '이영도 여사를 향한 그리움'을 노래한 시입니다.

- 사랑하는 것은
사랑을 받느니보다 행복하나니라
오늘도 나는
에메랄드빛 하늘이 훤히 내다뵈는
우체국 창문 앞에 와서 너에게 편지를 쓴다

행길로 향한 문으로 숱한 사람들이
제각기 한가지씩 생각에 족한 얼굴로 와선
총총히 우표를 사고 전보지를 받고
먼 고향으로 그리운 사람께로
슬프고 즐겁고 다정한 사연들을 보내나니

세상의 고달픈 바람결에 시달리고 나부끼어
더욱더 의지삼고 피어 헝클어진 인정의 꽃밭에서
너와 나의 애틋한 연분도
한 망울 연연한 진홍빛 양귀비꽃인지도 모른다

- 사랑하는 것은
사랑 받느니보다 행복하나니라
오늘도 나는 너에게 편지를 쓰나니

- 그리운 이여 그러면 안녕!
설령 이것이 이 세상 마지막 인사가 될지라도
사랑하였으므로 나는 진정 행복하였네라

요한: 정말 감동적으로 잘 들었습니다.

까치: 이제 사도님과 헤어져야 할 시간이 되었네요. '회자정리(會者定離), 거자필반(去者必返)'이라는 말이 있지요. '만난 자 반드시 헤어지고, 떠난 자 반드시 돌아온다'는 말이지요. 또다시 만날 것을 기약하며 마지막 인사를 드립니다. 그동안 주신 귀한 말씀 가슴 깊이 새기겠습니다. 진심으로 감사드립니다.

요한: 저 또한 참으로 은혜가 넘치는 시간이었습니다. 그럼 초대교회가 주님의 다시 오심을 기다리며 했던 인사말로 마지막 인사를 대신하고자 합니다.

까치: 그러지요. 마라나타(Maranatha)!

요한: 마라나타! 할렐루야 아멘.

- 박호용, 『왕의 복음』, 쿰란출판사, 2018.2.